翻译教学原理及其文学应用研究

赵　丹　著

中国纺织出版社

内容简介

为了培养出更多的翻译人才，翻译教学已经成为很多高校英语教育的重要模块。本书便围绕英汉翻译教学，对其原理及其在文学应用中的研究做深入剖析。首先，从语言、文化和翻译之间的关系引出翻译教学；其次，对翻译教学的现状、内容、发展和实践等进行探讨；最后，引用实际案例分析，对英汉语言翻译在文学领域的应用进行探索。本书所论述的内容涉及英汉语言的翻译教学、英汉语言翻译对文学领域的影响，适合所有对翻译学、英语教学研究以及文学作品翻译感兴趣的读者和从事语言教学的师生阅读。

图书在版编目（CIP）数据

翻译教学原理及其文学应用研究 / 赵丹著. -- 北京：中国纺织出版社，2019.1

ISBN 978-7-5180-4634-8

Ⅰ. ①翻… Ⅱ. ①赵… Ⅲ. ①文学翻译—研究 Ⅳ. ①I046

中国版本图书馆 CIP 数据核字(2018)第 014727 号

责任编辑：武洋洋　　责任印制：储志伟

中国纺织出版社出版发行
地址：北京市朝阳区百子湾东里 A407 号楼　邮政编码：100124
销售电话：010—67004422　传真：010—87155801
http：//www. c-textilep. com
E-mail：faxing@c-textilep. com
中国纺织出版社天猫旗舰店
官方微博 http：//www. weibo. com/2119887771
北京虎彩文化传播有限公司印制　各地新华书店经销
2019 年 1 月第 1 版第 1 次印刷
开本：710×1000　1/16　印张：12
字数：220 千字　定价：60.00 元

前　言

随着经济全球化发展的不断深入，我国对外交流的需求越来越广泛，因此，国家对于翻译型人才的需求量也越来越大。近些年来，我国各大高校不仅越来越重视外语人才的培养，以促进我国的经济和社会领域向世界前沿迈进，同时也更加注重对翻译人才的培养，这就对翻译教学中的教师和学生提出了更高的要求。

《翻译教学原理及其文学应用研究》一书对翻译教学的理论进行了梳理，并对文学中的翻译进行了详细研究，旨在探究翻译教学及其与实践相结合的理论。同时也希望能起到抛砖引玉的作用，让更多的相关学者投入到翻译教学和文学翻译当中，促进我国的翻译事业发展。

全书共分为六章。第一章为概论，主要探讨翻译教学的概念、原则、研究方法、翻译教学理论的哲学观照、翻译教学研究的理论视域以及翻译教学的意义；第二章从翻译教学原理的角度出发，对国内外翻译教学现状分析、翻译教学的目标、翻译教学的内容、翻译教学中的课程设置与教材研究、翻译教学中的师资与学生和翻译教学的发展趋势等进行研究；第三章主要是对英汉翻译教学内容与方法论进行详细分析，分别从翻译教学的语言能力培养，包括词汇、句子、语篇的教学、笔译、口译、翻译教学中的译者素养培养、翻译教学方法论以及翻译教学过程中理论对实践的作用和体现等方面进行论述；第四章为翻译教学模式与评价机制，主要内容为翻译教学模式的构建、翻译能力的认知与培养、翻译能力测试和翻译教学评价体系的构建四部分；第五章主要讲述的是翻译教学中的文学翻译，内容可分为文学翻译的重要性、文学翻译译者的素质、文学翻译的原则和文学翻译的标准和过程四部分；第六章也是本书的最后一章，主要是对英汉文学翻译的案例进行赏析，主要内容为王佐良、江枫《西风颂》翻译、王佐良《论读书》翻译、吴钧燮《简·爱》翻译、唐娜·塔特《金翅雀》翻译以及詹姆斯·马修·巴利《彼得·潘》翻译解析五部分。

全书围绕翻译教学，对翻译教学所涵盖的主要内容以及文学实践赏析等各个方面进行了系统整理和分析，从理论和实践两个角度进行全面阐述。

当然，本书在编写过程中借鉴了很多相关的研究成果，在此向各位专家和学者表示衷心的感谢！限于作者水平，书中难免有些许瑕疵及不足之处，欢迎广大读者批评指正！

作者

2018 年 8 月

目 录

第一章　概论

当今世界正处于一种互联互通的状态，不同的语言和文化经常会产生碰撞，在不同文化、语言和文学的交融过程中，翻译是一个非常重要的桥梁和渠道。

第一节　翻译教学概述

翻译教学是一门亟待建立，但尚未完善建立起来的新兴学科。翻译教学理论是研究翻译教学全过程，培养多层次、全面发展的翻译人才和翻译师资队伍有关规律的、具有综合性、概括性、交叉性和专门性的理论学说。翻译教学理论涵盖了哲学、美学、教育学、心理学、教育方法论等诸多学科在内的打破原有学科界限的横向联系和发展式的学科，在多学科相互结合和渗透中形成了自己的理论研究基础，探讨翻译实践能力的本质、实施条件、发展规律以及如何通过教育有效地培养和发展这种专门能力。

一、翻译教学理论建构的迫切性和重要性

随着经济全球化和信息技术的飞速发展，语言服务行业迅速崛起。翻译作为连接国家之间、民族之间以及文化之间的桥梁，在信息交流和文化沟通等领域起着至关重要的作用。我国经济和文化进入新的历史阶段，国际影响力日益提升，同时，“一带一路”倡议的出台与发展，我国的翻译事业也进入了黄金时期，翻译已经走上了国际化、规模化和职业化的发展道路，形成了又一新兴产业。然而我们看到发展中也有劣势存在，首先，中国翻译协会资料显示，职业翻译从业人员数量不小，但受过专业训练、高水平的翻译人才仅占总数的5%，胜任翻译工作的人才缺口高达90%以上。[1] 而且，同声传译的高端人才和中译外的翻译人才远远落后于需求。

[1] 赵婧，八千万学子习外语，翻译人才缺九成［N］. 光明日报，2006-03-27（4）.

其次，翻译教学作为新兴交叉学科急需加强理论研究和课程建设。2005年教育部正式批准设置四年制本科翻译专业，2007年国务院学位委员会批准设置“翻译硕士专业学位”，至此，翻译专业在我国高等教育体制中形成了较为完整的教学体系。但是，围绕自身的学科特点和人才培养需求，翻译教学要建立完备科学的课程与教学体系，探索行之有效的教学模式，已成为可持续发展的重大课题。第三，翻译教学模式研究已经成为国内翻译界所关注的热点问题之一，因此如何正确对待翻译专业的地位确立，如何构建既符合翻译学科特点又符合翻译学习和认知规律，并适应社会发展需要以及适应学习者个人发展需要的体系及完备的翻译教学模式，已成为翻译教学界亟待解决的重要问题。最后，从翻译学习者的个人发展来看，翻译是一种特殊的思维活动，是译者在特定交际环境下实现知识与经验共通和交互的过程，而翻译的不确定性使之成为典型的学习障碍，要求译者掌握并运用一系列思维能力和学习方法来解决翻译实践问题。因此构建合理的翻译学习模式是符合翻译学科本质规律的有益探索，同时也是翻译学习者个人发展的诉求。

众所周知，教学理论应当走在教学实践的前面，否则就无法对实践起到应有的指导作用。因此翻译教学理论研究将对翻译教学实践的成果加以归纳和总结，并培养合格和优秀的翻译师资队伍以及能够胜任的合格翻译人才，这是当今社会经济文化发展的迫切要求。

二、翻译教学理论涵盖的研究内容与方法

（一）哲学的研究内容与方法

哲学是所有学术研究的基础，运用哲学的观点和思辨方法来研究翻译教学的目的、基本原则和研究方法等基本问题，是对翻译教学理论的总体把握。作为翻译教学工作者、翻译研究人员以及翻译实践工作者来说，对所从事的事业要有坚定的信念，同时，对翻译专业的价值和本质是否具有深刻的理解，也必然会影响到他们对自身存在价值和本质的理解，从而影响他们是否能够全身心地专注于自己所从事的专业，决定他们是否能自觉地完成所学或所教专业的各种任务。因此，只有了解了翻译教学的本质和目的，并能够掌握这门学问的一般规律性，才能够对整个翻译教学理论建构和教学实践的归纳总结起到高屋建瓴的作用。

（二）美学的研究内容与方法

在漫长的中国传统译论发展过程中，美学同哲学一样，发挥了特定的作用。例如支歉的“不加文饰”，道安的“案本而传”，严复的“译事三难”，傅雷的“神似”，以及钱钟书的“入于化境”理论等，都蕴涵着丰富的美学思想。而作为翻译教学工作者，需要具有特殊的审美心理能力，才能成功地从事翻译理论研究和翻译实践。因此，在翻译教学中，应注重建立译者的审美知觉能力，培养译者作为审美活动的主体，在翻译过程中，还应当在主观审美情感的制约下赋予译文美学生命特征。

（三）教育学的研究内容与方法

研究翻译教学离不开教育学的研究内容和方法，而教育学是研究教育过程基本规律的学科，主要包括研究教育的本质、教育的方针和目的、教育现象的发生与条件、教育教学的内容及其方法，是进行指导和学习的艺术和科学。近几个世纪以来，西方的教育理论也随着社会的进步和文化发展产生了很大的发展和变化，特别是十八世纪以来，科学家们通过科学的方法研究人类生理系统、神经系统、感觉知觉系统等，这一切在很大程度上改变和发展了教育学的内容和方法。翻译教学也应跟随教育学发展，针对本学科的内容，确定教学目标、原则并掌握其发展规律。

（四）教育心理学的研究内容与方法

教育心理学作为一门应用科学研究教育、教学条件下学生的心理活动的规律及应用，为教学方法提供了充分的心理学依据。翻译不仅是一种语言文化到另一种语言文化的转换活动，而是翻译过程中实施者的人受到大脑思维活动或心理活动的控制，因此翻译所涉及的映射是复杂多层面的心理活动，包括译者的认知心理、审美心理和跨文化活动心里活动等。而教育心理学的研究方法和研究成果，也为翻译教学提供了有效的理论依据，是翻译教学理论的研究基础。

（五）教育方法论的研究内容与方法

教育方法论是把教育理论应用于实践中的教育方法，具有科学性、指导性和实效性。在处理理论和实践的关系上指导性地让理论靠近实践，使理论指导实践具有实际可操作性。在教育方法论的指导下，翻译教学理论能够转化为具体的、可操作性的翻译教学和翻译实践方法，是翻译教学最主要的实施手段。

（六）思维学的研究内容与方法

思维学主要以人的思维特点为基础，为具体的施教方式提供可行的依据，任何的教学方法都需要尊重人的思维特点来设计，否则都是行不通的教学方法。大量的事实证明，人的创造性思维结果都是建立在思维的多样性的前提之下的。研究翻译教学的规律和方法，离不开研究人在不同时期的思维发展变化的特征和规律，更离不开研究教师的思维活动与学习者的思维活动之间的相互影响和作用关系。现代思维科学的理论体系包括抽象思维学、形象思维学和灵感思维学等，对思维学的发展研究在教育领域内也引发了深刻的革命。翻译教学也应该遵循思维科学发展规律，建立自身的科学教育方法。

（七）系统论的研究内容与方法

系统是由相互联系和相互影响的诸要素组成的具有特定功能的有机整体。系统科学理论普遍应用于社会现象和教育现象的研究，它从事物普遍联系发展变化的整体去探索研究对象的规律和特点，把研究对象看作是一个封闭性的功能整体和具有转化功能的动态过程。系统论中关于反馈、有序和整理的基本原理对于认识教育系统各个部分之间的关系和特点以及对改进教学方法都具有指导意义。翻译教学可以根据系统论原理，揭示教师特性和教学的各种动态关系。系统论可以作为翻译教学理论的基本理论指导，使翻译教学得以综合多学科的研究范围和研究方法，从抽象到具体，多层次和全方位地依次展开，从哲学思辨的观点和方法到具体和形象的教学手段和教学内容，从历史文化和美学的发展脉络到现代科学和心理学的最新成果，依照理论源于实践和理论指导实践的操作方法，深入探讨翻译教学中所面临的问题，并积极探索解决方法。

三、翻译教学理论的基本原则

（一）客观性原则

客观性原则是翻译教学理论研究首先要坚持的基本原则，一切要从客观存在的翻译教学实际出发，从教学实践中提升出固有的而不是主观臆造出的教学规律性。对翻译教学理论的研究和探索要始终围绕着以可操作性为前提来进行，才能使理论有的放矢。在充分做好调查研究，全面掌握翻译教学的真实情况基础上，用正确的立场、观点和方法来进行科学的分析和比较，一切理论符合客观实际，做出对教学规律客观可行的归纳和总结。

（二）实践性原则

翻译教学理论自始至终都应当贯彻实践性的原则。首先要通过教学实践来检验理论，总结具有良好教学效果的教学理论和实践经验。其次，翻译教学理论的研究要通过实践来发展其教学理论，因为任何理论都会随着时代发展和相关学科发展得到不断补充和完善，因此只有不断关注理论前沿和国内外的最新相关研究与教学实践成果，才能使翻译教学理论推陈出新并得到不断完善。

（三）系统性原则

翻译教学理论离不开系统性原则，其本身所研究的是一个教学系统的理论建构，包含了教学系统的整体性、结构性和层次性功能，形成一个有机的教学整体，并具有自身的性质和功能。系统性原则正是要遵循整体到部分再到整体的研究方法，来充分认识整个教学系统的运转机制和教学措施的实施。系统论中的结构性有助于揭示翻译教学中教师与学习者在翻译教学活动中的相互联系和相互作用，确定教学过程中的教学目的、教学任务、教学内容、教学方法和手段、教学效果评价等诸要素之间的相互联系和作用，从而判定整个教学系统的整体功能是否完善。

（四）创造性原则

翻译教学理论应当着眼于创造性原则的应用。在教学过程中，教学策略的确定、教学内容的取舍、教学方法的选择、教学信息的反馈、教学过程的调控以及教学效果的评估等各个环节都应当体现创造性原则，同时依据科学的理论展开创造性的思维，促使翻译教学理论具有开拓与创新的特点。

（五）效应性原则

翻译教学理论的应用应时刻遵循效应性原则，实际上就是以最佳教学效果为教学目的，并努力寻求能够达到这个目的总教学手段和教学方法。在此思想指导下，以大量的教学实践为基础，对实践进行归纳和总结，并通过分析比较确定出可操作性的以及被实践证明的行之有效的教学方法，有效提高教学水平和教学质量。

第二节　翻译教学原理的哲学观照

任何一个层面或领域的研究，都能在哲学层面找到相对应的源头或终点。而对于翻译教学的研究来说，其研究的逻辑起点主要是后现代主义教育哲学和人本主义教育哲学，在此基础上所进行和发展起来的翻译教学研究，很大程度上决定和指导了翻译教学模式的设计、实施和评价。

一、人本主义教育哲学

通过长时间的研究和大量的实践之后，罗杰斯对教育哲学有了新的认识和看法，并逐渐形成一套完备的理论体系，也就是人本主义教育哲学。总体来说，人本主义教育哲学涉及的范围很广，但主要的精髓有以下三点。

（1）教育与社会的发展、人的发展辩证统一。

（2）教育的本质使学习者/受教育者得到尽可能完善的发展。

（3）教育活动的主体是学习者。

这样的论述虽然否定了工具理性教育观，但进一步肯定了人与社会发展的辩证统一关系。国际21世纪教育委员会向联合国教科文组织提交的报告《教育——财富蕴藏其中》对这一教育观进行了深刻阐释：

教育的首要作用之一是使人类能够控制自身的发展……使每个人都能够把握自身命运，能够为自己生在其中的社会做出贡献，推动社会进步。教育不是使人成为经济工具，教育的目的是人的发展。发展的首要任务是创造条件使现在及未来生活在地球上的人能够发挥出一切潜力。

人既是发展的第一主角，又是发展的终极目标。因此“人的发展”的具体内容又包括以下几点。

（1）能从事并负责相关的活动。

（2）能对工作的方向进行理智选择。

（3）能对他人的贡献进行批判性的学习和评价。

（4）当遇到问题的时候，能准确获取相关的解决知识。

（5）当面临全新的问题和情境的时候，能灵活运用并适应。

（6）对于掌握的经验能够做到灵活运用，当面临问题时能灵活处理。

（7）与他人合作的能力。

（8）工作目标是实现自身的社会化。

通过以上相关论述我们可以发现，所有的高阶思维表现形式已经被全部提炼了出来，所谓的高阶思维也就是决策性思维、批判性思维、创造性思维、问题求解能力、兼容能力等。由此，我们可以得出这样一个结论：一个人在生存过程中所表现出来的主体性和创造性就是人生存和发展的一种体现，而发展高阶思维是实现这种体现的主要途径。因此教育存在的目的就是要对学生的思维进行开发，将已经积累并形成的经验传输给学生，让学生在思想方面有自己的观点，在个性方面有自己的特点，最终成为勇于创新、积极思考的独立个体。

世界经合组织（OECD）在 1996 年发布了一份题为《以知识为基础的经济》报告，认为当前形势下，一个主要的经济发展趋势就是工业经济被知识经济所取代。随着时代的不断发展，社会的主题将以学习和创新为主，促进社会经济发展的核心动力将变成智能和人所掌握的知识。

关于未来的经济增长，卢卡斯在经过长时间的研究之后发现人力资本会在之后的很长一段时间内促进或影响社会的经济增长。这也就意味着人的智力与思维应该受到空前的重视，其所占据的社会地位也将不断上升。这在翻译教学或翻译能力的培养上面也是至关重要的，同时意味着未来的翻译教学或译者培养要将个人的发展放在首位，坚持以人为本，成为思维取向型翻译教学模式的重要依据。

二、后现代主义教育哲学

随着社会的发展和人们思想的不断进步，后现代主义中哲学思潮已经影响到了人类生活的方方面面。对于教育学和翻译学来说也不例外，它同时也是促使其进行深入变革的内在驱动力。对于当代翻译教学模式改革中的价值判断具有重要的指向性作用。

（一）知识观

可以这么说，后现代主义知识观是以现代主义的批判为基础而发展起来的，其主要特征有以下几点。

1. 消解知识的“客观性”

将知识的“不确定性”代入其中，也就是一定程度上讲知识并不是价值无涉或者是中立的，不论时代怎样发展，社会怎样进步，知识都具备一定的不确定性，这种不确定性随着时空的不断变化和人的主观认识的变化甚至是人与自然的不同作用，都会发生不同程度的变化，要想确定知识的真实性或恒久性，就要对知识进行不间断的检验。人类的不断创造和创新就是知识价值的主要体现。

2. 消解知识的同质性

所谓的消解知识的“同质性”也可以说成是知识“情境性”。这主要是与文化相联系来解析的。文化和知识是相辅相成的两个方面，知识是文化的核心，同时也是产物，随着文化的不断发展，知识也必将会发生翻天覆地的变化。文化不同，自然就会产生不一样的知识体系。由于受到时间、空间、理论范围以及价值观等文化因素的影响，知识会产生不同程度的变化和发展。

3. 强调消解知识的权威性

消解知识的“权威性”，即将“多样性”代入知识当中。基于这样的观念，我们在理解知识或同一事物的时候，要在个人体验和认知取向的基础上进行，并对产物的构建有自己独到的见解。

4. 消解知识的累积性

将“批判性”带到知识当中，在学习或积累知识的过程中，要秉持批判或质疑的态度，只有这样，才能发现存在于知识中的问题，并积极解决相应的问题，这对于知识的提高和发展都有非常积极的作用。

在文化学派的翻译观中，经过多位学者的推进和发展，后现代主义得到了长期发展。翻译教学观在这样的影响下也发生了很大的变化。改变之后的翻译教学观认为翻译的结果也就是译文具备一定的多样性和情境性，主要原因就是不同的翻译者由于不同的生活经验和心境，所产生的译文自然也就具备译者的某些特点，这也是译文的不确定性。这种翻译教学模式认为不存在所谓的标准译文，翻译者可以根据自己所在的环境以及自身所掌握的相关知识进行翻译，在翻译的过程中也可以产生怀疑，并发出自己关于翻译的声音。

同时，这种翻译教学观认为译者在翻译的过程中对人类文明的审视或对翻译价值的重新确立都是值得鼓励的一种行为。翻译能力的形成并不是单纯的知识传输或传播，而是译者与译者或环境之间的相互沟通、交互及解决问题的形成并构建起来的。

从这一价值观出发，我们发现翻译教学的关注点也发生了根本上的变化，这个变化主要是从单纯的知识传递转变成翻译学习的过程和翻译实践中的行为意义构建。

（二）师生观

对于师生关系的理解，后现代主义也有新的看法，总体概括就是公平、民主，这对于传统的课堂组织形式和教学评价关系来说同样是一种颠覆，后现代主义的师生观具体来说具有以下两点。

1. 消解教师权威，建立平等对话机制

对于后现代主义翻译教学中的师生观来说，可以说是一种颠覆性的教学观，与传统的教学观相比，后现代教学观认为应该对教学中的话语权进行重新分配，也就是对之前以教师为中心的话语霸权的一种颠覆。这种教学观提倡在教学中师生的地位是平等的，师生之间在平常的沟通中要有反思和批判精神，以学生为主体，积极培养学生的主观能动性，同时也鼓励教师参与到其中，最终实现共同构建、共同成长的教学目的。

在翻译教学中，同样要贯彻这一思想，使单一的翻译观逐渐迈向多元化，也使教学中的权威逐渐消除，使学生从翻译教学中处于被动臣服状态的盲从者向积极体验、思考和开创的方向迈进。与此同时，教学实践的途径也要迈向多元化，只有积极体验，积极构建，并最终形成自由的民主课堂，学生才能在学习中获得更多乐趣，而教师也将不会有那么大的教学负担，并真正实现多元有效的教学模式。

2. 承认差异，体现教育公平

该观点尊重学生的个体差异，认为每一个学生都是不一样的，天然存在个性。而传统的教学模式则是将学生尽量培养成一致的人才，这在一定程度上是违反了人的个性化发展的。而后现代主义教育哲学则正好相反，它尊重每一个个体的独立性，主张通过个性化的课程实施，有针对性地推进教学，通过建立多元的评价体系，使教育的过程或结果尽量公平。

在翻译教学中，尤其是在思维取向上，应在充分了解学生能力的基础上进行相关的教学实践。对于教师来说要充分肯定学生的思维和其他能力。对于学生的表现也应该尽量避免之前那种单一的评价体系，尽量采用多元的有针对性的评价体系，尽最大可能使学生的思维能力和实践能力得到进一步提升和发展。

（三）教学观

翻译教学的实践或者说后现代主义教育哲学的教学观，同样是对教学观的一种颠覆，它更加主张个体性，同时主张各学科之间的边界应该消除，因为只有这样，学生学到的知识才能更加融会贯通，对于未来的人生或发展都有非常积极的作用。

1. 消解边界，强调课程整合

后现代主义认为，传统的过线性对学科进行组织的方式是非常狭窄的，这种划分由于过于精细，使知识之间的关系产生了一定程度的割裂，这就会对思维产生一定程度的影响，使思维变得僵化而狭隘，当面对具体事物的时候，很难通过所学的知识进行解释。实际上，知识的组织形式应该是一种整合的、没有边界的。

后现代主义教学观认为，翻译教学的模式应该强调思维取向上的培养，课程在实施的过程中要保证与教学的一致性，课程保证教学的具体环境。最终实现课程、语言和知识的充分融合，为学生思维的开发和实践的创新奠定坚实的基础。

2. 强调体验和自主建构

对于知识来讲，后现代主义更加重视实践体验和建构，学生只有通过自己的实践和探索以及与周围环境或人的相互沟通融合，才能建构起真正的知识体系。

不管是在课程的设计上还是在具体的实践实施上，翻译教育模式都应该将学生的个体实际体验放在首位，通过鼓励，让学生养成一种积极主动探索学习的习惯，并在探索的过程中反思和批判，使思维方式发生彻底转变和升华。

（四）评价观

传统教学的评价观通常是“技术理性”或“实践理性”，但在后现代主义影响下，课程价值观发生了实质上的变化，将“解放理性”作为评价的重点，指向“解放”和“赋权”。[1] 以此为基础发展出来的“第四代评价”提出评价的根本目的是解放人的主体性，评价过程为评价者和被评价者通过协商而进行意义建构的过程建立在对单一价值观、管理主义倾向、科学范式批判的基础之上。

第四代评价发生的变化主要体现在以下几个方面。

（1）评价主体的变化，也就是从传统的单一评价走向更加多元的评价。

[1] 李雁冰．课程评价论［M］．上海：上海教育出版社，2002：46．

(2) 评价客体的变化，也就是从以往的注重知识传输到对个体经验的注重。

(3) 评价内容的变化，也就是从以往的注重结果向过程或结构的证据方向转变。

(4) 评价条件的变化，也就是从传统的情境无涉到突出情境的重要性。

(5) 评价方式的转变，也就是从传统的评价者控制转向更加协调的对话协商。

(6) 对话工具的转变，也就是从传统的量化评价转变成更加多样的兼顾质的描述性分析。

(7) 评价目的的转变，也就是从传统的目的聚焦转向问题诊断，发挥评价的促进作用。

(8) 评价标准的转变，也就是从传统的预设判断转向更加多样的动态生成，使评价的标准更加多样，也更加人性化。[1]

以上第四代评价观点构成了确定本教学模式评价设计的价值论依据。

第三节　翻译教学研究的理论视域

一、认知语言学理论与翻译教学

认知语言学[2]作为语言学中的一个比较新的理论，认知语言学认为，相对于人类掌握的其他能力来说，语言能力的独立性并不是非常强烈，它与人们掌握的其他能力关系非常密切。

作为语言和表达的一部分，句法和语言中的词汇、语义的关系同样也非常密切，尤其是语义在语言中的作用更大。在任何一门语言当中，语义的理解不仅仅是一客观表现，同时也带有一定的主观性，只有两者相互结合才能使语义的表达更加真切。在语义的研究层面，人的主观看法和心理是无法避免的两个主要因素。所有语言中的单位范畴，可以说都是非离散性的，这和人所建立的大多数范畴基本上是一致的，即不同的范畴之间没

---

[1] 吴扬，高凌飚. 后现代主义思潮与教育评价观念的演变 [J]. 教育科学研巧，2012 (3)：31.

[2] 认知语言学将学生的语言学习、发展和学生的普通认知能力结合起来，对学生学习语言以及其学习的发展现象进行了研究。

有明显的边界。

认知语言学在对人类认知共通性进行充分承认的基础上，还对不同民族语言的特殊性进行了深入认识，它认为不同民族由于存在不同的认知特点，由于其对民族的特殊影响，自然也会对该民族的语言产生不同程度的影响。因此，在翻译教学的实践过程当中，要格外重视学生的实践过程，只有实践过程完成顺利，学生的翻译水平以及相关的语言能力自然也就不言而喻。

不管是在国内还是国外，人们真正意识到认知语言学的重要性是 20 世纪 80 年代，也就是从这个时间段开始，认知语言学以迅雷不及掩耳之势开始攻城略地，进入蓬勃发展时期。认知语言学[1]认为翻译的过程与其他任何一个实践过程不一样的是要以原文为生产基础，它不是按部就班的，而是一个再生产的过程。尽可能将原文解释得合理，合理是这个过程的主要目标。

由于认知语言学的建立基础是体验哲学，所以与传统的翻译相比具备天然特点。对于翻译来说，认知语言学更加注重译者的具体实践和表现。实际上，翻译的本质就应该是如此，但由于观念的不同，这个本质始终没有得到相应的重视。当然，这里所说的重视翻译实践的过程并不意味着对译者的主观思考进行抑制，而是说译者在进行翻译实践的过程中要受到原文思想和语言的相关限制。

因此，当认知语言学对当前的翻译教学进行指导和教学方式进行审视的时候，都具备非常深远的意义。与此同时，翻译教学的实践也因为认知语言学而打开了一个新的视角，这对于翻译教学中的教师和学生来说都是一种新的思维方式。

二、认知语言学对翻译教学的启示

我们知道，从事翻译工作的主要群体就是翻译工作者，而翻译的认知语言学的关注点就是在翻译活动中译者对整个翻译过程的认知活动。通常我们可以将这个过程分为三个阶段，即经历的体验、认知和再现。

对于认知语言学在翻译教学中的作用，有很多学者提出了各种不同的观点，有的学者认为翻译的过程实际上就是一个创造的过程，在这个创造

[1] 认知语言学关于翻译一个重要观点是翻译是通过现实的体验作为一个背景，认知主体通过多重的现实与文本的互动作为基础，通过深度剖析作者写作意图，在透彻理解文本的基础上，将其用语言表述出来。

的过程当中还要兼顾作品的和谐性和语篇性；也有的学者认为翻译的世界不仅包括现实存在着的世界，还包括人们认知中的世界等。相关的表述多种多样，但无论如何，这些学者拥有相同的出发点，即认知语言学并非是一个单一学科，而是综合性的。而对于翻译教学来说，这种综合性的意义非常重要，具体表现为以下两点。

（一）语言学的翻译观

通俗一点讲，这里所说的翻译观实际上就是翻译教学的实施过程，再进一步对翻译进行阐释，可以将翻译分为三个步骤，即现实——认知——语言（翻译）。在这三个步骤中，不仅包含了翻译过程中语言的变化，同时还包含了翻译过程中语言以外的东西，即现实、人、文本，再详细一点进行解释就是所处的环境和境遇、翻译者的个人立场、人与文本的关系、翻译者之间的影响等。这些都是认知语言学的关注重点。此外，认知语言学还关注的一个重点就是这些因素之间的内在联系，以及人的认知在这些影响因素之下的变化。

更通俗一点讲就是认知语言学不仅关注翻译的结果，对于翻译过程中认知活动的变化同样也是非常关注的。因此，对于当前的翻译教学来说，认知语言学的指导作用不仅体现在教学的实践过程当中，对于翻译的结果也是非常注重的，这也就是说在认知语言学指导下的翻译教学兼具了传统教学的优点，这也就意味着认知语言学具备更高的实用性。

相对来说，认知语言学并不是教学的中心，它的重点在于引导，充分调动学生的主观能动性，让学生自己去感知与认知。当接触一个原始文本的时候，不管是文本的表面语意还是隐藏在文字之中的内涵，都是通过学生的体验而产生的观点，进而形成明确的态度。具体来说，翻译教学的基本组成部分主要有以下三点。

一是让学生认识原文—确立翻译目标—开展翻译活动—修改译文以实现既定的翻译目的。

二是教师应该告诉学生语言转换的方式、方法，在形成译文的过程中要加入自己的理解。

三是能力的培养，也就是与翻译有关的语言能力、决策能力和创造能力，使学生能最大限度发挥自身的优点。

综上所述我们可以知道，坚实的翻译能力不仅是翻译教学的中心，也是认知语言学对翻译教学的一个重要指导。

（二）译者的重要性

译者在翻译中的重要性是众所周知的，他们不仅是原文和译文的桥梁，同时也是一位创造者，不管是译文的生产还是对译文生产出来的质量，译者的作用都是不言而喻的。也可以这样说，译者的水平与译文的质量成正比，译文的质量随着译者水平的提升而不断提高。这也就注定了翻译者在翻译工作中的核心地位，同时也提出了对译者的较高要求。

对于译者而言，翻译水平也就是语言转换能力的高低并不是唯一的要求，还有其他各种事物的处理能力等，例如协调能力、跨文化交际能力以及创造能力等。在认知语言学层面，这是对翻译的内在要求，同时也是翻译本身的一种内在体现。也就是在翻译语言学的基础上确立了一个非常重要的概念，即译者的翻译能力，这对于翻译教学来说也是非常重要的一个教学方向。

此外，在教科书的编写和课堂方式的安排上，认知语言学也具有非常重要的影响。主要体现在对翻译教学的启发意义层面。因为在认知语言翻译教学的环境下，教学或者说课堂的中心是学生，一切教学活动都是围绕学生而展开的。在传统的教学课堂上，不管是小学、中学还是大学，老师是教学活动的中心，学生要围绕老师的教授活动来进行相关知识的学习，老师负责教授和点评。但在认知语言学的角度来说，师生之间的角色已经发生了转变，以往的教授方式遭到了推翻和否定。在认知语言学的翻译教学中，充分调动学生的积极性是教学重点，老师的角色反而遭到了一定程度的淡化和削弱，在教学的实践过程当中，教师教学的重点就是对学生进行有针对性的引导，让学生在充分认识自己的基础上开展翻译实践。这就要求教师不管是在教学方式还是在教学活动的设计上都要有一个全新的思路。与此同时，对翻译教学中的教学编写，认知语言学的影响也是非常明显的。

在编写教材的过程中，适合翻译或者说对翻译教学有益的一个重要特点就是语篇性，针对这个特点选择那些更具交流价值和实用价值的语篇，对于教学的实施以及学生翻译能力的增长都会有很大裨益。同时在编写教材的时候还有一点需要注意，那就是始终将学生放在首位。比如我们可以让学生自己分析几篇文章，这样不仅调动了学生的主动性，还可以活跃学生的思维，让他们尽情发挥，从一定意义上讲，这种方式可以有效提高学生的翻译能力。

三、建构主义与翻译教学

在建构主义教学模式中，学生依然是教学活动的中心，教师在整个教学活动的实施过程中的主要作用就是组织、指导、帮助和促进。同时利用各种环境和方式方法对学生的学习活动进行调动和激发，使学生的主动性和创造性发挥到最大。最终达到预设的教学目的，也就是学生能将所学到的知识发挥到最大程度，这也是构建主义教学模式的教学核心。对于当前环境中的翻译教学来说，构建主义教学模式不仅具备一定的针对性，同时也具备非常重要的指导意义。

（一）建构主义理论与翻译教学的联系

建构主义理论是近年来广泛应用于西方国家的一种新兴的教学理论，它也是在认知学习理论的基础上衍生出来的一种学习理论，是认知学习理论的一个重要组成部分。对于构建主义理论来说，它更注重内在层面的学习过程，它认为建构完备的心理需要通过学习来完成。不管是获得知识还是获取技能，仅仅是通过教师的讲授是远远不够的，还要通过学生自己的体验和实践。学生以原有知识和经验为基础，在一定的环境下利用他人可能是老师也可能是伙伴提供的帮助，通过对工具的合理利用，掌握相关的知识与技能，这就是实践中的一种意义构建。

而以此为基础的翻译教学，尤其是教学课堂中，学生的角色也发生了颠覆性改变，学生不再是被动地接受知识和翻译技能，也不再是重复单调的翻译学习，而是成为课堂的中心，课程的主宰者。

对于翻译学习活动的参与来说，根据以往积累的知识和经验，学生完全能左右课堂中的知识学习，对于翻译知识和技巧的提升，学生可以通过多个途径来获取，这些途径包括学生之间的讨论、具体的实践以及团队合作或信息的再加工等，通过这些方式，学生的主观能动性得到了充分的调动，相关的知识和技巧也得到了充分的挖掘和提升。学生在具体的环境中对相关的翻译知识和技巧进行理解和同化，最终实现有关翻译知识的意义建构。

（二）建构主义理论对翻译教学的启示

1. 在知识建构中激发学生的认知主体作用

在任何一项翻译实践中，实用性都是翻译活动要遵循的一个重要原则。这对于正在翻译学习中的学生来说是尤为重要的。由于在构建主义理论教学中学生是教学活动的主体，翻译教学自然也不例外。为了尽可能在翻译实践中得心应手，学生就要充分调动自己的主观能动性，积极参与到翻译的实践当中去，尽最大可能去探索未知领域并获得知识。

与此同时，教师也应当适应新时期的教学角色，从一个知识的传播者和灌输者向引导者和组织者转变。学生身份的转变并不是说学生可以为所欲为，而是要尽可能参与到知识的获取当中，从知识的奴隶逐渐转变成知识的主人，并在此基础上对知识进行深挖和深掘最终将知识串联起来，也就是知其然也知其所以然。

在翻译的实践过程中，由于之前的知识积累和经验总结，学生会对原文产生不同程度的理解，同时也会建构起不同的意义。翻译课堂上教师的一个重要任务就是帮助学生建立相关的知识体系，同时还要促进学生去激活这些知识。通常上课之前的准备活动就可以完成这一阶段，当然，课堂中教师的讲解和提示也是完成这一阶段的重要手段。另外，学生也可以通过一些别的渠道获取与课文相关的资料和知识，例如网络等途径，从而使他们的知识建立得更加完善。

2. 在知识建构中发挥教师的“中介”作用

在传统的教学当中，人们总是凸显教师在课堂上的作用，一定意义上讲，教师主导着传统的教学活动，因为从上千年前，教师的作用就是“传道、授业、解惑”，这就奠定了教师课堂上的主导基础。换言之，在课堂上或者说在知识领域，教师的权威性不容置疑。但也正是因为这种权威性的存在，这种强制性灌输知识的方式，对于学生在学习知识上的积极性和创新性来说是一个非常重大的打击。因此，为了调动学生学习的积极性，增强主动获取知识的能力，教师应尽可能放权给学生，让学生根据自己的需求和兴趣主动获取知识。

这种教学方式对于教师来说是一种考验，因为每个学生都是不同的，要想调动全部学生的学习兴趣，就要针对不同的学生采取不同的引导策略。只有这样才能激发学生对学习的兴趣，进而产生学习的积极性，与此同时，教师还要在学生的实践空间和思维方面进行良好调动，让学生在面对问题的时候能够以积极的态度面对并尽量自行解决。在翻译教学中，教师要充分发挥自己“中介”的作用，同时也对英语翻译教学工作者提出了全新的要求。

3. 在知识建构中强化“合作”的枢纽作用

在建构主义教学的观点中或者说在构建主义形成的教学模式中，学习的过程应该包括相互之间的交流和团队之间的合作。团队之间的相互沟通和合作对于知识体系的构建起着非常重要的积极作用。具体到翻译教学的实践中就是团队对将要进行的翻译实践进行相关的讨论和交流，在教师启发性问题的引导下，学生可以通过辩证的创造性思维对问题进行剖析和理解，进而及时纠正存在于翻译实践中的问题。这种合作过程的主要特点就是交流，包括学生与学生之间的交流活动，以及教师与学生之间的交流活动。由此，我们可以知道，教育是人才培养和造就的主要途径，尤其是创造性教育；也只有创造性的教育，才有可能培养出创造性的人才[1]。

因此，在翻译教学实施的过程中，利用相应合适的教学模式对于学生思维及其创新的培养意义重大，如启发式教学和情境式教学。在翻译教学中引入建构主义理论，对翻译教学的传统模式来说是一种颠覆，教学的重点也就是从学生知识的掌握转移到实践能力的增长，也只有这样，培养出来的学生才能更加适应现在的社会现状，在未来的实践中才能更加得心应手。

第四节　翻译教学研究的重要性和意义

21 世纪是经济全球化和技术腾飞的一个世纪，更是人类文明交流与日俱增和文明发展的一个世纪。刘宓庆指出，21 世纪有三大景观，即科技发展、全球性经济的整合发展和世界文化的多元化、多方位、多层次发展，伴随着三大景观的是三大趋势，即全球性的交流互动趋势，全球性的改革、变革趋势，以及全球性的知识提高、深化和普及趋势。这三大景观和三大趋势与翻译的关系极为密切，集中体现在四个方面的巨大需求和要求上，即人才需求（口笔译人才的需求要比 20 世纪末期增加约 12 倍，其中发达国家和中等发达国家增加约 15 倍，发展中国家的需求量会更大）、产品需求（即译品需求。据估计，在 21 世纪的头 50 年，仅科技、文化的全球交流所需的翻译著作每年约两万种，50 年内共需约百万种）、功效需求（即翻译的速度和效率要大幅提高，不再是传统的“慢工出细活”，而这一切与教育和培训紧密相关，因为翻译教育是高效能翻译人才的摇篮）、

[1] 江庆心. 论教师介入学生自主学习的重要性 [J]. 外语界，2006，(2).

质量要求（即译品的质量）。刘宓庆的这一断言具有前瞻性，深刻地剖析出新时期对翻译人才和翻译市场的迫切需求。

据统计，全球翻译市场目前的年产值超过130亿美元，亚太地区占30%，其中中国市场约为120亿元人民币。我国紧缺五类翻译人才，主要包括：会议口译、法庭口译、商务口译、联络陪同口译、文本翻译。中国翻译协会的数据显示，目前我国现有职业翻译人员6万多人，相关从业人员超过50万，专业翻译公司3000多家，但胜任翻译工作的人才缺口却高达90%，市场上高水平的翻译大约只占总数的5%。我国的翻译人才队伍亟待充实提高，而我国本科阶段的翻译专业人才培养严重滞后于经济发展的需要。另一方面，作为一个经济迅速发展的国家，作为世界上人口众多的国家，中国自然是一个翻译大国。中国的改革开放以及与世界越来越密切的联系更加离不开翻译，外国大量的科技、管理、外交、经济、文化等材料需要翻译到中国来，同样中国大量的类似文件要翻译到国外去。

尤其是进入21世纪以后，在全球化和信息化时代的今天，随着中国经济的快速发展，中国的国际地位进一步提升，中国与世界各国在政治、经济、文化等各个领域的合作与交往日趋频繁，中国经济发展的成功经验以及社会文化生活的方方面面都需要以恰当的方式介绍到国外，国外先进的科技以及经济、管理等值得借鉴的经验也一如既往地需要介绍到中国，因此国家对复合型、应用性英语翻译人才的高度需求已成为不争的事实。更重要的是，承载着中国文化的中国文学、中国戏曲等多种媒介形式应该更多地译介成各种文字，使世界人民更好地了解中国，使中国在世界舞台上更好地发挥作用，更好地让世界人民了解中国五千年来形成的多姿多彩的文化。所以，如果说中国的近现代及以前的翻译史是一部外译汉的历史，那么当代中国更需要大批汉译外的优秀人才。“这其中尤其要重视能胜任从事中国传统文化、中国国情资讯外译的研究型译才。”[1] 因为谁也不能否认，要把中国的传统文化和国情介绍到外国，不是单靠语言的功底就能完成的，还需要对中国文化、中国国情进行深入的研究，真正了解中国文化和中国国情的内涵。

可是按目前的情况看，高级的汉译外人才匮乏已成为中华文化走向世界的一个瓶颈，因此培养高级翻译人才是当今中国社会发展和中国走出去战略实施的呼唤和迫切需要。

从专业角度讲，英语专业培养出来的毕业生，如果毕业后不转行，大多数人都会在工作单位从事一定的翻译工作，所以翻译是毕业生应用较为

[1] 穆雷．翻译事业何以发展——翻译教学及其研究［M］．外国语，1997（4）：45.

广泛的一种技能。英语专业毕业生的语言水平和翻译直接关系到自己的工作，正如穆雷指出："学生的母语和外语水平，工作以后大多要从口译或笔译中体现出来，学生对翻译的掌握程度常对他们的工作产生较大影响。"而学生的语言水平（尤其是双语水平）以及翻译水平当然有赖于翻译教学，由此可见翻译教学所承担的重任，具体说来，翻译教学的重要性也正如穆雷所言。

通过翻译教学，翻译理论才得以广泛传播；通过翻译教学，我们才建立起自己的学术基地和学术队伍；通过翻译教学，翻译事业才能源源不断地获得新生力量，才能生气勃勃，永葆学术青春。我们的社会主义现代化建设，需要培养相当数量和较高质量的翻译工作者，而在这支队伍的建设中，翻译教学承担了举足轻重的任务，甚至可以说，翻译教学是翻译这一学科发展的命脉❶。

新时期对翻译人才的需求和对高校英语专业的翻译教学提出了更高的要求。在这种新的时代背景下，高校更应该重新认识和估价翻译教学肩负的重任，应该为国家和社会的发展培养高质量、高素质的文化翻译人才以及各种应用型翻译人才，其中包括复合型和复语型翻译人才等。本科翻译教学是培养翻译人才的初级阶段，但又是非常重要的阶段，因为这个阶段首先要培养学生对翻译的兴趣，引领他们将翻译视为一种语言的游戏，从而激发他们提高双语水平，为以后走上工作岗位或继续深造奠定良好的基础；其次，这个阶段的翻译要把更多的时间放在翻译务实环节，将英汉对比、语篇分析和翻译技巧有机地结合起来，让学生有更多的翻译实践机会，并教会他们学习翻译和练习翻译的有效方法；第三，要教会学生如何去评析一篇译文，这样可以从中学到有用的语言知识、文体知识、文化知识等；第四，让学生了解翻译在历史和当今时代的作用，从而激发他们从事翻译的使命感和责任感。

到 2011 年 3 月为止，我国内地共有 42 所高校获得教育部的批准，开办翻译本科专业学位教育。这从一个侧面反映了新时期对翻译人才的高度需求。在外语专业的本科阶段，翻译教学还没有得到应该得到的重视，因为长期以来不少教学管理者和外语教师认为只要会教外语精读、泛读、写作等课程的教师就一定可以教好翻译。实际上这种看法存在一定的偏颇，因为翻译课是一门与语言学、文体学、认知学等学科有着千丝万缕联系的学科，不仅需要教师有较高的外语水平，更需要教师有较高的母语水平、多学科的知识以及恰当的翻译教学方法。值得一提的是，本科阶段是培养

❶ 穆雷．翻译事业何以发展——翻译教学及其研究［M］．外国语，1997（4）：45.

翻译实践人才的基础阶段，也是最为重要的阶段，所以探讨本科阶段的翻译教学正是新时期社会发展的呼唤，也是新时期英语教学中非常重要的一项任务和环节。

第二章　翻译教学原理

前面我们已经对翻译教学和翻译研究的相关理论进行了探讨和分析，本章我们将从国内外翻译教学的现状、翻译教学的目标和内容、翻译教学的课程设置与教材、翻译教学中的师生以及翻译教学的发展趋势等方面展开阐述。

第一节　国内外翻译教学现状分析

作为一种具体实用的教学手段，翻译被适度而合理地运用于外语教学实践中。随着国际交流更加频繁，中国需要越来越多的综合素质高、专业精通、外语扎实、具备较强翻译能力的复合型实用翻译人才。显然，只靠规模有限的英语专业来培养翻译人才，是无法满足这种需求的，况且英语专业学生的理工科知识极其缺乏，因此很多涉及理工或科技之类的翻译工作，英语专业的人根本无法胜任，这也是他们比较大的一个短板。这也就意味着有些人不一定非要是英语专业才能从事相关的英语翻译工作，进而成为自己专业领域的翻译人才。同时也意味着，大学传统的英语教学要进行程度相当大的改革，从传统的、存在诸多问题的教学翻译，转向翻译能力的培养，通过一定的措施和手段，使学生能够成功转型，最终成为一名合格的翻译工作者。

一、翻译课堂教学现状

目前，一部分翻译课教学以课堂为主，以书本为中心，教学模式相对单一。教师对语法知识传授投入了较多的精力，但由于课时所限，难免顾此失彼，在翻译技能培训方面不够重视。学生往往追求正确答案而不求甚解，没有积极思维意识。这往往影响学习效果，无法更上一层楼。此外，经调查发现，我国的大专院校学生对英语的词汇、语法的学习大都比较关注，常常将大部分时间都花在词汇、语法等学习点上，而这不利于应用能力的培养与提高。

二、教学内容现状

随着科学技术的快速发展和社会的不断进步，今天已经处于一个经济、文化多元化发展的新时代，人们的思想意识和观念也随之产生了变化，这种大氛围的改变使得学生的思想、个性也从根本上发生了深刻的改变，从而需要更丰富、更新鲜的教学内容来刺激他们的神经，激活他们的学习动力。但是，在今天大部分院校的英语翻译教学内容仍旧大量沿袭和采用传统的教材，这些传统教材的专业性一般都较强，且比较偏重于理论，也不能反映现代社会的现实情况。同时，能够反映时代信息的科技、外贸、影视、媒介、法律、军事等题材的教材很少。这种情况下，学生不仅无法掌握更多的相关专业知识和专业术语，同时传统教材也给学生的翻译学习和实践造成很大的困难。

此外，有的学校给所有专业的学生配备了同一本翻译教材，而专业不同的学生对英语翻译的需求也是不同的，因此这种情况不仅不能满足各个专业的教学需求，而且会导致学生学不到和自己专业相关的语言知识，更不用说学到更多的翻译技巧了，由此导致学生的学习兴趣就会大减，学习的积极主动性也会受到很大的打击。可见，在现代社会环境下，英语翻译教材的内容是否新鲜和全面会在很大程度上影响学生的英语翻译学习以及英语翻译能力的培养和提高，因此，使英语翻译教学内容与时代同步已经成为发展英语翻译教学刻不容缓的重要举措。

三、学生个人翻译素质现状

（一）学生个体素质的差异性对翻译教学的影响

可以这样说，虽然大学英语是每一位在校大学生都要学习的一门功课，虽然它针对的是大学里面的所有专业，但是学生个体的英语水平却参差不齐，因此在进行翻译教学的时候就会产生不同的教学要求。可以肯定地说，对于翻译教学的结果来说，学生的英语水平起决定性因素。这也并不是说英语水平高的人翻译水平也相应高，翻译出来的作品也具备非常高的水准。

事实上，要想翻译出一份质量上佳的作品，要求学生不仅要具备很高的英语水平，还要具备相应的词汇功底和储备，并在书面、阅读和听力等方面具备较高水平，只有这样才能在翻译的过程中将原文的表意和含义最大程度地表现出来，也就是说达到预期的教学目的。反之，英语各方面水平较低的学生，翻译出来的作品自然也就水平有限，自然也就很难达到预期的翻译教学目的。

（二）学生的英语功底现状

1. 学生英语功底不扎实

近年来，我国高校不断扩招，从某种意义上讲，如今学生的平均综合能力水平不如以往。学生英语基本功不扎实，不仅会直接影响到翻译课程教学，也给教师的翻译课程教学带来一定的困难。颁布于 2004 年 1 月的《大学英语课程教学基本要求（试行）》（以下简称《要求》）中对大学生的英语翻译能力提出了广泛的要求❶。根据目前的调查发现，虽然我国对大学生的翻译能力提出了具体要求，但是这一要求对今天已经学完大学英语教材的学生来说还是有一定难度的。在大学英语翻译教学的实践活动中，常常可以看到这样的现象：一方面，学生能够明白某篇英语文章，以及文章中的某些段落和句子的意思，要他们做阅读理解或选择填空这种客观性较强的练习时他们可以很好地完成，但是如果要他们用母语（汉语）将这些英语文章或段落、句子准确地翻译出来就比较困难了。大多数学生在进行英语翻译时，常常会拘泥于原文句子的结构和词序而对其进行直译。另一方面，如果需要将汉语翻译成英语，这对学生们来说困难就更大了，因为汉语表达的多样性，在很大程度上考验学生的英语表达能力和对自己语言的理解能力。与此同时，学生的英语水平不仅影响着学生的语言学习能力，对其他能力的培养也会有一定程度的影响，同时对翻译水平的提升也起着决定性的制约作用。

对于语言的综合运用能力来说，翻译能力就是其中的一个重点。但是从一些语言测试中我们可以看出，现实中学生的翻译能力实际上是让人担忧的，还有很大的提升空间。

首先，有相当一部分学生在翻译的实践过程中，很难对英语句子中的含义或引申义进行全面和合理的解释或理解，这种障碍的存在导致的结果就是翻译出来的句子会引起读者的误解甚至是笑话。

---

❶ 《要求》提出，高校大学生应能借助词典对题材熟悉的文章进行英汉互译，英译汉的速度应最慢为每小时 300 个英语单词，汉译英的速度应最慢为每小时 250 个汉字。大学生翻译的译文应基本流畅，并可以在进行英语翻译时使用一定的翻译技巧。

例 2-1-1：

原文：The aim of this course is to develop the students' reading skill.

译文：这门课的目的是发展学生的阅读技巧。

例 2-1-2：

原文：They have developed an interest in gardening.

译文：他们对园艺发展了兴趣。

以上两个句子的翻译在精确度上面就存在一定的偏差，但在理解层面还是尚可的。通常情况下，“develop”的解释都是“开发、发展”，但它还有很多的其他解释。在第一个例子当中如果依然将“develop”解释为发展，则感觉句子有点别扭，学生的阅读技巧用发展感觉有点牵强，因此这的“develop”应该解释为“培养”，那么，得到的翻译结果就是“这门课的目的是培养学生的阅读技巧”。这样的翻译使句子更加流畅，在阅读的过程中更符合中国人的阅读习惯。第二个例子中，“develop”的解释依然是“发展”，在中国人的语言观念中，人们通常会说产生兴趣，因此，这里的“develop”应该解释成“产生”，那么，该句子更加合适的译文就是“他们对园艺产生了兴趣”。

通过以上两个例子我们可以知道，在翻译的实践中，要想确定英语词语的正确词义，应根据该词语在句子中的具体位置以及与其他词语的搭配组合来进行。与汉语中每个词语相对固定的解释不同的是，英语单词所处的位置不同，或者搭配不同的词语就会产生不同的词语解释。这就为翻译理解造成一定程度的困扰。因此，要想正确理解词语的含义，就必须联系上下文以及在理清文章逻辑关系的基础上，对词义进行精确定义。有时候甚至还要进行适当程度的引申。一旦离开上下文，对一个词语进行单独翻译的话，会在句子的表述上与句子里面蕴藏的含义产生偏差。

其次就是学生在翻译实践中的词序或语序问题。由于受到英语句式及词序搭配的影响，学生在翻译表达的过程中也会有所限制，因此就会出现很多不符合中文表达习惯的翻译，使翻译的结果有时会很牵强。

例 2-1-3：

原文：It is simple that different people do the same things in different ways.

译文：只不过是不同的人做同样的事以不同的方法。

通过对上面例子中的翻译阅读，我们发现这个表达与中文的表达习惯是不相符的。在英语的表达中，短语状语的位置相对来说比较随意，它可以放到被修饰语的前面，也可以放到被修饰语的后面，但在汉语中，状语的位置则相对比较固定，因此，在翻译实践中要灵活掌握。那么，翻译成符合汉语习惯的句子就是：只不过不同的人用不同的方式做同样的事情而已。总而言之，英语和汉语在表达上有本质不同，很多时候，要想翻译得更加顺畅，就要在翻译的过程中对词序或句序做适当调整。对于学生来说，这一点要尤其注意。

此外，在翻译的过程中，适当增加或减少词量也是翻译中经常见到的事情，但这个程度学生很难掌握，并在译文过程中经常出现错误。很多学生在英译汉的过程当中，受到英语句子中词汇数量的影响，并囿于这种限制反映在译文上面，导致的结果就是翻译出来的汉语常常重复啰唆。

最后还要说的一点就是长句子，在英语中，经常能看到一些句型比较复杂，排列较长的句子，这在翻译的实践中也是一个重点和难点。在翻译的过程中，不管是句子中的前置词短语，还是从句部分，学生都很难在理清句子成分的基础上，将它们翻译成汉语中的分句。导致的结果就是翻译成的汉语就成为外语式长句，这在汉语的语言表达中是非常少见的，同时也是非常不习惯的。

例 2-1-4：

原文：I am one of the many city people who are always saying that given the choice we would prefer to live in the country away from the dirt and noise of a large city.

译文：我是许多总是说如果让我们选择，我们宁愿住在乡村，远离大城市污秽和喧嚣的城里人之一。

从上面的例子中我们可以发现，由于原文中使用了一个定语从句，翻译出来的汉语在语法上面也是合理的，但对于习惯汉语表达的人来说，读起来难免有点拗口。这里就涉及一个翻译技巧，当英语中的定语从句相对较长的时候，在翻译的实践中可以适当将其摘出来，成为一个单独的分句，也就是将句中“××的”定语部分单独翻译，因此，上例翻译成我们比较习惯的中文就是：许多城里人总是说，如果让我们选择，我们宁愿住在乡村，远离大城市的污秽和喧嚣，我也是其中之一。

此外，还有一点需要注意的就是被动语态的句子，因为这种句式在英语中的应用比较广泛，在一定程度上会影响汉语翻译，导致翻译出来的汉语也成为被动句，也就是“××被××”，这种句式在汉语的表达中相对比较生硬，使用也相对较少。

学生在学习翻译的过程中发现自己的不足后，有的非常重视，对翻译学习也持认真的态度，然而他们却没有找到适合自己的学习方法，以致事倍功半，并且产生了畏难情绪。另外还有些学生，学习态度不端正，往往是看看答案，或者是大致地翻译后便去对答案，这种学生的依赖心理和惰性都比较强，一旦发现自己的翻译能力总是不能提高，就产生了焦虑的情绪。数据调查显示，针对这个问题，实际上学生也越来越重视，随之而来的就是普遍意义上的畏惧和焦虑情绪，越是这样，他们越是不想参与到翻译的实践当中，导致翻译教学效果自然也就越差。在相关的英语测试中，有的学生甚至胡写乱画甚至是交白卷，这对于学生的翻译水平来说没有任何帮助。

2. 学生对英语文化不甚了解

目前我国的学生对英语文化知识的了解较少，这也是造成他们在进行英语翻译时语误的重要原因。

调查发现，现阶段我国大批院校在英语翻译的教学中对于英语相关的文化知识重视不够，这就使得学生对西方民族文化的习惯、信仰以及价值观等方面的背景、知识、文化不甚了解；同时，在英语翻译学习中学生也没有进一步地去了解英语单词在不同句子中的不同意思，使得他们只会按照字面上的意思进行英语翻译。举例来说，英语单词“help”最普遍的意思是“帮助”，但是它在不同的句子里有不同解释，拿“Please help yourself to some pork.”这个句子来说，意思是说“请随便吃点肉”，“help”在这里是充当的是句式的一部分，因此不能拿来单独翻译；而在“The medicine helps a cold.”这个句子指的是“这种药可治疗感冒”，可见在这个句子里也不能直接地将“help”翻译成“帮助”，而要依据上下文的意思翻译，在这里译成“治疗”就比“帮助”更加确切。学生们因为对西方文化缺乏一定的了解，再加上汉语语言习惯和思维惯性的影响，在具体的英语翻译实践中，常常会造成对英语的误解，致使出现翻译语误，例如在“You are a lucky dog.”这个句子中就不能将“lucky dog”翻译成“幸运狗”，而应将其翻译成“幸运儿”，之所以这么翻译，是因为在西方国家里，狗被看成人们的好朋友，因此也就有褒义。此外，在学习英语翻译的过程中，学生也常常会因为对西方语言环境及文化的不了解，而译出一些中国式的英语，从而闹出笑话，类似的例子有将“好好学习，天天向上”翻译成“good good study，day day up”，将“给点颜色瞧瞧”翻译成“give some colour see see”等，产生这些现象的根本原因往往是由于学生对西方人的思维方式、表达习惯等不了解。

四、教师素质现状

当然，在大学英语的翻译教学中，教师自身的素质水平也是非常重要的。在大学从事翻译教学的教师中，有相当一部分教师是从一个学校毕业，然后直接从事翻译教学工作，这类教师缺乏相关的翻译实践经验。更不用说紧跟时代步伐，创作与时俱进的翻译，他们本身就是与时代脱节的一个群体，充斥于他们教学过程中的内容自然也就比较落后。导致的结果就是学生也无法跟上社会上翻译的时代步伐。

事实上，翻译教学最基本的价值观就是在反映时代特征的同时还有一定的历史使命。此外，为了满足社会发展的需要，让更多的人实现自己的人生价值，高等教育的规模一直在不断扩张，导致的结果就是教师资源相对短缺。不断增加的班级规模对教师尤其是翻译教学的教师来说是一个不小的教学任务，他们很难兼顾到班级里的每一个学生，自然也就很难做到因材施教。再加上教师除了固定的教学任务外，还有一定的科研任务，这更加压缩了教师提高自身素质和业务水平的时间和精力。翻译教学中的教师面临的这种窘境自然会直接作用于学生，造成的结果自然也是有目共睹。

五、翻译教材现状

目前的翻译教材一般都会涉及翻译理论知识（翻译技巧和基本技能）的讲解，而这些基本理论的讲解对翻译的初学者来说是非常有必要的，俗话说“没有规矩不成方圆”，因此对于初学者来说，如果没有一定的翻译技巧和技能的指导和制约，他们便不知道如何更好地翻译，也不知道自己的翻译是好还是不好。然而，由于目前高校所使用的翻译教材不太容易进行举例教学，且其中的文学类例子较多，对于翻译初学者来说较为困难，而适合他们的简单的、基本的例子则相对较少。同时这些教材还存在一定的滞后性，教材内容大多滞后于时代的发展，因而缺乏合适的、时代性强、信息性强的翻译例子。在这样的情况下，学生会因为教材内容较难或较为乏味，不能引起他们学习英语翻译的兴趣而厌学。

此外，教材的编制水平对教师素质的影响也是非常重大的，对于目前应用比较广泛的英语教材来说，很大一部分教材的内容都是侧重于提高学生的听说能力，甚至还有相关的辅助教材，这也就证明了人们更重视学生听说能力的提高，然而设计翻译的教材相对较少，更别说相关的辅助教材了；在教材中，翻译练习的数量也较少，即便有练习，也大多为汉译英练习，这也就充分说明在翻译教学上或者说翻译能力的培养上面存在一个误区，这种误区给学生造成一种认知就是所谓的翻译就是将汉语翻译成英语，这实际上是对翻译的一种重大误解，同时也限制了学生汉译英相关能力的培养。

第二节 翻译教学的目标

关于翻译教学的目标，不少中外翻译学者都给出了自己的看法。海蒂姆（Hatim）指出，翻译教学是一项充满变化的活动，是培养笔译和口译人才的活动，这项活动可以在机构中（如大学）进行，也可以在机构外进行（如自学），翻译也可以作为完成其他目标的方式（如语言教学）进行使用。而翻译活动发生的背景也是变化的，可以从翻译培训学校到国家和国际机构的部门。翻译教学的任务通常包括：课程设计、教材编写、授课及其他操作（如教学、挑选人员等）。意大利学者贝尔纳迪尼（Bernardini）认为，本科阶段的翻译课程其目的是提高学生对职业伦理和译者“文化中介”这一身份的意识（Awareness），培养学生在实践中对所用翻译策略、翻译技巧进行反思（Reflectiveness）的习惯以及使用、开发翻译资源和解决翻译问题的能力。西班牙学者戴维斯（Davies）认为，本科翻译教学的目的是培养能胜任口笔译实践、与语言相关的文字修订、媒体编译等工作，同时也可为进一步的研究生深造做好准备。杨柳、张柏然认为，传统的翻译教学往往只注重狭隘的语言转换这一“技”的层面，而忽视了包括选材、教学法等更广泛的“技”的层面，更忽视了“道”的层面，这种“道”包括教师本身“道”的修养和对“道”的传播与传达。刘宓庆认为，根据现今的时代特征和这个时代翻译所肩负的使命，翻译教学应尽最大努力满足社会需求和目的语文化建设需求；必须尽最大努力适应并指引翻译实务的发展；必须尽最大努力适应素质教育和素质教学的要求。刘宓庆进一步指出，翻译教学的核心任务可以概括为：培养学生的翻译能力和强化学生对翻译的认知，这也是翻译学素质教育的基本目标，具体说来，翻译能力包括语言分析和运用能力、文化辨析和表现能力、审美判断和表现能力、双语转换和表达能力、逻辑分析和校正能力，而且翻译能力培训的过程就是强化受培训者的认知过程，使他对翻译、对学习翻译知之不多到知之较多，最后达到知之甚多的过程。可见，翻译教学是一种综合素质的训练，是在学生具备一定语言能力的基础上，训练跨文化的思维能力和双语交际能力。

综上所述，本科阶段翻译教学的主要目标在于提高和培养自己，在具有专业素养和职业素养的翻译教师的指导和引领下，学习者能够提高自己的双语水平（即外语与母语的水平）、培养自己的翻译实践能力（包括掌握基于双语对比的翻译技巧以及培养和提高翻译各种语篇的能力）、加强自己逻辑分析能力、审美判断能力以及文化认知能力。沙夫纳

(C. Schaffner) 认为，翻译能力包括语言能力（Linguistic Competence)、文化能力（Cultural Competence)、文本能力（Textual Competence)、语域能力（Domain Competence)、研究能力（Research Competence）和转换能力（Transfer Competence)。而本科阶段的翻译教学更应该注重培养学习者的语言能力、语域能力、文本能力、文化能力和转换能力，翻译能力并非本科阶段翻译教学的主要目标之一。当然，在培养学习者上述能力的过程中，还应同时培养翻译学习者翻译工具（如词典）的使用能力。

笔者认为，大学与培训机构的不同在于大学的课程应该将“道”与“器”相结合，这种结合不仅仅局限在“器”的层面，否则大学与技校就没有区别。实际上，大学培养的人才不仅应该具有专业能力，更应该具备一定的人文素养和道德素养，而这应该在大学所开设的每一门课程中体现出来。体现在翻译课上，则表现为可以让学习者了解一点翻译史方面的知识，从而认识到翻译在人类文明交流中的重要作用，认识到翻译是一种语言转换行为，从宏观角度来说是一种文化行为，要让学习者认识到翻译是一项伟大的事业，而不仅仅是一种技能。所以英语专业翻译课不应局限于上述“技”或“器”的层面，还应该添加一点“道”的知识，不仅对提高学习者的翻译实践水平，还可以提升他们的人文素养。同时，通过翻译课上的小组讨论和小组作业，还可以培养学习者的团队协作能力，而这又是21世纪的人才所必需的一种能力。毋庸置疑，本科阶段的翻译课重心依然是英汉对比和翻译技巧，也就是前文所说的“职业素养”。

第三节 翻译教学的内容

社会现实的需求通常通过各种途径反映在翻译实务上。因此，翻译教学欲与社会现实需求合拍，就必须实实在在地关注翻译实务，加强自己的社会功能水准和实效。如果翻译教学不密切关注实务，置实务教学素质和需求于不顾，则如“皮之不存，毛将焉附”，翻译教学的基本目标和目的也都不可能落到实处。

当然，由于大学不是专门的培训机构，大学的翻译教学也不是单纯的翻译技能培训，因此，在翻译教学中依然要求主要学习者的人文素质和专业能力全面提高。因此，笔者认为在本科翻译教学中可以适当穿插中国翻译史的简介，不仅能丰富学习者的文化知识，更重要的是通过翻译简史让他们认识到翻译在人类文明发展中的作用，从而激发他们学习翻译的兴趣。总体说来，翻译教学内容包括以下几个方面。

一、两种语言和文化对比及翻译策略与技巧

本科翻译教学应该把主要的时间放在学习者翻译能力的培养上，也就是翻译技能的培养上，正如杨柳、张柏然指出："对于大学生这批未来译者行业的主力，在选材上就应以面向社会实践的主体为主。"翻译课要让学习者真正掌握一些翻译技巧，学到一些规律，就必须重视两种语言的对比，因为只有通过对比才能真正意识到译文是否地道，也就是说，只有重视了两种语言的对比，学生才能真正知道如何翻译，而且知道为何这样翻译。可见双语对比在翻译教学中的重要性。实际上，早在我国佛典翻译时期，道安就已经意识到两种语言的不同对翻译的影响。他提出了翻译"五失本"和"三不易"。"五失本"中的前两条就是关于两种语言对比的内容，这两条是："一者，胡语尽倒而使从秦，一失本也；二者，胡经尚质，秦人好文，传可众心，非文不可，斯二失本也。"其中第一条就是两种语言的语序不同，第二条是两种语言背后的思维和审美不同，翻译要根据两种语言的不同做出调整。

中国著名语言学家吕叔湘先生曾经在《中国人学英语》（2005）的修订本序中说："我相信，对于中国学生最有用的帮助是让他认识英语和汉语的差别，在每一个具体问题——词形、词义、语法范畴、句子结构上，都尽可能用汉语的情况跟英语作比较，让他通过这种比较得到更深刻的领会。"

英汉对比研究于 20 世纪 90 年代在我国处于研究的兴盛期（如刘宓庆，1991；陈安定，1991；许余龙，1992；连淑能，1993；王福祥，1992；刘重德，1994；杨自俭和李瑞华，1990；李瑞华，1996），可以说，这一时期的英汉对比研究蔚为大观。进入 21 世纪以来，中国译学界受到西方"翻译的文化转向"这一潮流的影响，更多学者从文化角度研究翻译。但是，笔者认为，21 世纪译学界的研究更加关注译介学以及描述翻译学（即将"翻译"作为一种文化现象来阐释），实际上，从翻译的具体操作层面看，英汉对比并没有过时，因为翻译实践过程中译者需要更多地考虑两种语言在词汇、句法和语篇上的异同，在经过细致的比较之后才能更好地选择对应词，才能使句子读起来更像目的语，才能更好地将原语语篇译成地道的目的语语篇，使译文更好地为目的语读者所接受。因此翻译操作过程中既然要重视语言的对比，同时翻译教学还应该教会翻译学习者通过英汉对比掌握一定的翻译原则和技巧。吕叔湘先生认为："比较是要注意英语和汉语的不同之处，让学习者在这些地方特别小心，这是极应该

的。”而且，吕叔湘先生主张教师要帮助学习者对双语进行比较，因为要不帮着学习者去比较，他自己会无意之中在那儿比较，而只见其同不见其异，那就是“比附”了。吕叔湘先生这里论及的虽然是英语本身的语言教学，但对翻译教学有着很大的启发意义。刘宓庆也提出，翻译实务教学第一条基本思路就是“应着眼于双语对比，特别是双语差异，使学生深明‘知己知彼，百战不殆’之理，实际上这也是传播学的基本原理之一。”他认为要“以充分的语言实例展示汉英双语之间的差异”。蔡毅指出，从语际等值的角度出发，及时地把对比语言学的有关研究成果引入翻译理论和翻译教学，从而充实翻译教学的内容是一项极为重要的任务。

翻译教学和研究的经验表明，翻译理论和技巧必须建立在不同语言和文化对比分析的基础上。英汉互译的基本原则和技巧以及时态、语态、语气等的译法，都体现了英汉的不同特点。因此，对比、分析和归类这些差异，是翻译教学的重要任务。

在研究翻译教学的过程中，金萍指出，对于双语学习者和翻译初学者来说，“对英汉两种语言的对比分析，有利于语言意识的培养和避免母语的干扰。”由此可见，在翻译教学中将两种语言的对比作为翻译教学的内容是非常重要的任务，同时起着重要的作用。

除两种语言的对比外，还应重视两种语言背后文化的对比。不同民族因为人类居住的环境和生活习惯不同，其形成的文化也会存在很大的差异，而文化又会对翻译的具体操作产生影响，这种影响有时会是一种“制约”，甚至成为翻译中的“难题”或“瓶颈”，因此翻译与文化之间的关系非常密切。换言之，翻译不单单是语言转换的问题，而是与文化有着千丝万缕的联系。

正如戎林海指出：翻译问题不单单是个语言问题，在很大程度上，它与文化因素、背景知识有着重大关系，受着它们的影响和制约。一般说来，一种语言中的纯语言障碍可以比较容易地在另一种语言中得到克服。但是，要克服文化上的差异则比较困难。包惠南认为文化的差异给翻译带来的困难表现在五个方面，即词汇空缺、词义冲突、语义联想、语用含义、民族心理差异。因此，要想真正传达原文的信息，译者不仅要精通两种语言，更要精通两种语言背后的文化，正如刘宓庆指出：“译者必须努力学习，不仅是在语言上下功夫，还必须在文化上下功夫，以提高文化意识。提高文化意识是文化信息感应力的前提，也可以是一种驱动力。”例如，英国是岛国，而中国是大陆国家，所以在比喻花钱浪费或花钱大手大脚时，英语会使用“spend money like water”，而汉语则用“挥金如土”，这里就可以看出“水”文化和“土”文化对两种语言的影响；在比喻一个东西不伦不类时，英语使用“neither fish nor foul”，而汉语则使用“非驴非马”，由此也可以看出英语背后岛国文化和海洋文化及汉语背后大陆文化之间的差异。英语中有许多关于船和水的习语，证明了生存环境对语言的形成有重要影响，如 to rest on one's oars（暂时歇一歇）、to keep one's head above water（奋力图存）、all at sea（不知所措）等。

由此可见，英汉语言和文化对比在翻译教学中的重要地位。在翻译教学中要做到英汉对比，就应该保证英汉双语翻译同步进行教学，这样才更为科学，才能取得更好的翻译教学效果。在两种语言对比的基础上归纳翻译技巧具有一定的科学性。这些翻译技巧已经在不少翻译教材中提及，包括“选词（Diction）、转换（Conversion）、增补（Amplification）、省略（Omission）、重复（Repetition）、替代（Substitution）、变换（Variation）、倒置（Inversion）、拆离（Division）、缀合（Combination）、阐释（Annotation）、浓缩（Condensation）、重组（Restruction），以及时态、语态、语气、习语、术语等的译法，都集中地体现了英汉的不同特点。”比如教师在讲授英汉句式结构对比及翻译时，注重让翻译学习者了解英汉句式结构的异同，尤其是英语句子均为主谓结构，而汉语句子中既有相当于英语主谓结构的句子，更有评述句和无主句。然后着重探讨后两种句子结构类型在译成英语时如何变成英语的主谓结构，同时还会讲授如何将英语的某些主谓句转译为汉语评述句和无主句。

二、译文评析

在有限的翻译课时当中，教师要合理安排时间让学习者进行译文评析。译文评析可以是对某一学习者完成的优秀译文进行评析，也可以对某一名家的译作进行赏析，当然也可以对一份质量不高的译文进行评析。对译文进行评析不仅有助于学习者认清优秀的译文标准，更重要的是培养学习者的批判思维模式。批判性思维（Critical Thinking）是一种探究性的思维模式，在现代社会已被普遍确立为教育目标之一，特别是高等教育的目标之一。虽然批判性思维可以追溯到古希腊哲学家苏格拉底，但真正将批判性思维作为高等学校学习者的思维进行探讨的时间却是在 20 世纪的 60 年代。其实约翰·杜威（John Dewey）早在 1909 年就对批判性思维进行了定义，他认为批判性思维是个体对于任何信念或假设及其所依据的基础和进一步推导出的结论所进行的积极、持久和周密的思考。著名的批判性思维研究专家罗伯特·恩尼斯（Robert Ennis）对批判性思维的定义比较简单，他认为，批判性思维是个体以后天的客观经验为基础，为决定相信什么或做什么而进行的合理的、反省性的思维。

由此可见，批判性思维作为一种不可缺少的探究工具，可以引入教学中的各个学科，没有明显的学科边界。因此，在翻译教学中可是适度引入批判性思维，其中译文评析便是批判性思维最明显的表现。对某一现成的译文进行评析，分析其可取之处和不可取之处。或者就某一位同学的译文进行评析，找出其译文的亮点和错误之处，尤其是一边根据英汉对比知识和文体知识对错误的表象和原因进行归类，一边进行纠错。关于评析某一学习者的译文，教师可以将一些篇章做成电子版，课堂上请一名学习者在台上展示自己的译文，并说出自己翻译过程中的一些困惑，其他学习者则对其提出的困惑寻找解决的办法，并就译文出现的其他问题进行纠错，教师在这一过程中扮演着引导者的角色。译文评析的方法可谓是“培养他们批判性思维能力的宝贵教学资源：学习者们在教师指导下，通过错误分析去识别、判定自己译文中的正误，并对产生的错误进行分类、析因和评价，有利于激发他们的学习兴趣，养成积极主动的学习习惯”。当然在实际操作过程中，翻译教师可以根据自己所在学校的特色、本科生的就业趋势、学习者的预期及学时数进行适当调整。

第四节　翻译教学中的课程设置与教材研究

一、翻译教学中的翻译课程设置

不管是衣食还是住行，不管是精神方面的还是生理方面的，都与对外交流有一定的关系，而翻译就是交流中的一种，因此对翻译的要求就是要对生活中的各种常识有一定程度的了解，只有这样才能适应翻译实践。尤其当翻译工作者的工作内容是外事方面，这些内容就是工作的基础。由于翻译的内容各种各样，涉及的范围也非常广泛，很多内容和方向根本不是英语专业或其他外语专业的人能胜任，因此翻译教学必然会面对其他各种专业人员，这也就意味着翻译教学中的学生英语水平参差不齐，通过学习英语或者说翻译，不仅是专业能力的一种外语加强，同时也拓宽了英语的实际使用范围。对于学生的综合素质培养和未来的就业，都有着相当重要的意义。因此，翻译课程的开设和学习对学生的吸引力是巨大的。

目前，翻译教学中学生表现出的问题主要表现在以下三方面：首先，不能准确理解原文，其次，不熟悉文化差异及背景知识，最后，不熟悉相关业务知识。

目前，我国已有超过一百所本科院校开设翻译专业，但是随着社会对专业翻译人才的需求越来越大，翻译教学中的教师和学生与强烈的社会需求之间产生了矛盾。一方面，大学通过翻译教学培养出大量的专业翻译人才，另一方面，已经成型的教学理念和教学模式以及相关的翻译教学课程设计对学生翻译能力的形成有很大的制约作用，也就是说培养出来的人才还不能完全满足社会的需求。他们还要在社会上经过很长时间的提升和历练才能逐渐适应社会，相应的翻译能力也才能符合社会所需。

我国外语专业本科教育，在较长时间内均为综合型语言文学型通才教育。过去，翻译课程作为外语专业教育课程构成中的一门或两门，在外语专业本科教育中相当普遍。设一门，通常是翻译，设两门，通常是外汉翻译与汉外翻译。近十几年，外语专业纷纷加设口译，如 2000 年英语专业教学大纲把翻译课细分为口译和笔译，笔译设在第六、七、八学期，口译第七、八学期，一般每周 2—6 学时不等。

翻译本身是跨学科、跨文化的综合研究，其中不仅涉及两种语言的学习运用，还涉及各类不同的应用领域。但由于翻译长期以来不作为一门专业来传授，教学内容的设置方面有着先天的不足，而后天又缺乏其他相关学科的补充和提高，如汉语课、写作课、相关专业（金融、外贸、外交、科技、法律、管理、会计、广告、新闻、教育、旅游等）训练等。翻译教学往往只注重某些特殊句型的翻译和语法结构，例句陈旧过时，忽略了教学内容的实用性和时代性，不仅如此，在与不同语言及文化相关的思维培养以及相关的理论层面，也缺乏相应的培养体系。

在传统的教学中，人们通常将翻译当成是英语教学的一种检验手段，通过翻译段落或篇章或以课文为主体进行相关的翻译练习等具体形式来进行。这样做的特点也是非常明显的，首先就是以课本中的课文为中心，主要探讨的也是词语或句子的用法；其次就是翻译单位，由于传统英语教学中的翻译单位通常是句子，不同的句子之间可以说是没什么关系的，这在翻译中就是不可行的，因为翻译不仅是要对单独的句子进行翻译，还要练习上下文以及隐藏在文字深处的内容；还有一点也非常重要，就是译文的目的对象，在传统的英语教学中，学生只要能够熟练应用词语和句子结构，并不需要过多考虑句子的具体用法，因为他们翻译成果的阅读对象只有教师，而教师在面对学生的翻译成果时，经常会带有一定的主观看法。但从事翻译实践的人则不同，他们要面临的是对象是广大的读者，不同的人对翻译的要求也是不一样的。这也就充分说明，在传统的英语教学中，学生所掌握的相关知识并不能满足翻译上交际的需要。

事实上，翻译可以说本身就是一种交际活动，翻译能力的好坏或高低不仅取决于相关语言的知识掌握能力，还取决于能在沟通当中将所掌握的知识充分应用出来，达到跨文化交际的效果。也就是说，要想完成翻译工作或翻译交际，首先要掌握的就是与翻译相关的知识与技能，了解语言的知识、结构和技能，与此同时，在进行翻译实践或跨文化交际的时候还要对当时的实际语境以及所在文化中的交际规则有非常深入的了解。

通过对现有翻译人才培养方式的研究，我们发现在翻译课程的设置方面，不管是翻译专业的教学大纲还是传统的翻译教材，距离培养实用型、复合型的翻译人才还有很大的差距，这种差距不仅存在于理论方面，实践上的差距也是非常明显的。传统的翻译专业的教学大纲在设计或组织的过程中，通常更加重视翻译的相关知识和理论，用在翻译实践上的空间并不多，即使有相应的技能训练，也只是针对一些传统的、经典的翻译实践材料。与大学英语专业的课程设置相比，翻译专业虽然已经具备一定的实践性，但也只是对一些科普材料、文学作品、报章杂志或者是一些文化方面的叙述进行翻译。从多年的翻译专业等级考试来看，很少有篇章涉及当代的社会生活，尤其是与未来的工作实践相关的商务知识。这一点在英语专业的教学和等级考试中也是非常普遍的。

这一点也为我们翻译人才的培养敲响了警钟。翻译人才培养的目的是要适应社会，但目前来看学校的教育与社会的需求是相脱离的。要想培养出更多符合社会需求的人才，就要与学校的教学特点相结合，积极开发新的教学模式，在制定教学计划或教学内容的时候要对社会上出现的事物或热点新闻进行最为广泛的收集和探讨，使教学实施的每一个环节都能与社会挂钩，再辅以翻译技能培养方式的不断创新和增长，不仅对学生有莫大的帮助，对于教师的能力提升也是非常重要的。

对我国翻译教学中存在的诸多问题，译界研究者见仁见智，他们分别提出了自己的见解，尽管其中相当部分是针对英语专业翻译教学而言的，但对于翻译教学来说，仍然具有非常重要的借鉴和启示作用。大卫·纽南(David Nunan) 主张“以学习者为中心的课程设置”，也就是说，由于教师自己认知的有限性，导致教师在上课的过程中很难满足学生对知识的需求，这就要求教师在制定教学计划和教学内容的时候要有针对性地对知识进行归类和处理，让学生在有限的学习时间内掌握到尽量多的符合社会需求的知识与技能。在翻译教学中，学生除了要学习相关语言的特定技能之外，教师的一个教学重点就是培养学生的学习能力。在 David Nunan 的观点中，他认为翻译教学的目标设定应该包含以下几点。

(1) 为学习者提供有效的学习策略。

(2) 帮助学习者发现适合自己的学习方法。

(3) 培养学生需要的技能。

(4) 鼓励学习者确定他们自己的学习目标。

(5) 鼓励学习者采用切实可行的目标和时间安排。

(6) 培养学习者在自我评估方面的技能。

虽然在对翻译教学的模式研究当中，不同的学者根据自己的侧重点会产生不同的观点，但对翻译教学的指导却具备一定的一致性。那就是反对传统的以教师为中心的教学方式，一定程度上是对教师核心的一种批判和摒弃。他们一致认为教学的过程中，学生才是教学的重心和主体，只有充分尊重学生的主体意愿，让学生积极参与到教学活动的每一个环节，从思想或内心领会到学习的乐趣，产生真正的内在觉悟，才有更大的动力去探索与翻译相关的各种知识与技能。翻译学科本身的复杂性、独特性、灵活性和多样性决定了翻译教学方法必须根据教学内容来灵活掌握。以往的教学方法常常局限于学生练习和教师讲评，讲评又多集中于错误分析，批评多而赏析少，很容易打击学生的积极性，教学效果不理想。同时，翻译课在某些院校是大班上课，教师作业批改量过大，耗费过多的时间和精力，无法有针对性教学，使学生缺乏充足的训练，讲评又因翻译标准的不同而无法确切衡量翻译练习，容易导致讲评要点散乱无章，无规可依。另外，由于缺乏系统的教材和教学大纲，教师多自己增加一些其他内容和相关的练习，教学安排具有较大的随意性，造成翻译教学重点不突出，难以有效地与相应的社会需求接轨。

从原则上讲，大学三年级开设外译汉，四年级开设汉译外，每周两学时，总计 140 学时。但这并不是说这些时间就是固定不变的，可以根据具体的需要和学生的水平适当增加或减少。如今的大学院校都是以学分制对学生的学习情况进行考核和判定。这也就意味着翻译课程的实施拥有了更多的灵活性，譬如可以利用晚上或周末的时间开办翻译选修课。此外还可以根据需要，开办相应的培训班，如短期的或翻译证书资格培训班，甚至成为双学位的课程。当然，随着社会的发展和科技的进步，利用先进科技手段进行翻译教学课程的实施也是很有必要的，因此就要求教师要对网络相当熟练，只有与时俱进，才能吸引到学生的目光，进而调动学生的积极性。

另外，在翻译教学课程的实施过程中，要注意方式方法，尤其应当注意的就是口译课程，教师要采用合适的授课方式，尽量避免将口译课的上课形式与英语中的高级口语课混淆，还要保证口译课的上课时间和课时，通常情况下，口译课的实施时间是大学的三年级和四年级。此外，由于不同专业的学生在英语方面的水平不一致，因此在教学实施的过程当中要有针对性地选择与学生专业有关系的文章进行相关的翻译实践，教学过程中，可以组织学生进行讨论修改，接触社会和实际的翻译工作，提高学生的实际应用能力，并在此基础上获得一定的经济效益和社会效益。

二、翻译教学中的翻译教材研究

对于持续四年的大学英语学习的外语专业学生来说，由于在英语水平上天然与其他专业存在不同，他们的主要学习内容就是英语，因此在英语方面天生就具备优势，这就要求他们所使用的翻译教材也要有一定的特殊性。因此，英语专业的翻译教材应该有别于其他专业的翻译教材。总体来说，英语专业的翻译教材不仅要继承以往的研究成果，还要对未来的发展趋势有一定程度的了解，与此同时，还要尽可能多地加入各种类型的翻译实践，以加强英语专业学生的翻译能力。

（一）教材编写原则

1.“以学生为中心”和“跨专业合作”

当前形势下的英语教学应以学生作为教学的主体，要想从根本上提高学生的英语水平，或者说是翻译水平，就要从学生的主体性入手，充分调动学生的积极性，将学生的主体性发挥到最大，才能有效提高学生的翻译水平。因此在编写教材的过程当中要将学生的发展和学生个体放在首位，教材的编写要突出学生的学而不是教师的教，这一指导思想要贯彻实施到教材完成的每一个环节。

2. 注意跨专业合作

由于翻译几乎要涉及人们生活的方方面面，因此翻译教学就要相应开设到不同的专业当中，再加上不同专业的英语水平参差不齐。因此，翻译教师在进行相应的翻译教学实践的时候要注意到这一点，相应的教材在编写的时候也要考虑到这一点。首先教材在编写的过程当中要对不同专业学生的英语水平有一个彻底的了解和判断，进入翻译教材的内容应在不同专业英语水平的知识范围之内，通过教师与教师以及教师与学生之间的合作，选择恰当的内容或题材进入翻译教材，尽最大能力提高学生的翻译水平。

3. 真实性

就现在的情况来看，很多大学生在完成了大学四年的翻译课程之后，或已经通过了国家四级统考，但是在对报刊、书籍和文件进行翻译实践的时候，仍然存在很大的难度，在学生看来，他们在现实生活中所接触到的文章词汇量比较偏，结构也比较难，毕业之后所接触的语言和校园中所接触到的语言有很大的差别。为什么会出现这种情况？究其原因我们发现，课本中所学习到的翻译是经过处理和修改的，一些比较难的句子已经进行了改写，一些长句变成了短句，生僻的词汇变成常见词汇，一些不正规的句式结构也变成了正常的句式结构，这种语言习惯与现实生活中的语言习惯产生了比较大的偏差。

4. 实用性

教材的实用性在一定程度上需要全面考虑大学生在现实生活中的情感、思想和生活经历。在进行设计的时候，教材编写人员需要全面分析大学生在学习过程中的真正需求以及在将来的工作生活中所需的技能，进而确保学生能够通过在学校的学习，真正获得一定的能力，不仅在硬性知识上有全面的提高，而且在获取知识、掌握技巧以及提高使用能力等方面都获得比较显著的提高。简而言之，在学生学习的过程中，不仅要学习他们感兴趣的东西，还需要在今后的生活中真正得以运用，最大限度地为学生提供方便。切忌出现学而无用，或用得少，在实际生活中需要用到的知识教材上没有或者涉及不深。

5. 知识性

教材的内容需要提供一些大学生真正感兴趣的东西，让学生能够在兴趣中得到知识的沐浴，学生只有在良好的兴趣指引下才能够进行良好的学习。从另一个维度来讲，新型教学目标下，翻译的学习不再以显示语言的知识能力为最终的目标，而是要以能够提供有价值的信息交流和热点话题的交流为导向。

6. 多元文化性

越来越多的人开始注意到要想真正提高学生的翻译运用能力，一定要注重翻译文化的导入。很多教师也逐渐意识到单一知识的传授已然不能满足大学生翻译学习的需求，学生进行翻译学习的最终目的就是跨文化交际，语言教育在很大程度上属于文化教育的范畴。

7. 开放性

大学翻译教材的开放性不仅体现在学生身上，而且还会体现在教师身上，我们单就大学生来讲，由于大学生自身学习的需求不同，在学习的风格和策略上也会有很大的差别，传统、单一的课程资源已经无法满足大学生的学习需求，从这个维度来讲，教师更加需要从自身做起，以更加积极的态度和行为去引导大学生从不同的方面看待问题，通过自身的发掘去找到解决问题的办法，最后让学生能够在有效的学习时间内得到良好的翻译能力的提升。

（二）翻译教学内容应适应社会需求，课程设置比例要适当

在“语言知识与技能”模块，在注重听、说、读、写、译综合能力培养的同时，英语专业院校应加大口语与翻译课程的比例。在教学中增加翻译、口译等课程的课时。翻译课上，教师要尽量采用与真实活动相关的材料。翻译教学不仅应当讲授传统的口笔译翻译技巧，还应适当导入翻译理论和技能传授，提高学生的技能意识和转化能力，增强英汉对比的内容，培养语言意识，融入实用文体翻译，提高语篇能力，加强学科专业的学习，培养学科能力，增加文化知识的输入，培养跨文化意识，最终提高学生的语言技能和翻译能力。有人把翻译能力概括为五个参数，包括语言能力、语篇能力、学科能力、文化能力、转换能力。这五个参数涵盖了学生翻译课的学习后应掌握的翻译综合能力。语言能力表现在源语和目的语的掌握和运用之上，具体指对某一语言中语音、词汇、语法、语篇知识的熟悉及掌握程度。

第五节　翻译教学中的师资与学生

翻译是涉及两种或两种以上语言沟通的工作，这里我们主要就世界范围内影响最大的英语翻译教学进行阐述。

一、翻译教学中的教师

（一）构建教师个人教学理论

虽然英语教师的个人理论在英语或翻译教学中相对要浅显很多，但教师的这种个人理论体现在实际的翻译教学中却作用重大。不管是教学活动还是课堂上的教师教学行为，决定因素就是教师的个人理论，因此可以毫

不讳言地说，教师的个人理论可以作为教师的教学核心。有些翻译教师在进行翻译教学实践的时候，希望通过相关的教学理论来提升自己的教学效果。但由于相关的教学理论与实际的教学现状存在一定程度的脱离，这导致一种结果就是教师不仅没有获得想要的教学效果，反而陷入了一种教学的误区，导致教学进程的停滞不前甚至是退化。那么应该如何解决这种问题呢？最主要的方式就是提升教师自己的个人理论，在教学理论的基础上发展出属于翻译教师自身的于翻译教学有推进作用的个人理论。

1. 发现自己的教学理论

由于翻译是一项与现实或实践联系非常紧密的一个学科，因此就要求翻译教师要有一定的属于自己的教学理论。当然，翻译教师的个人理论不是一开始就能产生的，它是在长时间的教学实践中自我创新、发展和总结出来的一种属于翻译教师自己独有的教学理论。与此同时，这种理论还要通过不断的教学实践对其进行更新和完善。

在现实生活中，有的教师就能很好地做到这一些，有的翻译教师则相对欠缺一点，他们虽然也意识到了这种理论的存在，但并没有对其进行系统分析和总结，自然也很难将这种理性观念应用到现实翻译教学实践中。即使有一定程度的改变，也很难开发出属于自己的理论，或是成为别人理论的跟随者。因此，我们说翻译教师只有在教学的实践中经常对自己的教学方式进行思考和总结，才能在理论上有所发现，自然也就能逐渐形成自己的个人理论，教学效果自然也就随之提高。

2. 学习公共英语教学理论

由于教学涉及的范围非常广，不同专业的教学就会形成不同的教学理论，这些专业的教师以及其形成的属于自己的教学理论虽然对翻译教学的帮助是有限的，但翻译教师可以对其中的教学特点进行有效利用和拓展，甚至是创新，并在此基础上发展出一套属于自己的全新的教学理论。由于翻译教学与这些公共理论存在的相关性，这也就意味着公共理论将从一定程度上对翻译教学的教学决策有所影响。因此，翻译教师必须在翻译教学的实践过程当中适度接触一些公共理论，并将其中对自己教学有利的理论吸收到自己的教学理论当中来，为之后的翻译教学实践奠定更加坚实的基础。

3. 强化自我意识

对于翻译教学中的教师来说，只有对教学实践过程中的各种要素以及要素之间的复杂关系有一个非常清晰的认识，才能在教学实践中更有条理。这种认识虽然不会浮于表面，但它对教师的影响却是非常重要的，它不仅可以对教师教学的行为和理论进行调节和调整，还能起到一定的监察作用。由于不同的翻译教师在翻译教学的实践中会产生不同的个人理论，形成不同的自我意识，因此谁也不可能成为另外一个人的行为标准。这就要求翻译教师在翻译教学过程当中，要坚守自己的意识阵地，在创新拓展的时候要有目的性、有针对性地进行，而不是盲目迷信某人的个人理论。

（二）大学英语师资队伍建设观念

可以这么说，大学生翻译水平的高低，除了学生自身的努力和水平以外，教师可以说是最为关键的因素。很多学生在接触某些专业的时候成绩不理想并不是因为他们对这个专业没有兴趣或缺乏相关的天分，而是因为不习惯老师的教法。因此在翻译教学中，也要注意翻译教师的队伍建设。全面调动教师的主动性与积极性，为他们的教学、科研工作提供良好的条件，建设好教师干事业、出成果所需要的工作环境，进而实现师资队伍水平的整体提升。

1. 以人为本，促进教师共同发展

以人为本的教师队伍建设，就是在实际工作中充分重视教师的地位，确保教师的数量，提高教师的质量，客观公正地选拔和任用教师，根据教师自身特长提供自我提升机会，营造一个和谐发展的氛围。教师教书育人的积极性能否充分地调动起来，他们的聪明才智能否充分地发挥出来，在很大程度上取决于教师地位的高低。

教师的地位，不但包括政治地位，如专家治校，进一步加大学术权力在高校管理中的权重，将大学作为学术组织来建设，组织学术团队；也包括教师的经济地位，如提高教师的工资待遇，确保符合教授、副教授、讲师标准的教师能顺利晋升职称。

教师队伍建设的核心是教师的质量。要提高大学英语教师的质量，使他们具有丰富的专业知识、较强的教学能力和较高的业务水平，前提条件是大学英语教师的数量。没有数量，难以确保质量，因为如果教师一直处于超负荷运转状态，他们就没有自我发展的时间保证，提高质量就是一句空话。

管理人员要充分利用现有资源，优化教师资源配置。教师自我发展的重要内容之一就是科研和教研工作。当今时代，单枪匹马的研究不具备优

势，教师必须精诚合作。

所以说，新时期新阶段的翻译教师队伍建设要想使教师的资源配置更加优化与合理，就要尽最大可能对学术团队进行建设，只有团队中的各部分都通力合作，优势互补，团队的教学质量和科研质量才能共同进步，促进教师队伍的共同向前发展。

2. 以教学为本，实现以教学带科研、以科研完善教学

长期以来，大学的教师队伍都流行这样一股风气，那就是重视学历而不是教学技能。很多拥有独特教学技能的老师因为学历的原因而无法得到有效提升。这在新阶段教师队伍的建设中要进行适当调整，并不是学历不重要，而是说要在学历的基础上对相关的教学技能进行适当调整和提高。充分发挥教坛新秀和教学名师的示范作用，实现以点带面。

我们强调翻译教学实践，并在此基础上全面提升翻译教师的教学水平，但并不是说这就是对科研的忽略，而是要在教学实践的同时也要加强科研能力的提升。一定程度上讲，教学能力的提升，就意味着不管是在教学时间上还是在教学效果上，教师都有了更多的自主管控能力，这也就意味着教师将会有更多的时间用到科研上面，然后再将研究成果用于教学，完善教学，提高教学质量，最终实现教学与科研的良性互动。

3. 以开放式建设为指导，多维度提高教师素养

为了建设一支数量充足、结构合理、爱岗敬业、素质优良的大学英语教师队伍，各校花费了大量的培养资金，但效果不是非常明显。因为长期以来，高等学校在师资队伍培养上一直存在着以在职为主、脱产为辅，以本地为主、外地为辅的观念。这是一种封闭性的人才培养举措，它片面追求学历的提高，忽视了教师的差异性，不能全方位地满足教师的需求。

翻译教学队伍的建设核心是提升教师的素质，这些素质包括教学理论、专业知识、教学技能、交际技能、科研能力。一两次学习不能帮助教师完全具有这些素质，更何况随着时代的发展和社会的进步，人们对教师素质的期望值还在不断变化。这就要求学校树立开放的教师队伍建设观念，尽可能地为翻译教师的终身学习创造条件，提供机会。

如邀请名家前来讲学，开阔教师视野；举办学术沙龙，给教师提供学习与借鉴的机会；举办院长或系主任论坛。让老师了解本校自己专业或学科的发展历程，帮助青年教师确定自己今后的发展目标等。

总之，开放式的教师队伍建设观念，就是学校在充分调研现有人才的基础上，推出一系列举措，使不同层次的教师在专业知识、教学技能、科

研能力等方面都有明显的提升，最后形成一支年龄结构、职称结构、学位结构更加合理的教师队伍。

4. 以团队建设为目标，实施分层培养

翻译师资队伍建设要以团队为建设目标，突出协调性，即所有的翻译教师是一个大的团队。这个团队在培养方法上要处理好重点和一般、骨干与全面的关系，使整个师资队伍能和谐地发展。翻译教师这个团队中，具有副教授职称以上的教师可划为第一层次，这些教师已具备了一定的科研能力和较高的教学水平。

在师资队伍建设中，应该多关注他们的科研、课题、教学成果、教材建设、精品课程建设、副教授的职称晋升等。第一层次的教师是团队的核心，对第二和第三层次的教师起着传、帮、带的作用。因此，把时间、精力和建设经费投到这部分教师身上时，要给他们下达任务，希望他们发展成为学科带头人，以便带动整个学科的发展，提升学科的层次，完善和促进学科队伍的建设。

要鼓励他们通过学习研究，不断提高自己的教学水平，努力构建具有特色的和切实可行的教学模式。除此之外，还要关注他们攻读硕士或博士、晋升副教授等现实问题。

助教可划为第三层次。助教如果没有硕士学位，就不具备课程的主讲资格，就只能协助其他教师开展教学。

因此，对他们的关注点主要在如何了解学校的各种规章制度，尤其是有关翻译教学方面的规定，了解本学科的课程教学特点、教学要求以及教学各个环节，使他们尽快完成从学生到教师角色的转换。除此之外，还要关注他们攻读硕士或博士、晋升讲师、确定今后的发展方向等问题。

二、英语教学中的学生

（一）学生的动机

动机是激发、引导和维持行动的内部过程，动机使人们开始行动，维持行动，并决定着人们行动的方向。动机是影响一个人做某事的愿望的一些因素，不同类型的动机对学习有不同的影响。英语学习动机表现为渴求英语学习的强烈愿望和求知欲。它是直接推动英语学习的一种内部动因，是学生在英语学习活动中的一种自觉能动性和积极性的心理状态。动机是英语教育工作者所关心的问题之一，英语教育工作者把动机问题列为教育学生所面临的最重要的问题。

1．动机理论

Slavin讨论了4种动机理论，即行为主义的刺激论、马斯洛需求理论、归因理论和期待理论，本部分主要讨论归因理论。归因理论试图对学生成败时的自我解释进行说明，这是该理论最具教育意义之处，因为成败是学习中的常事。Weiner提出，个体对成败的解释有3个特征：原因是内部的还是外部的，是稳定的还是不稳定的，是可控的还是不可控的。归因理论的一个核心假设是：人们都试图维持一种积极的自我形象，所以，当活动较成功时，个体就倾向于将成功归结为自己的努力或能力；当活动失败时，个体就会认为失败是由一些自己不能控制的原因造成的，以使自己在同伴面前能够挽回面子。人们对成败的归因倾向不同，一般来说，成功时倾向于内部归因，失败时倾向于外部归因。

皮连生认为，内控者具有较高的成就动机，内控者把学业上的成功归因于能力和勤奋，把失败归因于努力不够。因此，成功将会给他们带来更多的鼓励，失败则是需要付出更大努力的标志。不论成败，他们都会促使自己投入更多的精力，同时显示出更高的学习积极性。外控者的成就动机相对较低，他们把学习的成败归因于外界因素，如把学业成功归因于猜对了答案、碰到了好运气等；把失败归因于教师教得不好、题目太难等客观因素。

2．激发学生的内在学习动机

动机在英语教学中起着十分重要的作用，应引起英语教育者的高度重视。有些学生学习很糟糕，根本原因是自己没有强烈的英语学习动机。当教师将有价值的东西传授给不情愿学习的学生时，对教师来说，找出办法激励学生的学习动机是很重要的。英语课堂教学应该尽可能地提高学生的内部动机，使学生对学习内容感兴趣，且内容的呈现方式必须具有吸引力，只有这样才能满足和提高学生对学习内容的好奇心[1]。教师应让学生懂得所学内容的重要性和趣味性，并向学生证明所学内容的用处，如列举与学生的社会文化背景有关的例子。有经验的教师在教学过程中会用许多方式不断激发和保持学生的好奇心，如向学生提出他们用现有知识无法解答的问题等，由此使他们产生学习的内部动机。也可先让学生进入一个熟

[1] Slavin认为，激发学生内在动机要注意激发学生的兴趣、保持学生的好奇心、使用大量有效的呈现方式，以及帮助学生建立自己的目标。

悉的情境，然后再打破这种模式，从而使所有学生兴奋起来，继而积极地投入。这种让学生对自己的困惑进行思考的做法比一开始就单纯地教运算法则有效得多。使学生感到惊讶、挑战学生现有的理解都能够使他们对以前没有考虑过的问题产生强烈的好奇心。教师除了使用有趣的材料以外，对材料呈现方式的选择也能提高学生学习的内部动机。例如，教师可以通过使用录像、电影或邀请专家和相关人士做讲演、进行演示等方式来维持学生的兴趣。但是每种方式的使用都必须经过深思熟虑，以确保不偏离教学目标，并注意使各种方式相互补充。最后，帮助学生建立自己的学习目标也是激发学生内部动机的有效方法之一。教师要帮助学生设定一个既有挑战性且经过努力可以实现的目标，并鼓励学生为实现自己的目标努力进取。同时，英语教师要利用学生已有的动机，使潜在的学习成为有价值的目标，培养有助于学习的观念和态度，并运用强化理论为学生提供可模仿的好榜样。

（二）学生的智力

1. 重视智力的差别

大量实证研究成果表明，智力与阅读、语言解析、写作和词汇学习有较大的关系，但对口语交流技能的影响要小得多。由此看来，在班级授课的第二语言学习中，尤其是在正式课堂中，智力似乎是一个有很大影响的因素。如果不是正式课堂教学，那么智力可能就只起到次要作用了。因此，外语教师在教学过程中要注意学生智力的差别，对不同的学生所寄予的希望和提出的要求以及所分配的任务也不能统一。但教师在对待学生英语口语的要求上要尽力统一，因为学生口语的好坏并不取决于学生的智力，也不能用智力差别的标准去衡量学生的口语能力。

2. 多元智力教学法

多元智力教学法以学生的哲学观为基础，其特点是在教育中必须认识到人类智能的重要性。传统的智商（或智能）测试发现智能是单一的、不变的和先天的。多元智力教学法则建立在 Gardner 的观点之上。Gardner 认为传统的智商测试仅仅是测量逻辑和语言的，而大脑既有智能的又有其他同等重要的类型，且所有人都具有这些智能。多元智力教学法从教学的视角强调在教学中要重视学生和其需要的差异，并认为教师一旦认识到了这一点并在教学中重视的时候，教育就成功了。

传统的教学只关注语言智力、逻辑和数学智力。并将学生划分等级。

如果教师想让所有学生都成为聪明的学生，那就必须采用更为广泛的行为评价标准，并对更为广泛的行为表现进行奖励，而不只是奖励非常有限的几种智力表现。但是，当大多数学生的智商水平处于中间位置时，起关键作用的就不是智力因素，而是其他因素了。

第六节　翻译教学的发展趋势

一、翻译教学与社会

生态哲学的发展使得“生态”这一概念不再拘泥于自然生态，而是延展到社会生态以及人与人之间的关系等。从社会生态角度讲，本科阶段的翻译教学内容应该更好地适应社会环境，适应社会的发展，翻译学习者本身的翻译职业规划以及翻译教师自身的职业发展均应适应社会的发展。

1. 翻译教学的材料要适应社会的发展

在大多数高校，英语专业的全称是“英语语言文学”或“英语语言文化”，所以本科阶段的翻译课传统上均以文学作品为实践素材。实际上，随着经济社会的迅速发展，我们明显地看到，国家对翻译人才的需求早已不再局限于文学、文化和文艺领域，更多的需求在经济、科技、外交、外贸、法律、旅游、影视等实用材料的翻译。因此，在这种大的社会环境生态中，翻译教学的材料必须转型，不能仅选择文学、文艺材料作为翻译讲解和翻译练习的素材，而应以实用文体的材料为主培养学习者的翻译实践能力，从而使学习者在学成之后能够迅速适应社会的需求，投身于上述实用领域的翻译。更重要的原因是当今时代培养复合型人才是社会经济发展的呼唤。

当然，这并不意味着翻译材料要完全去掉文学这一主题，尤其在倡导中国文化和中国文学走出去的今天，适当地选取有关中国文化、中国文学以及中国传统戏曲材料用作翻译教学的素材也是时代的需要，因为文学翻译、文化翻译和传统戏曲介绍及字幕的翻译是中国文化走出去的重要手段，亟待培养一批优秀的中译外人才。

2. 翻译学习者应该在学习的过程中考虑到如何适应社会的发展

首先，学习者应该端正学习态度，真正认识到翻译在以后实际工作中的重要性，无论在完成教师布置的作业还是课下自主学习都应该认真对待翻译，尤其是为适应当今经济社会发展，翻译学习者应该自己从事一些不同主题、不同体裁的翻译练习。

其次，21世纪是高度信息化和国际化的时代，翻译学习者要不断探求新的知识，学习新的技能，树立“终生学习”的观念。翻译是一种涉及百科知识的语言转换技能，所以学习者要不断拓展知识面，理解翻译的历史和现状，掌握母语与外语之间的异同，了解不同文体的语言特点，并根据社会发展的趋势主动学习和运用各种新的翻译工作手段和配套设施。最关键的是，翻译学习者要养成认真负责的翻译态度，培养自己创造性的思考能力和表达能力。

再次，翻译是一项非常严谨的工作和技能，涉及两种语言本身的规律，又要照顾到所译材料的文体和主题，还要根据语境选择精确的用词和表达方式等，所以翻译学习者要养成对语言要求精确、对翻译技巧熟练、对译文不犯错误的认真工作态度以及按时完成翻译任务的良好习惯，这样才能更好地适应今天这样一个高速发展的时代。

最后，翻译学习者要把翻译看作是一门艺术，从而去热爱它，去实践它，便会不知疲倦，反而觉得翻译是一件让人心旷神怡的工作，不知不觉便会发现自己已经陶醉其中。

3. 翻译教师的职业发展要跟上时代的步伐

在21世纪的今天，知识的发展日新月异，社会对翻译人才的培养日渐多样化，所以，翻译教师要广泛阅读，特别重视多学科知识的摄入，同时要适当从事一定的翻译实践工作，将鲜活的材料带入课堂与翻译学习者分享。由于技术的发展，教学手段也在不断更新，因此，翻译教师要善于改进教学方法，了解并掌握教学技术的最新进展。正如卢思源、吴启金指出：“对于从事翻译教学的人来说，要不断地改进教学方法，要不断地用新的思维、新的理论和观点去武装自己并以之熏陶学生，使他们既打好语言和翻译基础，又拓宽思路，扩大视野，使他们在毕业后走上工作岗位时具备创新能力和变通能力。”由于大学生在不断更新，教师要善于了解每一届新生的具体心理情况、知识情况、语言水平等，从而做到因材施教，有的放矢。当然，翻译教师还要注重跟随时代的脚步做好翻译研究和翻译教学研究工作，有选择地参加一些翻译学术研讨和教学研讨。尤其是在网络普及的时代，翻译教师可以与其他同行进行互动学习和彼此交流，了解教学中遇到的困难并找出解决的办法，互相分享一些翻译教学和翻译研究信息以及通过其他渠道获得的新知识、新理念、新方法，探寻翻译教师共同发展的新途径。

二、翻译教学中的自身发展

（一）翻译教师自身的发展

教师的责任在于“传道、授业、解惑”，并不仅仅在于向学习者灌输知识。教师的心态、职业素质（包括人品和专业素养）等对学习者会产生深刻的影响。所以，教师应该注重自己的自身发展。在倡导生态观念的今天，教师更应该思考如何才能实现真正的自我发展，比如树立正确的人生观和价值观、培养“海纳百川”的胸怀、发展个人的兴趣、跟上时代的发展、注重与同行及同事之间的关系以及建立良好的师生关系、不断提高自己的业务水平等方面。对翻译教师而言，其自身发展既要借鉴所有教师自身发展的方法，又要注重与自己的专业相关联的特殊手段。

（1）从生态哲学的视角看，翻译教师首先要成为生命型教师。冯建军认为，教师应该从知识型教师转化为生命型教师。

这里所倡导的“生命型教师”无疑具有生态学的色彩，即让教师回归到尊重本源，那就是尊重生命。一位生命型的教师，首先应该是关爱和珍视自己的生命的，以积极的心态活出生命的风采和意义，然后再去推己及人，去关爱学习者，激扬学习者的生命，让学习者充满潜力和自信；一位生命型的教师要把教育当作事业，而非生存的手段，因为只有将教学和教育当作自己事业的教师才能对自己的工作充满无限的敬意和热爱，才能把学习者的成长当作自己快乐的源泉之一，在教学中体验人生、体验收获的乐趣；一位生命型的教师应该是富有人文关怀的教师，教师应该是有感情的，对学习者要充满爱，教育正是有了爱的滋润，才会有教师和学习者之间的相互尊重、相互理解、相互宽容；一位生命型的教师必须是充满活力的教师，因为充满活力意味着生命的灵动，才能让课堂焕发出生命的活力，才能去激发学习者的活力；一位生命型的教师还应该是充满智慧和创造力的教师，这里的智慧包括专业智慧和教育智慧，这样的教师懂得要去探寻，去追求，去创造；一位生命型的教师要追求持续的职业发展，将自己的发展看作是自觉的意识，是一种主体的追求。

（2）翻译教师要适应环境和社会的发展。翻译教师的生存环境不是真空，因此要懂得与自己的教师同伴建立和谐的伙伴关系，从生活、工作两个方面和同事进行沟通，从而使自己和他人生活得更加幸福，使自己和他人的业务进一步得到改进。翻译教师尤其应该建立翻译教学小组，对翻译材料、翻译技巧、翻译教学技能进行研讨，互相取长补短。近年来，教育界提倡校本研修，即“为了满足学校和教师的发展目标和需求，由学校发起组织，以学校为重要研究基地，以教师为活动主体，学用结合的一种研修活动”。这种研修对改变教师的知识结构、转变教育观念、改变教学行为、培养专业能力等具有重要作用，其方式可以使校内研讨、校外学习、请专家和校外有经验的教师到校内讲学、上课、介绍经验等，包括教师个人的自我反思、教师集体的同伴互助、专业研究人员的专业引领三个层面，要充分发挥学校管理者、教师的作用，同时充分利用学校各种软硬件设施，做到理论与实践相结合，学以致用，学用互促。更重要的是，翻译教师应该与时俱进，包括不断提升自己对社会发展的认识，随社会发展和变化不断丰富自己的教学材料和翻译实践经验，从而能够将最新的材料和实践模式带入课堂。同时，翻译教师还应该了解与翻译理论和翻译实践相关的最新研究情况，选择适当的理论提升自己的翻译水平、翻译研究水平和翻译教学水平。翻译是一门与多种学科发生联系的学科，所以翻译教师还应该多了解语言学、文体学、文学等多个领域的最新进展，将相关的知识融汇到自己的知识体系中去，帮助提高自己的业务水平。同时，翻译教学作为教育的一种，因此教师也要关注教育学、教育心理学等的最近发展成果，看是否能够运用到自己的教学当中去。

（3）教师本人的年龄不断增大，他的学生与自己的年龄差距也会越来越大，因此教师应该学会去了解这些学习者，了解与自己可能隔了很多“代沟”的年轻学子。首先要关心这些学习者的心理状态，并培养自己宽广的胸怀。尤其是面对与自己的年龄差距越来越大的学习者，教师一定要避免与之发生正面冲突，学会宽容与忍耐，只有这样，教师才能在与学习者的交往和互动过程中建立宽松、和谐的氛围，使自己和学习者均能保持良好的情绪状态，更好地促进教学。其次教师要试图理解学习者。本科阶段的学习者虽然已经成年，但是毕竟才刚刚成年，他们也存在一定的困惑和对周围环境的不安全感，教师对他们的支持和良好的意见非常重要。因此，应如英国冯塔纳指出，教师应该理解和同情他们，对他们偶尔的过失和奇怪的行为有足够的耐心，激励他们对所学课程产生兴趣并积极参与，给他们提供明确一致和合理的指导，关于教学要坚持能以最大限度发挥学生的能力为目标。这样，在教学过程中，教师就会自然而然地贯彻教学非常重要的法则——以学习者为主体。严元章指出：“简单说来，就是‘学生主体’与‘教师客体’。这样的主体与客体的新排位，是教育关系上妥当而又自然的新组合，构成无可动摇的教育规律。大体上所有的教育工作，越是违背‘学生主体’这个规律，教育效果便会越低；越是依照‘学生主体'这个规律，教育效果便会越高。”当今的教师也应该像孔子当年一样，照顾、关心学习者，接近、接触学习者，善于解答学习者的问题，同时还随时随地提点学习者学习。就是在这种民主的师生关系中养成了好的学风以及师生之间深厚的感情。当然，更重要的是，翻译教师应通过翻译让学习者懂得语言的美，尤其是让学习者明白我们的母语汉语是世界上音形义结合得最为完美的文字，了解语言背后的文化，从而帮助学习者丰富自己的文化、文字素养，通过翻译还可以引导学生树立正确的世界观、人生观和价值观，培养学习者的爱国热情。当然作为专业教师，翻译教师还应该担当起调动学习者学习翻译动机的角色。特别是从人本主义理论的角度看，要关注学习者个体对内在需要的知觉和自我实现的驱动力。

翻译对中外文化交流和当今国家和社会的发展均起着非常重要的作用，但在当今这一功利主义盛行的时代，翻译教师会发现有些学习者认为翻译不像某些学科（如商科）那样能够赚大钱或出人头地，在这样一种社会环境和社会风气盛行的情况下，翻译教师更应该用历史来教育学习者翻译能够如何潜移默化地影响着人们的思想和社会变化，比如给学习者讲著名翻译家严复、杨宪益和戴乃迭等人的翻译在中外文化交流史上的作用，让学习者意识到做好翻译依然可以为国家做出贡献，依然能够实现个人的人生价值，从而激发他们的高级动机。

(4) 最重要的是翻译教师本人要强化自主成长，因为毕竟内在的动力和愿望才是教师自我发展的关键。由于自主成长的动力来自教师个人的内需，而且其学习方式和整个过程完全由自己控制，完全融入自己个体的生命和生活当中，与个人的兴趣、信念、爱好、习惯等紧密结合，这样的自主成长完全尊重了教师个人的内在，体现了教师内在的和谐。因此，翻译教师要注重自己的自主成长，将自己对翻译理论、翻译实践和翻译教学的学习与自己的信念、兴趣、习惯有效地结合，这样便可以做到身心愉悦，同时提高自己教学的成就感和职业的满足感。

（二）学习者自身的发展

从生态哲学角度讲，本科阶段的学习者刚刚经历了青春期，应该学会用更成熟的眼光看待周围的世界，更好地学会与他人相处，包括与同学和老师的相处。在翻译课方面，学习者自身的发展主要包括以下几个方面。

(1) 学习者应该学会建立良好的同伴关系。随着社会和技术的进步，个体越来越与周围的人们发生联系，人生活在团体之中，因此学习者应该学会与自己的同学进行友好相处，并学会与同学合作，树立和培养团队意识和合作精神。就翻译课而言，学习者个体要学会与自己的同桌、小组成员共同完成某一翻译实践作业，因为在未来的职业生涯中，这些学习者很可能会遇到与他人合作进行翻译的机会，因此学习者在学习阶段与他人进行“工作坊”式的翻译是不可或缺的学习手段。在这一过程中，学习者个体要明白自己的分工，就某些词汇进行统一，同时就翻译中遇到的问题进行探讨，就翻译实践的成果共同打磨，在这一过程中一方面要锻炼与他人相处和合作的能力，同时还能对他人的译文进行客观评价，学习别人翻译中可取的地方，检验自己是否也出现和其他人类似的翻译问题，由此更好地提高自己的翻译水平。

（2）学习者要学会与自己的翻译老师和谐相处。本科阶段的翻译老师有的年龄较大，有的比较年轻，无论对待哪一年龄段的老师，学习者首先都要对其表现出一定的尊重。“尊师”尤其是中国人一贯的传统美德。学习者对老师的尊重首先表现在课堂上与教师教学的配合，比如认真听课，积极参加讨论、回答问题，善于把握老师关于翻译技巧的要点。尤其是在当今这样一个时代，课堂上要做到这些很不容易，有人会忍不住玩手机等，这实际上就是不尊重课堂纪律、不尊重教师的表现。能真正在课堂上摆脱这些电子工具影响的学习者才算是真正做到严格的自我管理，同时也做到了对教师教学工作的尊重。当然，不单单如前文所述，教师要爱护和理解学生，学习者也应该力图为建立良好的师生关系作出贡献。不能一味地让老师迁就自己，更不能一味地迁就老师，当老师讲授不当或自己就某一部分的译文拥有自己的看法时，应该大胆地讲出来，从而在课堂上形成良好的教学氛围和民主氛围。同时，学习者在课下遇到老师时也应该表现出对老师的尊重。在评估老师时，不要带着个人恩怨，不能意气用事，而应该客观地对教师的教学工作做出评价。尤其是当今这一时代，教师也面临着各种压力，所以学习者要理解教师的职业难处，学会更好地与老师相处。

（3）最重要的是本科阶段的学习者要根据自己的所学做好职业规划。当今社会，竞争激烈，如果想以翻译作为自己的职业，就应该更好地提高自己的语言水平和翻译水平，积极主动地完成教师布置的各项翻译作业，认真投入关于翻译的课堂和课下讨论。如果翻译学习者准备以后专门从事某一领域的翻译工作，就需要掌握一般翻译技巧的同时，多看一些该领域的书籍，丰富自己在该领域的知识，同时除完成教师布置的翻译任务外，还应主动找些相关领域的翻译实践来做，从而为以后的专业翻译打下良好的基础。总之，“冰冻三尺，非一日之寒”，学习者要想在竞争日益激烈的市场上找到自己的职业位置，就必须在学业上更加付出，尽早规划自己的未来，并有的放矢地做好各种准备。生态哲学为各个学科的研究提供了一种全新的思维方式和研究视角，成为人文社会科学领域的重要视角。以上从生态哲学的视角探讨了翻译教学与自然生态、翻译教学与社会生态、翻译教学中的个体与他人以及翻译教学中的自身发展等问题，以期为高校翻译教学甚至是英语教学的实践和研究有所启发，从而更好地提高教学质量。而这一切都是翻译教学应该研究的内容。

总而言之，翻译教学是一项伟大的事业，不管是教学实践还是教学研究正方兴未艾，只要我们把握生态哲学的视角，协调好各方面的关系，翻译教学实践和翻译教学研究必定会取得更大的成绩！

第三章　英汉翻译教学内容与方法论

在翻译教学的实践过程中，教学内容和教学方法是相辅相成的，有效的教学方法能将教学内容高效率地传输给学生，而教学方法在实施的过程中还能反作用于教学内容，使其更加丰满而具备实用性，为之后学生的相关实践奠定基础。本章，我们就翻译教学的内容与教学方法进行详细阐述。

第一节　翻译教学中的语言能力培养——词汇翻译

翻译技巧无外乎从感性认识入手，向理性认识发展，再到准确、完整地表达原文的思想，以求达到一种质的飞跃。犹如绘画艺术，从粗线条的勾画开始，侧重于形状结构，到按比例地局部透视，着重于塑造形象，再到从整体考虑去完美地展现人物性格特征。实际上每一次翻译、创作过程都在不知不觉地运用翻译、创作的一些基本技巧。这些基本技巧决定了翻译或创作的质量，犹如创作过程，要正确处理明暗、虚实关系，翻译过程要十分清楚突出什么，抑制什么，方能相当细腻、多层次地反映原作的精神风貌、理论精髓。

一、英汉词汇比较

英汉两种语言渊源不同，是在不同的历史和社会条件下发展起来的，所以两者之间存在着很大的差异，体现在词汇及其意义方面的差异也是非常明显的，如在词汇的构成及其形态变化、词汇的功能、词汇顺序、词义的对应性等方面都存在着差异，研究这些差异对两种语言的转换具有非常重要的意义。

（一）英汉文字的形成

世界上的文字体系大致可以分为两类，一类是表音文字，一类是表意文字。汉字属于后者。表音文字是用数目不多的符号，通称为字母，表示一种语言里有限的音位或音节。一般来说，在表音文字体系中，一定的字母表示一定的音。也就是说，由字母所形成的文字与它的发音存在着较为直接的对应关系。但是，汉字不是直接表示音位或音节的字母，它的构造单位是笔画和偏旁。笔画是构成汉字的最小单位，汉字的偏旁、单体字和合体字都是由笔画构成的。偏旁主要用于构成合体字，偏旁又可以分为形旁和声旁，前者具有表意的功用，后者具有表声的功用。

汉字是以象形、象意为基础的形声结合的表意体系的文字。从字形上看，汉字是由点、横、竖、撇、捺五种基本笔形及其变体，通过上下、左右或内外组合方式构成的。根据古代典籍记载，汉语主要以四种方式造字，即“象形”“指事”“会意”和“形声”。

“象形字”是有关自然现象或物的原始图形文字，实际是一种形象符号，如“日”“月”“水”“雨”“田”等。“指事字”是以代表某种意思的抽象符号或者在形象符号中加上一个指示性符号构成的。例如，在弧线上加一短横表示“上”，用三根并列的横线表示“三”。“指事字”也是独体字，它和“象形字”都是汉字偏旁的主要来源。“会意字”是由两个指事符号构成的汉字。如把“手”放在“目”上表示“看”；“土”上有两个“人”表示“坐”；还可以用两个或几个字组成一个字，把这几个字的意义合成新字的意义，如“林、森、炎、焱”等。“形声字”是由一个表意的偏旁和一个表音的偏旁组成的汉字，如“挑”“跳”“眺”“拧”“柠”“咛”等。“象形”“指事”“会意”“形声”四种造字法之间存在着紧密联系，不管是用哪种方法造出来的字，表意功能都是第一位的，表音功能居其次，所以，对于汉语本族人来说，往往可以由字直接获得该字的意义。

从语法的角度上看，一个汉字代表一个语素。语素是词的构成单位。一个词只包含一个语素的叫单语素词，如“东”“西”等；包含两个或多个语素的叫复合词，如“东西”“电视机”等。现代汉语的基础是古代汉语。在古代汉语中，单音节词占绝对优势。到了现代，汉语虽然双音节和多音节词占有一定地位，但是，一旦有机会人们还是习惯于使用单音节词。现代汉语中大量离合词的存在足以作为明证。如“提醒”常被说成“提个醒”。就连一些多字单语素外来词也被拆开使用，如“幽默”是“humour”的音译，其内部结构不可分开，然而，在现实的语言生活中，常有“幽了他一默”的说法。可见，由一字表示的单音语素（单音节）词的使用，在汉语文化中是根深蒂固的。

在当今世界各民族使用的文字中，汉字的历史最悠久，从商代的甲骨文至今已有约三千五百年的历史。在漫长的发展演变过程中，汉字的数量不断增加，形成了庞大的体系。

英语属于印欧语系的西日耳曼语支，其中 26 个字母是构词的基本单位，利用词缀还可以派生出许多新词，这是英语中一种非常重要的构词手段，加前缀可以改变词义，加后缀可以改变词性。利用合成法、转换法也可以构成许多新词。英文字母在相互组合成词之前都是纯粹的表音符号，但在组合成词之后其词形和词义就联系在一起了。

总之，英汉两种文字都是根据约定俗成的原则来确定字形、词形与其所表示的意义之间的关系的。

（二）英汉词序的差异

英汉两种语言在词语顺序方面也有差异，这主要是由叙事的习惯决定的。在英语中，物主代词往往置于所代表的名词前，人称代词也常出现在主句前面的从句中。然而，在汉语中，则总是先出现名词，后出现代词。如：His sympathy for the Chinese revolution and his friendship for the Chinese people gained Edgar Snow many enemies.

按照汉语的叙事习惯，这句话的意思就是：埃德加·斯诺对中国革命的同情和对中国人民的友谊使很多人对他产生敌视态度。有时，词序的变化是由英汉不同的句子结构决定的。

例 3-1-1：The smaller the thing the less the pull of gravity on it and it less the weight. 物体越小，地心引力对它的吸力就越小，重量也就越轻。

例 3-1-2：Computers can keep a wide range of records，including who sold what，when and to who. 计算机可以做大范围的记录，包括何人于何时向何人售出了何物。

（三）英汉词义的差异

英语词义灵活多变，词义的扩大、缩小、转褒、转贬、转为具体或转为抽象等情况随处可见。如“dog”一词的词义就在扩大。在古英语里“dog”指的是“猎狗”，在中古英语中泛指各种犬类，如今，其语义已经扩大到 20 余种。而“girl”一词的词义在中古英语中相当于“child”，不分性别，现在专指“女孩”或“未婚女青年”；“starve”在古英语中指“死亡”，现在指“饿死”。“found”一词原指“foolish（愚蠢的）”“insane（疯狂的）”，现指“kind and loving（慈爱的）”。“cunning”原指“有学问的人”，现指“狡诈的”。

人类对宇宙的认识经历了漫长的由客观到主观、由感性到理性、由具体到抽象的认知过程。在这个认知过程中，具象先于抽象，也就是说，表示物质对象的具体名词首先被人们认识、熟悉，并从中提取共同的、本质的属性，形成抽象的概念。如“king”这个词的具体语义是“国王”，抽象语义是“主宰”“统治”；“muscle”的具体语义是“肌肉”，抽象语义是“体力”“力气”；“brain”的具体语义是“大脑”，抽象语义是“智力”“脑筋”。

例 3-1-3：It is better to sleep naturally without taking medication. 最好是自然入睡，不靠吃药。

例 3-1-4：She has taken a lot of different medicine but none has cured the disease. 她吃了许多各种各样的药，但没有一种能治好她的病。

前句中的“药”是抽象名词，所以用“medication”，后句中的“药”指的是具体的“药”，是具体事物，所以用“medicine”。

还有一些词汇的转化刚好相反，是从抽象到具象转化的。从数目上看，这类词汇比从具象向抽象转化的词汇要少，但这类词汇在英语中也是俯拾皆是。如“beauty”的抽象语义是“美丽”，具象语义是“美人”；“acquaintance”的抽象语义是“相识”，具象语义是“熟人”；“license”的抽象语义是“许可”，具象语义是“许可证”“执照”。

相比之下，汉语词义则比较严谨，词的含义范围也比较窄，比较精确固定，词义的引申性和对上下文的依赖性比较小，独立性比较大。这其中的道理就是汉语方块字循规蹈矩，多用本义，很少使用转义，也就是《现代汉语词典》所称的“比喻意”。

词义的不完全对应情况指的是某语言中的一词在另一种语言中有几个同义词，这几个同义词所表达的意思虽然基本相同，但是用于不同的情况，如“津贴”一词，在英语里可用“allowance”和“subsidy”表示，但两者所指不同，前者指“个人津贴”，后者指“政府对某一行业给予的补贴”。

不对应的情况是指一种语言中的某个词汇单位在另一种语言的词汇里没有对应物，如专有名词和特指事物等。随着社会的发展，词汇的意思不断发生变化和转移，原有的对应关系常常被打破，新义旧义产生脱节的现象屡见不鲜。有时，词义演变成相近或相通的词，有时则是处于矛盾和相反的关系之中，在这种情况下，稍不留神，就可能出错。如“He learned me how to play chess”是说“他教我下棋”，而不是“他跟我学下棋”。

有些词汇在英汉两种语言里看似对应，实则不然。如“从上海到北京的飞机每天一班”，这句话如果说成“There was a daily shift from Shanghai to Beijing”就错了，因为“shift”是指工人干活分的早、中、晚班，而飞机的航班是“flight”，轮船的航班是“voyage”。

英语中有一部分词的词义成分是隐含的，汉语里找不到表达同样概念的专用词，所以只好采取描绘手法。如“The soldiers showed that they had plenty of grit（grit 指的是 quality of courage and endurance）”，用汉语说，就是“那些士兵表现得很勇敢，很能吃苦耐劳”。

表示同一概念，实说的时候，英语用特指词，意义明确、具体，显得正规、慎重；虚说的时候，用泛指词，即用一个跟特指词近义或同义的词语作替代词，意义概括、笼统，显得比较通俗、随便。汉语则没有这种区别。比如下面的例句。

例 3-1-5：When will my laundry come back?

我洗的衣服什么时候能送回来？（用 laundry 代替 clothes）

例 3-1-6：This ancient vase is good for 3 million dollars.

这只古花瓶可卖三百万元。（用 good for 代替 sell）

例 3-1-7：I have set down everything that happened as I remember it.

我记忆中所发生的一切我都记下了。（用 set down 代替 record）

在汉语和英语中都有许多固定词组，其字面意义和实际意义很不相同。字面意义一开始尽可能被淡化，但有时也需要用它来掩饰后者，以达到某种特殊的表达效果。如果把字面意义看作“指称意义”，那么实际意义就应该是“附加意义”了。其实，这两种意义经常只有显性与隐性之别，因为它们总是共同存在的，如果鲜为人知或者不重要，人们有可能误解其实际意义，同时忽略其字面意义。这一类短语在两种语言的对译中最容易发生语义错位。例如，“老王卖瓜”不是“old Wang sells melons”，而是自己吹嘘自己的东西好；　“五讲四美”不是“five talks and four beauties”“五讲”是指“讲文明、讲礼貌、讲卫生、讲纪律、讲道德”“四美”是指“心灵美、语言美、行为美、环境美”。一般译为“ethic movement”。“街道妇女”绝不是“street women”，如果那样就成了“妓女”的意思了；“互相借鉴对方的经验”，通常译为“to learn from each other's experience”，而英美人把它说成“to profitably share our experience”，　“这些原则一直是我们民族的精神支柱”，外刊说“These principles have nourished the soul of our nation”。“富起来”这个概念，过去在对外宣传中译为“to get rich”，使外国人大惑不解，因为他们心目中的“rich”标准是相当高的。中国农民的所谓“富起来”，暂不宜用“get rich”，可用“to improve/better their living conditions”或者“to become better-off”。“发挥余热”，外刊用“to use one's availability”，表达得准确、生动。

同样，英语中的“fly off the handle”不是“把手飞了出去”，而是指

“火冒三丈”；“spill the beans”不是“撒豆子”，而是指“说漏了嘴”；“compare notes”不是“对笔记”，而是指“交换意见”。

二、词义的选择、引申和褒贬

（一）词义的选择

在翻译过程中，首先碰到的问题是词义。英语中一词多义，汉语中一字多义，这是常见的语言现象。英国伦敦语言学派创始人弗思指出“Each word when used in a new context is a new word”。就充分体现了英语词汇的灵活性。因此，正确选择词义成为翻译过程中极其重要的一步。以下是英语词汇“run”在下列词组中的含义。

run away——跑开

run down——撞倒

run out——用完

run a race——参加赛跑

run the streets——流浪街头

run a fever——发烧

run a factory——办工厂

run the risk of——冒险

run wild——发狂

run to seed——变得不修边幅

由此可见“run”一词的含义极其丰富，除了本义“跑步”外，还有许多意思。比如“way”在下列句子中的含义。

Which way do you usually go to town? 你进城一般走哪条路线？

The arrow is pointing the wrong way。这个箭头指错了方向。

She showed me the way to do it. 她向我示范做这件事的方法。

I don't like the way he looks at me. 我不喜欢他那种样子看着我。

Success is still a long way off. 离成功还远着呢。

We must not give way to their demands. 我们决不能对他们的要求让步。

汉语词汇也是如此，比如关于“上”的例子，上班——go to work；上当——be taken in；上课——attend class；上年纪——be getting on in years；上市——come on the market.

“轻”在下列句子中的含义：

这件大衣很轻，但非常暖和。This coat is light but very warm.

易碎品——小心轻放。Fragile——handle with care.

他年纪虽轻，但做事非常负责。He is young at age but very responsible in work.

不要轻看自己。Don't belittle yourself.

不要轻易做出选择。Don't make choices so easily.

今天我有些轻微的头疼。I've got a slight headache today.

因此不难看出，翻译中选义的难易程度有多方面的因素在起作用，除了语言工具书可以帮助翻译，更重要的是，还要借助具体的语境。

（二）词义的引申

所谓词义的引申，指的是在一个词所具有的基本词义的基础上，进一步加以引申，选择比较恰当的汉语词来表达，使原文的思想表现得更加准确，译文更加流畅。词义引申主要使用词义转译、词义抽象化、词义具体化等方法实现。

1. 词义转译

有些词照搬词典翻译，会使译文显得晦涩、含混，甚至造成误解。这时就应根据句、文逻辑关系引申转译。

（1）“heavy”的基本词义是重，heavy crop 引申为大丰收，heavy current 引申为强电流，heavy traffic 引申为交通拥挤等。

（2）“sharp”的基本词义是锋利的、尖的，sharp eyes 引申为敏锐的目光，sharp image 引申为清晰的形象，sharp voice 引申为刺耳的声音，sharp temper 引申为易怒的脾气等。

2. 词义抽象化

英语中常常用一个表示具体形象的词来表示一种属性、一个事物或一种概念。翻译这类词时，一般可将其词义作抽象化的引申，译文才能流畅、自然。

（1）Every life has its roses and thorns. 每个人的生活都有甜有苦。（roses 和 thorns 抽象化后引申为“甜”和“苦”）

（2）We have to cut through all of the red tape to expand to the French market. 我们必须克服所有的繁文缛节，开拓法国市场。（red tape 抽象化后引申为“繁文缛节”）

（3）Mary stands head and shoulder above her classmates in playing tennis. 玛丽打网球的水平在班里可以说是“鹤立鸡群”。（head and shoulder 抽象化后引申为“鹤立鸡群”）

3. 词义具体化

英语中许多词意义较笼统、抽象，根据汉语表达习惯，引申为意义较明确、具体的词。这样，译文表达清晰、流畅，更加形象生动。

（1）The car in front of me stalled and I miss the green. 我前头的那辆车停住了，我错过了绿灯。(green 具体化后引申为“绿灯”）

（2）The big house on the hill is my ambition. 山上的那间大屋是我渴望得到的东西。(ambition 具体化后引申为“渴望得到的东西”）

（三）词义的褒贬

为了忠实于原文，仅查看词典是不够的。译者还必须正确理解原文背景，了解其思想内容及政治观点等，然后选用适当的语言手段来加以表达。原文中有些词本身就含有褒义和贬义，译者在翻译时要相应地将其表达出来，但有些词孤立起来看是中性的，而放在上下文中揣摩则可增添其褒贬色彩，译者在翻译时也应恰如其分地将其表达出来。

英语中有些词不具有褒贬色彩，但根据语言表达的需要，翻译时要译出褒义或贬义达到更加忠实原文的目的。

（1）reputation

①I'm very lucky to attend this college with an excellent reputation.

被录取到这所享有盛誉的学校，我很幸运。(褒义)

②He was a man of integrity, but unfortunately he had a certain reputation.

他是一个正直真实的人，但不幸有某种坏名声。(贬义)

（2）ambition

①My sister worked so hard that she achieved her great ambitions.

我姐姐如此努力工作，最终实现自己的抱负。(褒义)

②Ambition dominated their lives.

他们的生活受野心驱使。(贬义)

（3）demanding

① This old professor has been persisting in his demanding research job.

这位老教授一直都不懈努力地追求着他的研究课题。(褒义)

②As a demanding boss, he expected total loyalty and dedication from his employees.

他是个苛刻的老板，要求手下的人对他忠心耿耿，鞠躬尽瘁。(贬义)

第二节　翻译教学中的语言能力培养——句子翻译

英语文体各异，句型复杂，长句的出现频率高，逻辑性强，给译者增添了许多困难。然而，英语语言具有“形合”的特点，无论多长、多么复杂的结构，都是由一些基本的成分组成的。译者首先要找出句子的主干结构，弄清楚句子的主语、谓语和宾语，然后再分析从句和短句的功能，分析句子中是否有固定搭配、插入语等其他成分。最后，再按照汉语的特点和表达方式组织译文，这样就能保证对句子的正确理解。

一、英汉句子结构比较

英汉两种语言分属两个不同的语系，前者属于印欧语系，后者属于汉藏语系，因此，两者在句子结构上存在着很大的差异。对比两者的异同，找出其中的差异及转换的规律是一项大有可为的研究。

英汉两种语言在句法结构上存在很多不同之处。但限于篇幅，本章将侧重研究三种最主要的结构：形合与意合结构、被动结构和变异结构。

(一) 形合与意合结构

英汉两种语言之间存在着很大的差异。但就句子结构来说，一般认为英语较为严谨，汉语较为简明。这是因为英语注重语言形式上的接应，其句子的组成大多采用“形合法 (Hypotaxis)”；汉语注重行文意义上的连贯，其句子组成大多采用“意合法 (Parataxis)”。研究形合与意合，对提高英汉两种语言之间的互译质量有着不可忽视的作用。

所谓“形合”，就是借助语言形式手段来实现词语或句子间的连接，也就是在句子的各个成分（包括词、词组、短句）之间使用相应的连接词或关联词语，以表示其相互间的关系。如“The gate was opened, and the audience came crowding in”中的“and”；“I will go to find him after a while”中的“after”；“It looks like a storm, so let's gather up our things and go home”中的“so”；“虽然我使尽全力，但是仍然搬不动这块石头”中的“虽然……但是”；“即使你去了那里，也不会有什么结果”中的“即使”；“假如我是你的话，我就不会这样做”中的“假如”等。这些关联词语把句子间或句子中各成分间的关系表示得一清二楚，这样的句子就叫作形合句。

形合句的主要特点是措辞严谨、语义明朗，它可以使语言内部的逻辑关系更清楚，可以使言语间的强调意味更明确。在英语中，那些属于句子或句子以下层面的比较短小的句式多为形合句。这是因为英语较为稳定而多样的形式手段控制着语言要素间的关系，汉语的情况则相反。另外，汉语在较长的语言片断或句式中多使用形合句，尤其在科技文中，不使用相应的关联词语，即不用形合句，往往很难达到一定的效果。

所谓"意合"，是指在句子结构中不借助语言形式手段，即关联词语等，而借助词语本身或句子所含的逻辑关系来实现句子间或句子中各成分间的连接，句子间或句子中各成分间的关系往往以语序的先后来表示。意合句有着自己的一套句法联系手段，如采用词语顺序、词汇接应、结构平行、形式重叠以及重复、推理等。如汉语中的"别说了！现在说啥都没用!""给我我也不要""巧妇难为无米之炊""知彼知己，百战不殆；不知彼而知己，一胜一负；不知彼不知己，每战必殆"；英语中的"The earlier，the better"及"The more you give，the more you will get"等。这些句子根本就不需要"不管""即使""假如"或"if"之类的连接词语，因为句中隐含的逻辑关系已经说明了这层意思。可以说，意合句都比较精练。

（二）被动结构

在英汉句结构比较中，除了形合与意合结构以外，还有一点需要我们在这里进行具体论述，即被动结构。

英汉两种语言都有主动句和被动句。所谓主动句和被动句就是表示主语和谓语之间关系的形式和手段。但是，有一点需要强调，即在两种语言中，即使是同一语法术语，也有可能代表的是不同的内容。英语中的被动句是指具有被动语法意义的动词短语作谓语的句子，即谓语中含有助动词be+及物动词的过去分词，这是被动语态的标记。而汉语中的动词没有这种标记，所以，其动词也就没有语态之分，凡是以主语为施动者的句子就是主动句，反之，以主语为受动者的句子就是被动句。这里主要从英汉互译的角度分析两种语言中被动结构的异同。

（1）相同之处：当施动者不明或不必说出的时候，两种语言都用被动句表示。

例 3-2-1：All his property was seized，and finally his German citizenship was taken away. 他的财产全部被没收，最后，还剥夺了他的德国公

民身份。

例 3-2-2：He has been sent to work in London. 他被派到伦敦工作去了。

例 3-2-3：This method is thought necessary. 这种方法被认为是必要的。

当强调被动动作或受动者时，两种语言都用被动句表示。但由于汉语的动词无词形变化，只能用某些词语来突出被动意义（有时不用），其中最常见的除了"被"字以外，还有"遭""受""为""挨""让""给""获"等。

（2）相异之处：英汉两种语言分属不同的语系，它们自身在构句方面的客观事实就是"异大于同"，其被动句的相异之处在两种语言中就要尤其注意，所以，还需把重点放在相异之处上。

英语的被动句有形态标记，汉语则没有。所谓形态指动词的"态"，即时态、语态。英语动词有时态和语态的变化，时态表示动作发生的时间，是属于时间概念的，这里不做详论；而语态是表示施动与受动概念的，分为主动语态和被动语态两种。汉语动词从时态上看，没有十分固定的表现形式，这取决于汉语的语法。

二、被动语态翻译

（一）转换成主动语态

在有些情况下，可变换语态，将原来的被动语态转换成主动语态，使译文明确。

（1）A contingency plan against bankruptcy was hastily drawn up.

译文：防止破产倒闭的应急计划很快制订出来了。

（2）The special challenge that advertising presents can be illustrated by a statement made by the president of a major advertising agency in New York.

译文：纽约一家主要广告公司的总裁所做的陈述，可以阐释当前广告业所面临的特殊困难（原文中被动语态译为主动结构，原文中的主语在译文中作宾语）。

（二）保留被动语态

在被动语态翻译中，除了转换成主动语态以外，还有一点需要我们在这里进行具体论述，即保留被动语态。

在进行英译汉时，语态不变，仍然保持原来的被动语态，但译者常常需要在主谓语之间加上一些汉语中表示被动的介词，如“被……”“给……”“受……”“止……”“为……所……”“遭……”等。

（1）Competition in business is regarded to be a means to earn money.

译文：商业竞争被认为是一种挣钱手段。

（2）Although Americans today are likely to think that Alger's stories are too good to be true，they continue to be inspired by the idea of earning wealth and success as an entrepreneur who makes it on his own.

译文：尽管今天美国人有可能认为阿尔杰的故事好得令人难以置信，但是他们依然为那种自力更生赢得财富和成功的企业家精神所鼓舞。

句中的“they continue to be inspired by the idea of earning wealth and success as an entrepreneur who makes it on his own”采用的是被动语态，在翻译成汉语时，可以保持原来的语态，只要在主谓语之间加上汉语中表示被动的介词“为……所”就可以了。

（三）译成无主句

在被动语态翻译中，除了前文中提到的两点以外，还有一点需要我们在这里进行具体论述，即翻译成无主句。

原文：Your early confirmation would be greatly appreciated.

译文：万分感谢您能早日给予确认。

其实，我们不难看出，该例句是被动语态，而且句中不存在施动者，所以译者在翻译的过程中，可译成汉语的无主句。

三、定语从句的翻译

在了解英汉两种语言差异的基础上，下面来介绍几种商务句子的翻译方法。

（一）前置法

在商务翻译实践中，人们发现前置法往往适用于简单限定性定语从句的翻译以及具有描述性的非限制性定语从句。

前置法即在英译汉时把定语从句放到所修饰的先行词前面，可以用“的”来连接。既然定语从句的意义是作定语修饰语，那么在翻译的时候，通常把较短的定语从句译成带“的”的前置定语，放在定语从句的先行词前面。

例 3-2-4：

（1）The role of selling in our society is to identify and provide the goods and services that will satisfy the needs and wants of the consumers.

译文：销售在社会中的作用就是识别并提供那些能够满足消费者需求的商品和服务。

在这句话中，限制性定语从句"that will satisfy the needs and wants of the consumers"用来修饰其名词中心词"goods and services"。由于这是一个不长的定语从句，为了符合汉语的表达习惯，翻译过程中应将其前置于先行词之前。

（2）In an urban culture，where mobility is valued，and land is not an issue，female talents are more emphasized.

译文 a：在现代城市人的观念中，价值就是流动性，与土地无关，人们更加注重的是女性的才能。

译文 b：在重视流动性且土地不成为其问题的城市文化中，女性的才能更受重视。

该句中"where mobility is valued，and land is not an issue"为非限制性定语从句。非限制性定语从句通常有两种译法，一是译成前置结构放在所修饰的先行词前面；二是后置或译成并列的分句，或单独成句。译文 a 采用后置法，按照英文原文的顺序翻译，令人感觉句意不明。而译文 b 译为"的"字结构，置于先行词之前，更符合汉语表达习惯。

（二）后置法

后置法即在英译汉时把定语从句放在所修饰的先行词后面，翻译为并列分句。

我们或多或少地了解到，英语的定语从句结构较为复杂，如果译成汉语时把它放在其修饰的先行词前面，那么将无法明确地表达句义。这时，可以把定语从句放在先行词后面，译成并列分句，重复或省略关系代词所代表的含义，有时还可以完全脱离主句而独立成句。

例 3-2-5：

（1）The importer can sell the goods to a new buyer while they are being carried by means of negotiable shipping documents which are very convenient for use.

译文 a：进口商可以通过使用起来非常方便的可转让的运输单据将货物在运输途中卖给新的买方。

译文 b： 进口商可以通过可转让的运输单据将货物在运输途中卖给新的买方，这类可转让单据用起来非常方便。

译文 a 中将“which”引导的限制性定语从句前置，显得累赘拗口；而译文 b 采用后置的方法，重复先行词“negotiable shipping documents”，使得译文表意明确。

（2） The fact that these early entrepreneur built great industries out of very little made them seem to millions of Americans like the heroes of the early frontier days who went into the vast wilderness of the United States and turned the forests into farms，villages and small cities.

译文：这些早期的企业家几乎白手起家却创造了宏大的产业，在千百万美国人看来，他们恰如早期拓荒时代的英雄，走进美国一望无际的荒野，将森林变成了农场、村庄和小城镇。

在这句话中，限制性定语从句“who went into the vast wilderness of the United States and turned the forests into farms，villages and small cities”用来修饰其先行词“heroes of the early frontier days”。该定语从句较长，如果将其前置译成定语，那么会使读者不容易明白该句想要表达的意思。所以，为了使译文简洁明了、易于理解，翻译时可将定语从句从引导词 who 这里与主句拆开来，译成并列的分句并省略先行词。

（3） The strong influence of the success stories of the early entrepreneurs on the masses of Americans can be found in the great popularity of the novels of Alger，which were published in late nineteenth and early twentieth century America.

译文：阿尔杰的小说大受欢迎，我们可以从中发现早期企业家的成功故事对美国大众所产生的强烈影响。这些小说于 19 世纪末 20 世纪初发行于美国。

在该句中，非限制性定语从句“which were published in late nineteenth and early twentieth century America”修饰中心词“the novels of Alger”。译文采用后置法，将定语从句和主句拆开来译。定语从句重复先行词，并独立成句。

（4） China's patriarchy is a feudal holdover，scholars say，where land equals power male children inherited land.

译文 a： 学者们说，中国的男权统治是一种土地就是权力的封建残余。土地是由男孩继承的。

译文 b： 学者们说，中国的男权统治是一种封建残余，在封建社会，土地就是权力，而土地是由男孩继承的。

该非限制性定语从句虽然不长，但是 where 在该句中指代的是“封建统治下的中国”，如果采用前置法，如译文 a，会造成对先行词的限定过窄。而译文 b 没有单纯重复先行词，而是转译为“封建社会”，与原文表意一致。

（三）融合法

融合法即把主句和定语从句融合成一个简单句，其中的定语从句译成单句中的谓语部分。

限制性定语从句与主句息息相关，正因为如此，在翻译限制性定语从句时，译者往往采用融合法。

例 3-2-6：

（1）We are a nation that has a government—not the other way around.

译文：我们这个国家有一个政府，而不是倒过来——政府有一个国家。

（2）Still XianDai executives returned home with growing fears that their Chinese rivals are closing the technological and design gap with South Korea—a development that could be disastrous for the company.

译文：然而，现代汽车的高管回到韩国后，越来越担心中国竞争对手正在科技和设计方面缩小与韩国的差距，对该公司而言，这种发展可能是灾难性的。

上述两例均含有限制性定语从句。主句和定语从句关系密切，但强调的重点在定语从句。翻译时将主语译为名词词组，将定语从句译为谓语部分，关系词“that”省略，构成主谓结构。

（3）Most of the staff，who have hand signals spelling “welcome” printed on the back of their T-shirts，used to spend their days shut off from the public in special workshops for the handicapped，making things like jewellery or packaging.

译文：（咖啡屋）大多数工作人员在 T 恤衫后背上印有表示“欢迎”的手势，他们过去过着与公众隔绝的日子，在为残疾人开设的特殊车间里生产珠宝之类的东西或负责包装。

译文将主句的主语与非限制性定语从句融合在一起，重新组合成句。

第三节　翻译教学中的语言能力培养——语篇翻译

句子是语法分析的理想单位，但在运用语言进行实际交往中，语言的基本单位则是语篇。语篇是由句子组成的，它是人们运用语言符号进行交往的意义单位，故可长可短。一部长篇小说是一个语篇，一个句子或短语，甚至一个词，都能构成语篇。因此，译者一定要把握好对语篇的翻译。

一、语篇概述

“语篇”（text）这个术语在不同学者的著述中具有不同的含义。语篇可以以对话（dialogue）形式出现，也可以以独自（monologue）形式出现；可以是众人随意交谈，也可以是挖空心思的诗作或精心布局的小说或故事。但是，需要注意的是，语篇并不一定就是一大段话，只要是表达了一个完整的意思，那么一个词语也可以称为语篇。例如，溺水者高呼一声：“Help!”这简单的一个词也可构成完整的语篇；公共场所的告示“No smoking”，虽然是个短语，但它是个完整的语义单位，有其交际目的和功能，也应看作完整的语篇。实际上，语篇具有一定的标准，主要表现在七个方面，具体如下。

（1）衔接性。

（2）连贯性。

（3）意向性。

（4）可接受性。

（5）语境性。

（6）信息性。

（7）语篇参照性（互文性）。

在英文中，许多词汇都有多个含义，如果译者不考虑语境而随便找其中一个含义进行翻译，那么将会产生歧义并误导读者，使其无法理解原文的意思。

二、语篇分析在翻译中的运用

语篇分析（Discourse Analysis）是美国语言学家哈里斯（Z. Harris）

于1952年首先提出来的一个术语，后来被广泛用于社会语言学、语言哲学、语用学、符号学、语篇语言学等领域。自从翻译界将“语篇分析”这个语言学研究的成果嫁接到翻译学科，翻译界对“上下文”的认识有了一个飞跃，从感性上升到理性，从经验上升到理论。掌握了“语篇分析”理论，译者就能在跋涉译林时，既看到树木，也看到整片森林；就能将原文的词、句、段置于语篇的整体中去理解、去翻译。这样，译文的整体质量就有了很大的提高。

语篇分析的基本内容包括衔接手段、影响语篇连贯的因素，其中对译者而言，最为重要的是衔接与连贯。

句子或句群不是杂乱无章地堆砌在一起构成段落与篇章，相反，它们总是依照话题之间的连贯性和话题展开的可能性有规律地从一个话题过渡到另一个话题。篇章的存在要求其外在形式和内在逻辑相统一，即衔接和连贯具有一致性。作为语言实体，段落与篇章在语义上必须是连贯的，而连贯性（Coherence）在很大程度上需要靠语内衔接（Cohesion）来实现。总结出来就是连贯是首要的，衔接要为连贯服务。

（一）语篇的衔接

所谓语篇衔接[1]，就是使用一定的语言手段，使一段话中各部分在语法或词汇方面有联系，使句与句之间在词法和句法上联系起来。

例 3-3-1：

The human brain weighs three pounds, but in that three pounds are ten billion neurons and a hundred billion smaller cells. These many billions of ceils are interconnected in a vastly complicated network that we can't begin to unravel yet…Computer switches and components number in the thousands rather than in the billions.

译文：人脑只有三磅重，但就在这三磅物质中包含着一百亿个神经细胞，以及一千亿个更小的细胞。这上百亿、上千亿的细胞相互联系，形成一个无比复杂的网络，人类迄今还无法解开其中的奥秘……电脑的转换器和元件只是成千上万，而不是上百亿、上千亿。

在上例中，“billion”一词重复出现了四次：ten billion neurons，a hundred billion smaller cells，these many billions of cells，in the billions。很显然，前两次所说的是不同的两种细胞，而第三次是对前两次所说的两

[1] 衔接是篇章语言学的重要术语，是语段、语篇的重要特征，也是语篇翻译中的一个重要环节。衔接的优劣，关系到话语题旨或信息是否被读者理解和接受。

种细胞的统称，而第四次是指那两种细胞的数量。因此，在翻译时要对“billion”一词加以注意，应将英语的数目概念改成汉语的数目概念，照顾语篇的连贯，切忌把“These many billions”译成“这许多十亿”和把“in the billions”译成“数以十亿计”，这样会切断语篇的连贯性，使得读者无法理解其中含义。句组中的各个句子之间、句组与句组之间需用不同的衔接手段来体现语篇结构上的黏着性和意义上的连贯性。语篇的衔接手段大体可分为词汇手段、语法手段两大类。

1. 词汇手段

在语篇的衔接中，词汇手段应用得十分广泛。在这里需要强调的是，同现关系与复现关系是英语词汇衔接关系的主要组成部分。此外，运用逻辑连接法也可实现语篇的连贯。

(1) 词语之间的同现关系。同现关系指的是词语在语篇中同时出现的倾向性或可能性。一些属于同一个“词汇套”(Lexical set) 或同一个“词汇链”(Lexical chain) 的词常常一起出现在语篇中，衔接上下文。例如“thirsty”一词常会使人们联想到 drink，water，soda water，mineral water，tea，coffee，coke，beer 等词，这些词可能会在语篇中同时与“thirsty”一词出现。除了这种词之外，反义词也常可用来构成词语之间的同现关系。反义词的两极之间可以存在表示不同程度或性质的词语，如在“hot”和“cold”之间尚有 warm，tepid，lukewarm，cool 等词。

例 3-3-2：

John is a good teacher. But he is a bad husband.

译文：约翰是一位出色的老师，但他不是好丈夫。

上述例子中的“good”和“bad”这一对反义词就构成了两句话之间存在的同现关系。

此外，互补词也能确立词语之间的同现关系。互补词语在意义上，则是非此即彼、互相排斥的，如 alive 和 dead，single 和 married，husband 和 wife，stand up 和 sit down，boy 和 girl 等。

(2) 词语之间的复现关系。韩礼德和哈桑认为复现关系主要是通过反复使用关键词、同义词、近义词、上义词、下义词、概括等手段体现的。词语的不同复现手段往往能显示不同的文体或风格特征。我们通过下列例子加以说明。

原句：There's a boy climbing that tree. 有一个男孩正在爬那棵树。

①The boy's going to fall if he doesn't take care. 那个男孩将会掉下来如果他不小心。

②The child's going to fall if he doesn't take care. 那个孩子将会掉下来如果他不小心。

③The lad's going to fall if he doesn't take care. 那个少年将会掉下来如果他不小心。

④The idiot's going to fall if he doesn't take care. 那个笨蛋将会掉下来如果他不小心。

上例中，①②③④是对原句的复现。①是“boy”一词复现，②中的“child”是“boy”一词的上义词，③中的“lad”是“boy”的同义词，④中的“idiot”则属于概括词，口语中可泛指人（常含贬义色彩或熟稔口吻）。

原句：I turned to the ascent of the peak. 我向顶峰攀登。

①The ascent is perfectly easy. 攀登是十分容易的。

②The task is perfectly easy. 这项任务是十分容易的。

③It is perfectly easy. 它是十分容易的。

④The climb is perfectly easy. 攀登是十分容易的。

⑤The thing is perfectly easy. 这件事是十分容易的。

上例中，原句和①②③④⑤句之间存在着复现关系，其衔接就是通过词汇手段实现的。①的手段是重复使用关键词；②的手段是使用上义词；③的手段是运用代词；④的手段是使用同义词；⑤的手段是使用概括词。

（3）运用逻辑连接语。逻辑连接语（logical connectors）指的是表示各种逻辑意义的词、短语或分句，包括以下几种。

①表示句子之间（含句组之间）的时间关系（temporal relation）的逻辑连接语，如first，next，then，previously，formerly，soon，finally，meanwhile，to begin with，up to now，to sum up等。

②表示句子之间的因果和推论关系（causal/resultive/inferential relation）的逻辑连接语，如consequently，so，otherwise，then，hence，because，as a result，for this reason，in that case等。

③表示附加关系（additive relation）的逻辑连接语，如by the way，in other words，for instance，likewise，similarly，and，or等。

④表示句子之间的转折和对比关系（adversative/contrastive relation）的逻辑连接语，如however，but，yet，never the less，in fact，in any case，on the contrary等。

⑤表示位置（location）、方向（direction）和地点（location）等意义的逻辑连接语，如over，here，there，under，above，down，up，nearby，further，beyond，beneath，adjacent to，close to，near to，next to，in front of，on top of 等。

2. 语法手段

句子或句组之间的衔接可以通过语法手段予以实现。其中较为常见的语法手段有以下几种。

（1）动词的时、体变化。动词的时和体可以在句子中起到衔接的作用。

例 3-3-3：

①The boy stopped running. He saw his mother.

译文：那个男孩停止跑动，他看到了他的母亲。

②The boy stopped running. He had seen his mother.

译文：那个男孩停止跑动，因为他看了他的母亲。

从动词的时、体变化角度可看出，句①中的两句之间，存在动作发生的时间顺序关系，而句②中的两句之间既存在着动作发生的时间顺序关系，又存在着因果关系。

（2）照应手段。照应关系[1]可分为两种类型：语内照应（endophora）和语外照应（exophora）。语内照应又可分为两种情况：一种是“上指”（anaphora），即用一个词或词组替代上文中提到的另一个词或词组。另一种情况是“下指”（cataphora），即用一个词或短语来指下文中即将出现的另一个词、短语乃至句子。语外照应是指在语篇中找不到所指对象的照应关系。

例 3-3-4：

John decided to see Mary immediately. He wanted to tell her what had actually happened to their mother.

译文：约翰决定立刻去看玛丽，他想要告诉她他们的母亲到底发生了什么事情。

例中 He 指 John；her 指是 Mary；their mother 又告诉我们 John 和 Mary 之间的关系。两句话之间的语义连贯就是靠词语之间存在的照应关系实现的。

例 3-3-5：

Tom told a story but Mary did not believe it.

译文：汤姆给玛丽讲了一个故事，但玛丽并不相信它。

[1] 照应（reference）指的是词语与其所指对象之间的关系。在语篇中，如果对于一个词语的解释不能从词语本身获得，而必须从该词语所指的对象中寻求答案，就产生了照应关系。

例中的 it 反过来指上文中的 story。换言之，story 是 it 的先行词。这就是“上指”。

例 3-3-6：

When I met her，Mary looked very sad.

译文：当我遇到她的时候，玛丽看起来非常悲伤。

例中的 her 指的是下文中的 Mary，这就是“下指”。

例 3-3-7：

Look！ How they rush to the goal！

译文：看！他们多么着急地奔向球门！

这是一个观看足球比赛的场景，听话者只能依靠话语所处的客观环境去领悟 they 和 the（而不是 a）所指的对象。

英语行文要求避免重复，因而英语使用人称代词的频率比较高。而汉语习惯使用实称，因此在翻译时，译者需要注意照应关系。

例 3-3-8：

This note was left by Anna，who was here a moment ago.

译文：这张纸条是安娜留的，她刚来过这儿。

此例中，引导定语从句的关系代词 who 充当了汉语中人称代词的角色，并使英语句子成为主从复合句，汉语的同指对应则通过人称代词“她”来实现。

例 3-3-9：

Japan has been able to export large quantities of radios and television sets because it can produce them more efficiently than other countries.

译文：日本之所以能出口大量的收音机和电视机，是因为日本的生产效率高于别国。

此句中的 it 与 Japan 照应，them 与 radios and television sets 照应。

（3）替代。替代（substitution）是一种既可以避免重复又能连接上下文的手段，指的是用代替形式（substitute）来取代上文中的某一成分。替代是一种语法关系，与照应表达对等关系不同，它表达的是一种同类关系。与英语相比，汉语中替代手段使用的频率较低，汉语往往使用原词复现的方式来达到语篇的衔接与连贯。英语可以用代词 so，do too，do the same 等替代形式来替代与上文重复的成分，形成衔接。但是汉语没有类似的替代形式，通常需要用词义重复来连接。因此，译者在翻译时应注意英、汉语的不同表达习惯。

例 3-3-10：

The Americans are reducing their defense expenditure this year. I wonder if the Russians will do too.

译文：美国人今年在削减国防开支，我怀疑俄罗斯人也会这样做。

例 3-3-10 中 do too 替代了 reducing their defense expenditure，体现出英语的简洁性。

例 3-3-11：

Everyone seems to think he's guilty. If so，no doubt he'll offer to resign.

译文：似乎每个人都认为他是有错的。如果是这样，毫无疑问，他将会提出辞职。

例 3-3-11 中的 so 替代了前文的分句 everyone seems to think he's guilty，简洁明了。

（4）省略。省略（ellipsis）指的是把语言结构中的某个成分省去不提。句中的省略成分通常都可以从语境中找到，这样句与句之间就形成了连接关系。同替代一样，省略的使用也是为了避免重复，突出主要信息，衔接上下文。作为一种修辞方式，它符合语言使用的经济原则。实际上，与汉语相比，英语的省略现象较多，因为英语的省略多数伴随着形态或形式上的标记，不容易引起歧义。

例 3-3-12：

Everybody has a responsibility to the society of which he is a part and through this to man-kind.

译文：每个人都对他所属的社会负有责任，通过社会对人类负有责任。

例 3-3-12 中，英语有 to 这一形式标记说明省略了动词成分，这样能使前后衔接，结构紧凑，汉语的习惯则要求重复这一成分。

在省略这一衔接手段中，译者特别需要注意的是汉语经常省略主语，因为汉语具有主语控制力和承接力强的特点。所以在汉语中，主语出现过一次之后，后面的句子中都可以省略。

例 3-3-13：

Arthur Clarke was born in Minehead，England. Early interested in science，he constructed his first telescope at the age of thirteen. He was a radar specialist with the Royal Air Force during World War Ⅱ. He originated the proposal for use of satellites in communication...

译文：阿瑟·克拉克生于英格兰的明海德镇。自幼喜爱科学，十三岁时制作了自己的第一架望远镜，第二次世界大战期间是皇家空军的一位雷达专家，曾首先提议将卫星用于通信……

通过对上例进行深入分析，我们不难看出，在英语原文中，每个句子的结构都比较完整，都有主语。而在汉语译文中，只有第一句有主语，后面的句子都没有主语，而且也不影响其意义的表达。

(5) 连接。连接 (connection) 是表示各种逻辑意义的连接手段，连接词又称“逻辑联系语”。连接词可以是连词、副词、介词、短语、分句等。连接词表明了句子间的语义关系，甚至通过前句可从逻辑上预见后句的语义。

语篇中的连接成分是具有明确含义的词语。人们可以通过这种词语来对句子间的语义联系进行了解，而且还能够推测出后续句的语义。按照功能，可将英语的连接词语划分为以下四类。

第一，添加、递进[1]，如 and，furthermore，in addition 等。

第二，转折[2]，如 but，however，conversely 等。

第三，因果连接[3]，如 because，so，consequently 等。

第四，时序性连接词语[4]，如 first，then，in the end 等。

例 3-3-14：

My client says he does not know this witness. Further, he denies ever having seen her or spoken to her.

译文：我的当事人说他并不认识这位证人。更深一层地说，他否认见过这位证人或与她说过话。

此例中后面补充的语义实质上是对前面内容的扩展和肯定，并使两个句子紧密地连接起来。

例 3-3-15：

I am afraid I'll be home late tonight. However, I won't have to go in until late tomorrow.

译文：我担心今晚回家会晚。可是，我不会一直晚到明天才回家的。

此例中，前一句是陈述句，后一句是否定句，后一句的意思与前一句完全不同。

例 3-3-16：

Chinese tea is becoming increasingly popular in restaurants and even in coffee shops. This is because of the growing belief that it has several

---

❶ 添加、递进是指写完一句话之后，还有扩展余地，可以在此基础上再添加某些补充信息。

❷ 转折是指后一句的意义与前一句的意义截然相反。前一句的陈述是肯定的，后一句却是否定的；前一句是否定的，后一句则是肯定的。

❸ 因果连接是指以各种不同方式体现的原因与结果的关系。

❹ 时序性连接词语表示篇章的事件发生的时间关系。

health giving properties.

译文：中国的茶艺在餐厅甚至是咖啡厅里越来越流行。这是因为人们逐渐相信茶里含有许多对健康有益的物质。

此例中，前一句是描述结果，而后一句则是对前一句这一结果产生的原因的解说。

实际上，英语与汉语的连接词有许多共同之处，主要体现在以下两个方面。

第一，功能相同，它们在语篇中衔接句子与句子，或者衔接段落与段落时，能够明白无误地表达句子之间或段落之间的语义联系和逻辑关系。

第二，无论是英语还是汉语，在绝大多数情况下，连接词都出现在句首的位置，它们就像纽带一样，将前句与后句或前段文字与后段文字紧密地连接起来。

(6) 排比结构。排比结构整齐匀称，意义连贯，能使语言产生和谐的均衡美。它既是一种修辞手法，也是语篇的一种衔接手段。

例 3-3-17：

If you prick us, do we not bleed? If you tickle us, do we not laugh? If you poison us, do we not die? And if you wrong us, shall we not revenge?

译文：你们要是用刀剑刺我们，我们不是也会流血的吗？
你们要是搔我们的痒，我们不是也会笑起来的吗？
你们要是用毒害我们，我们不是也会死的吗？
那么要是你们欺侮了我们，我们难道不会复仇吗？

这是莎士比亚的《威尼斯商人》中的名言。同样的句式，整齐排列，译文也采用了排比结构，意思连贯，具有和谐美。

由于衔接是通过词汇或语法手段来实现的，所以学者们认为它是语篇的“有形网络”。英语是形合语言，注重表层语言结构成分的前后照应与衔接。而汉语是意合语言，更注重句子成分之间的逻辑关系，在行文时多以意相连，省略和关联衔接更为频繁。总之，在英汉互译时，译者要通过正确理解联句成篇的衔接手段，更好地把握原文作者的完整逻辑思路，并在生成译文语篇时对原文的衔接方式进行必要的转换和变化，将句子与句子、段落与段落按照逻辑组织起来，构成一个完整或相对完整的语义单位。

（二）语篇的连贯

语篇既然是语义单位，那么能够称作“语篇”的语言实体必须在语义上是连贯的（Text must be coherent）。语义连贯是构成话语的重要标志。衔接是通过词汇或语法手段使文脉贯通，而连贯是指以信息发出者和接受者双方共同了解的情景为基础，通过逻辑推理来达到语义的连贯。译者只有理解看似相互独立、实为相互照应的句内、句间或段间关系并加以充分表达，才能传达原作的题旨和功能。

例 3-3-18：

原文：I wrestled with my own resolution. I wanted to be weak that I might avoid the awful passage of further suffering I saw laid out for me；…

译文：我和我自己的决心搏斗着：我要成为软弱的人，这样我就可以避免去走那条要我受更多苦难的可怕的路，我看到这条路就摆在面前……

例 3-3-18 中，译者在翻译时，重复了主体“我”，也明确了客体，使译文豁达流畅。

例 3-3-19：

原文：The chess board is the world，the pieces are the phenomena of the universe，the rules of the game are what we call the laws of nature. The player on the other side is hidden from us. We know that his play is always fair，just and patient. But we also know，to our cost，that he never overlooks a mistake，or makes the smallest allowance for ignorance.

译文：世界是盘棋，万物就是棋子，弈棋规则即所谓的自然规律。我们的对手隐蔽不见。我们知道他下棋总是合理、公正、有耐心。但输了棋后我们才知道，他从不放过任何误棋，也决不原谅任何无知。

这是赫胥黎的一段话。赫胥黎将人生比作一场漫长的弈棋比赛。因此，译者在翻译时对原文中 the game，the player，his play，to our cost 等词语的处理必须符合这一语义的整体性和连贯性，以“棋”贯穿整个语篇，把“to our cost”等隐含的语义明确地表达出来。

语篇中句子的排列如果违反逻辑就会对句与句之间语义的连贯产生影响。有时候，说话的前提以及发话者、受话者之间的共有知识也会影响到语义的连贯。诗篇的连贯性主要取决于读者的联想和想象。

第四节　笔译教学

一、翻译的概念

正是由于不同民族所拥有的文化和语言各不相同，才使得两个或几个来自不同民族背景的个体在相互沟通的时候产生种种障碍，而唯一能解决这种障碍的方式就是翻译，因此它被称为不同民族沟通的桥梁。因为译者的沟通能力不同，古往今来，不同民族的人将其比作各种各样的不同的物品。例如，有人将翻译看成是复制品、相似物、拷贝、副本、画像、映象、再现、拟态、模仿、镜像、透明玻璃等。

从翻译产生的第一天起，人们就试图给翻译下一个定义，甚至到目前为止，已经有很多学者给翻译下了各种各样的定义。这些定义中既有相同的，也有不同的。从古到今，人们从不同的角度去描述和比喻翻译，要达到完全统一的认识是不可能的，也是不切实际的。

许慎在《说文解字》中对“翻译”的解释是：“翻”意为飞，形声字，羽为形符，番为声符。而“译”指的是翻译，即将一种语言文字翻译成另一种语言文字。另外，古往今来的许多翻译家或翻译理论家，从不同的侧面为我们描述了翻译的本质性特点：翻译是两种符号、两种文字、两种语言或两种方言通过一定的介质，进行转换的思维活动。

从广义上说，翻译包括语言符号和非语言符号之间的转换。而我们一般要讨论的翻译则集中在语言上，就是将某一语言活动的言语产物转换到另一种语言中去。按照翻译活动中的不同处理方法可以将翻译分为若干类型。

翻译根据材料的不同可以分为不同的类型，如文学文体、应用文体、新闻文体、论述文体和科技文体等。根据活动的不同处理方式，又可以将翻译分为全译、节译、编译、摘译。

（1）全译。指的是把原文原封不动地照译出来，译者不得任意增删或自行改动，但必要时可加注说明或加以评论。

（2）节译。就是根据原文内容把原文的全部或部分节缩译出，但应保持原作内容相对完整。

（3）编译。指的是译者在译出原文的基础上，以译文为材料进行编辑加工。

(4) 摘译。就是译者根据实际需要摘取原文的中心内容或个别章节进行翻译，内容一般是原作的核心部分或内容概要。

由于翻译这种语言交际活动的复杂性，所以长时间以来一直吸引着很多专家的研究目光。长久以来，很多国内外的翻译理论家也确实从多个角度和不同的学科视角对其进行了分析和研究，并总结出了自己的观点。下面我们主要介绍其中几位对翻译定义的解释。

蔡毅认为，翻译就是将一种语言文字所蕴含的意思用另一种语言表达出来。

吴献书认为，翻译是将一种文字之真义全部移至另一种文字，而且仍然保留其原有的风格和神韵。

汪涛和黄新渠认为，翻译是一种语言文字的实践。是利用一种语言文字将另一种语言文字所表达的思想确切而完善地重新表达出来的实践。

陈宏薇认为，翻译是跨语言、跨文化的交际活动，翻译是科学，是艺术，是技能。

国际译联主席安娜·利落娃认为，翻译作为一种过程，是一种口头和笔头活动，其目的在于把存在于一种语言的口说或书面的话语用另一种语言再现出来，并保持原话内容基本不变。作为翻译的结果，译作是原文的类似物。

纽马克（Newmark）认为，翻译就是把一个文本的意义按原作者所意想的方式移入另一种文字。但也不总是如此，只能说通常情况下是这样。

费道罗夫（Fedorov）认为，翻译就是用一种语言把另一种语言在内容与形式不可分割的统一中将原语中已表达出来的东西准确而完全地表达出来。

通过分析上述几种定义并对它们进行比较，我们对翻译的本质有了一定的了解，但这只是部分人的见解，不一定十分完善。所以，要想真正认识，还需要我们从更大的范围去进行更详细的探究，这是一条无止境的探索之路。

二、翻译的标准

翻译标准是翻译理论研究和探讨的中心课题之一，也是翻译界长时间讨论并十分关注的重要问题。它是衡量译文质量的尺度。

不同的人对同一作品可能会有不同的翻译，这是因为他们所处的社会背景和语言背景不同，导致他们在翻译视角上存在相应的差异，所以即使他们内心都有自己的一套翻译标准，可能这些标准也都是不同的。关于这一点，我国历史上很多有名的文学家都对其有着自己的见解。

严复在总结前人翻译思想的理论基础上，于1898年提出了著名的三字方针“信、达、雅”，并沿用至今，产生了深远的影响。

鲁迅认为“凡是翻译，必须兼顾两方面，一是力求其易解，二是保存原作的丰姿”。

傅雷提出的“神似”，表现了翻译的最高艺术境界。傅雷认为，“翻译应当像临画一样，所求的不在形似而在神似”。

钱钟书的“化境”（transfiguration）实际上就是“出神入化”，即“既不因语言习惯的差异而露出生硬牵强的痕迹，又能完全保存原有的风味……”。

上述种种翻译标准，虽然它们各有各的侧重点，但是它们也有着共同的地方，那就是遵守着共同的翻译原则，至于具体的原则，我们将会在后续内容中进行详细探讨。

翻译涉及多学科领域，随着语言学、语义学、语用学、文体学、信息学、交际学、符号学、社会语言学、社会符号学等学科的发展，人们更能科学、全面地认识翻译，并且结合现代气息制定相应的翻译标准。

美国著名翻译理论家奈达（Eugene A. Nida）在《翻译的理论与实践》一书中提出：翻译应该“再现原文信息”，译者应努力使译文与原文“对等而不是统一”（The translator must strive for equivalence rather than identity），这也就是翻译界所争论的“等值”“等效”。其实，奈达所强调的是“忠实”，正如他在《从一种语言到另一种语言》中说的那样：“翻译即译义”（translation means translating meaning）。

综上所述，我们知道不管翻译标准怎样，“忠实”和“通顺”始终都是翻译最基本的要求，这也是翻译的核心和共识。

有些词语，通过对比其英汉译文我们会发现，它是直接翻译过来的，这是因为两种语言在意义和形式上有时候是一致的，这时候就可以使用直译的方法。所谓直译，就是在译文语言条件允许时，在译文中既保持原文的内容，又保持原文的形式——特别指原文的比喻、形象和民族特色等，做到内容和形式兼顾。汉语中常用的一些词或短语就是从英语直译过来的。如：犹太之吻——Judas kiss；连锁反应——chain reaction；君子协定——gentleman’s agreement；武装到牙齿——armed to teeth；自助者天助——God helps those who help themselves；皮卡车——pick-up；瓶颈——bottleneck。

汉语里类似的“纸老虎”“一国两制”同样是用直译的方法译为英语

的“paper tiger”和“one country，two systems”。

直译的好处是它不仅能保留原文的内容和风格，而且能再现目标语的特色，翻译时可以充分体现“形同意合”的原则。这种能直译的词语，是因为人类在语言和思维上都存在一定的共同点，无论什么民族、这个民族拥有什么样的文化、信仰何种宗教，在语言上都有一定的共性，在表达方式上也有其共同点。

虽然在翻译的过程中，直译是一种比较好用的翻译方式，但由于地域文化和思维方式的不同，直译很难将这种内在翻译出来。因此，大多数时候简单地用直译的方法不仅会使译文生硬，而且会出现“误译”。这时候就可以使用“意译”的方法。所谓意译，就是当两种语言不能在意义和形式上一致时，需要通过译义来达到翻译目的。例如，汉语里我们讲“吹牛”，英语则说“talk horse”；“鸡皮疙瘩”（goose-flesh/goose-pimples）不能误译为“chicken-flesh pimples”；“豆腐渣工程”（jelly-built project）也不能想当然地译成“bean-curd residence project”；同样，英语“bad apple”也不能简单地译为“坏苹果”，而应该根据汉语习惯翻译成“一粒老鼠屎/一只老鼠坏了一锅汤”。

通过对直译和意译两种翻译方式进行阐述，我们可以知道这也是翻译工作者最常用的两种翻译方式。但是在翻译科学不断发展的情况下，一些专家完全抛开了直译和意译，而采用“异化法”（foreignizing method）和“归化法”（domesticating method）的提法；另外一些翻译学者如刘宓庆、黄忠廉等认为翻译方法还应包括译写、编译、改写、摘译、节译等，我们这里仅分为直译和意译两种。当然，意译不是任意乱译，意译规定译文可以不用完全拘泥于原文的形式，但是要保证能正确表达原文的内容。具体见以下实例。

例 3-4-1：

Let's begin to talk turkey.

译文：现在我们言归正传。(谈正事儿。)

例 3-4-2：

Later success favored me.

译文：后来就一帆风顺了。

对以上两个句子的翻译，如果译者只是将句子的形式翻译出来，而没有注重原文的内涵，那么翻译出来的句子就不符合中国人的语法习惯，而且原文的意思也会被扭曲，所以就要采用意译的方法，使译文既忠实于原文的意义，又再现目标语的特色。

在确保原文意义没有改变的情况下，在翻译时，还要尽量突出原文的比喻或深层寓意，以达到其语用和交际的功能。这是硬译所不能达到的程度。如果硬译或者只是从形式上进行翻译不仅难以达到翻译的目的，甚至让人听后或读起来生硬甚至莫名其妙。具体见以下实例。

例 3-4-3：

You are casting pearls before a swine.

形译：你把珍珠扔到猪面前。

意译：你这是对牛弹琴。

例 3-4-4：

Tom was born with a silver spoon in his mouth.

形译：汤姆出生时嘴巴里叼着银勺。

意译：汤姆出生于富贵人家。

综上所述，不管是直译还是意译，在翻译时都必须遵循“忠实”(faithfulness) 和“通顺”(smoothness) 这两条标准。这两条标准不是孤立的、分割的，而是统一于翻译的全过程。如果只追求忠实，而达不到通顺的程度，译文就难以发挥其交际的作用；而如果只追求通顺，却忘了忠实，译文不是原文所要表达的意思，那更不是合格的翻译。因此，要认清并合理处理两者的关系，真正做到两者相统一。

三、翻译过程

翻译一般由准备、理解、表达、校核这四个阶段组成。

(一) 准备阶段

准备是为后续工作打基础，准备过程做得愈充分，翻译起来就愈得心应手。因此，译者在进行翻译的时候，一定要将准备工作重视起来，将原文多读几遍。初读时，主要掌握原文的大意与精神，再读时注意细节的陈述。通过阅读原文，译者不仅要弄懂原文的意思，还要尽量从言语中了解作者的生平、思想、性格、创作目的、写作风格及手法；要了解原作的出版时间、地点、社会背景等，甚至对原文的文字符号所反映的颜色、声音、动作、姿势、行为等其他符号的意义也要有所了解，查阅有关参考文献或辞书，了解原文中涉及自己不懂的学科知识与社会常识。总之，一切与原文和作者有关的信息了解得越多越细，准备越充分，翻译起来遇到的障碍就越少。

（二）理解与表达

在翻译的过程中，最重要的两个阶段就是理解和表达，也是核心阶段，它们之间的关系密不可分。要进行表达，首先就要理解，而在理解的时候，往往也会思考采用什么样的方式进行表达。因此，在翻译实践中，译者往往是在理解时在潜意识中会自觉或不自觉地寻求合适的表达方式，而在表达时又不断地回到原文进一步理解其意义，以使表达更确切。由此可见，理解与表达是密不可分，往往需要同时进行的。

1. 理解

翻译的首要任务就是理解原语的意义，下面我们从英语和汉语的互译来认识这一点。

（1）英译汉。由于文化背景存在较大差异，英语和汉语分属两种不同的语言体系。因此，在很多概念意义、语境意义、形式意义、风格意义、形象意义和文化意义等方面存在着很多不同之处。因此，在将英语翻译成汉语时，不仅要注意语言意义上的理解，同时还要注意文化背景的适应。也就是说，要成功地将一篇英语文章译成汉语，在处理语言意义方面，要正确理解原文里的词、词组、句子和句群的语义信息、把握特定语境中词的概念意义、语篇和文化结构的特征、了解字面意义到比喻意义的转移等。除此之外，还要还原英语语言文化的人们给某些表示相同概念词语所赋予的不同意义，帮助人们更好地理解。

（2）汉译英。对于中国学生或专业翻译人员来说，汉译英相对更加容易一些。我们说，要对原文进行翻译，首先应该理解原文的含义。我们从小生长在汉语文化环境里，接受汉语教育，接收到的信息源几乎都是汉语的。因此，理解汉语意义对于我们来说是相对容易的。即使有时候遇到一些比较难理解的问题，只要认真对待，理解上的难点总是可以克服的。从这个角度来讲，这些都为我们充分理解原文创造了十分有利的条件。

那么，将汉语翻译成英语，或是将我们在脑子里用汉语构思的想法、观点，本身所体验到的感受转化出来，主要难点自然就在英语上了。因为汉译英最终落脚点还是将汉语翻译成英语，如果英语水平不够，那也将是一种考验。而且，因为英汉语言文化背景的不同，会很大程度上在翻译语言中体现出来。因此，有时即使是翻译一些看来很简单的汉语句子，也会使我们费尽千辛万苦学来的英语一下子显得捉襟见肘。由此可见，用另一种语言来表达我们内心所构思的语言，并不是简单的语言转换。

2. 表达

翻译涉及语音、词汇和语法系统等各个方面的知识。因此，尽管英语和汉语之间有着很多的相似点，但是，在翻译过程中还是会发现很多差异。通过语言形式的改变，将原语所传递的意义准确完整地表达出来，既是翻译工作的全部意义所在，也是翻译工作的出发点和归宿。因此，将我们用一种语言构思的一切，放在另一种语言的框架下运行，要求我们必须具备扎实的双语语言基础，谙熟两种语言表达的一切规则和惯用法，准确把握两种语言的逻辑性和理性特点，透彻认识英语语言与汉语语言之间的差别。

综上所述，翻译是一项非常考验译者语言知识和语言运用能力的工作，因为在翻译过程中，译者需要根据实际情况调动自己全部的知识储备，认知和分析两种语言表达上的差别，从而寻求意义上的大同，存形式上的小异。

对英汉语的语言系统进行对比，会发现虽然它们存在很多共同点，但是它们之间的差别也是不容忽视的。尤其是这些差异会通过各种形态上的差异来表现语法意义上的差异。从简单的单复数表示法，到形容词的比较级和最高级、动词的各种时态、语态、语气等，都是如此。上述英语中的这些问题，在汉语中无一不是通过词汇手段来完成的，因为汉语是一种无形态变化的语言。

另外，对比英汉两种语言，我们常说汉语是一种意合语言(parataxis)，英语则是一种形合语言（hypotaxis)。从意合语言到形合语言的转换，既涉及词汇、句子、词序、惯用法，也涉及语义逻辑和语篇层面上的启、承、转、合。例如，在词序上，英汉两种语言有时一致，翻译时可以直接从一种语言转换成另一种，如：black and white（黑白），up and down（上下），more or less（或多或少），likes and dislikes（好恶），off and on（断断续续）；但在多数情况下，由于表达习惯的差异，两种语言在词序上正好相反，如：汉语里我们讲“您先请!”英语中则说“after you!”，诸如此类的还有：Sack and forth（前后），sooner or later（迟早），north and south（南北），old and new（新旧），rain or shine（晴雨），fire and water（水火），iron and steel（钢铁），at sixes and sevens（乱七八糟），tough-minded（意志坚强的）等。对这些差异的洞察力，将在很大的程度上影响译文的准确性和可靠性。

人们常说，一千个读者就有一千个哈姆雷特，这是指即使是对待同一事物，不同的人也可能会有不同的理解。在翻译中，尤其是这样，不同的表达就代表着不同的理解，因为不同的文化教育背景和社会阅历都会对其理解产生很大的影响。但是，除此之外，不可否认的是译者的译语水平与翻译技巧无论对理解还是表达都起着至关重要的作用。所以，在翻译时，要注意以下几点。

（1）要正确理解原文，首先要根据句内词语搭配确定原文词语的含义。很多词有不同的含义，在与不同的词语搭配时其含义也不同。

He was little interested in cards and such like science.

他对打牌之类的玩意儿兴趣不大。

在这句里，science 不仅有“科学”的含义，还可译为“技巧，技艺”。在这里，science 与前面的 cards 构成同位语，因此，翻译成“科学”就不科学了。因此，应将其译成“玩意儿”，也就是取“技巧，技艺”之意。

（2）要根据上下文确定原文词语的含义。有时候单凭句内搭配还不能确定词意，这时，译者就必须从上下文的前后句子中寻找线索。例如：

If anything happens to Lady Crawley，Miss Sharp will be your mother-in-law.

要是克劳莱夫人有个三长两短，夏普小姐就要做你的后妈。

此句出自萨克雷的《名利场》（Vanity Fair）。Lady Crawley 是 Mr. Crawley 的太太。当时，Miss Sharp 在 Crawley 家做家庭教师，Crawtey 对 Miss Sharp 大献殷勤，并且跪下向她求婚，故这里的 mother-in-law 一词应根据词典 step-mother 义译为“后妈”而非“岳母”或“婆婆”。

（3）翻译时还需根据大的语境也就是从广义语境如文化背景中去寻找一些词语的含义。如：

Mr. Kinsley and his Red Brick boys will have to look to their laurels.

在这一上下文中，对 Red Brick 并没有解释，这对中国读者来说可能成为理解上的障碍，但在英语中，尤其是在英国，这是十分简单的问题。因为他们在习惯上把除牛津、剑桥等一流大学以外的普通大学都称为 Red Brick university。原因是剑桥、牛津大学的楼房是用石头砌成，显得典雅、富贵，而其他学校多为红砖建筑，故云 Red Brick。所以这句话可译作：“金斯利先生和他的二流大学的学生必须小心翼翼地保护他们已取得的成绩。”

（三）校核阶段

这一阶段是对前面所有工作的审核，译者应仔细审校核对文字及与其有关的一切符号，补上漏译，更正错误，检查译文是否明白顺畅，意义是否准确贴切，风格是否吻合一致。

上面所说的这四个阶段在翻译工作中都是非常重要的，缺少任何一个环节，翻译都不能正常进行。因此，译者在翻译时要认真对待每一个环节。

四、笔译翻译策略

（一）对策练习

教师可以就翻译过程相关的具体的单项技能和单项对策为题目安排教学方案，一般适合于学生已翻译过的文章。课程内容对策练习的重点可以是以下几点。

（1）如何对待翻译任务。

（2）不同的理解和阅读技术。

（3）查阅名词术语。

（4）探讨语篇种类的规范和惯例。

（5）分析源语语篇。

（6）与翻译有关的主要的跨文化要素。

（7）笔译难点。

（8）笔译方法决策。

（9）编辑译语语篇的内容、程序与方法。

（10）译文的外在形式。

（二）补丁翻译

除了前面提到的“完整的翻译练习”之外，教师也可以采取填空翻译法，使用需打“补丁”的译语语篇。其优点是，既节省时间，又可以根据教学的目的，集中研究有针对性的翻译难点和翻译方法。讲课内容主要有以下几点。

（1）教师把一份完整的原文和有空缺的译文发给学生。

（2）小组活动：学生分小组（当然可以借助辅助手段）给译文语篇填空，同时记录解决方案的理由。

（3）全班活动：全班讨论、比较翻译结果，说明各自的理由。教师进行必要的更正，同时系统归纳不同的解决方案。

（4）课后作业：根据课堂讨论的结果修改各组填写完成的译文。

（三）并行翻译

这个练习要求根据不同的翻译任务完成翻译工作，进而使学生更清楚地认识到翻译任务与译文构建方式的关系，认识与之相关的不同的语篇建构的对策。

1. 任务种类

（1）文献式还是工具式的翻译。

（2）译文与原文的功能相同或不同，如受众相同或不同（是专业人员，还是外行；是成人还是儿童等）。

（3）媒介形式相同或不同（如从口语改为书面语）。

（4）完整的翻译或总结式的翻译等。

2. 课程内容

（1）教师把同一篇原文和不同的翻译任务发给两组或三组学生。

（2）小组活动：各组根据自己得到的翻译任务，翻译这篇文章（自然可以使用辅助手段）。

（3）全班活动：各组向全班汇报自己的翻译结果。

（4）全班活动：全班学生共同汇集各种译文的主要区别，教师总结比较的结果，做系统的归纳。

（5）课后作业：每个学生根据另一项翻译任务，分别独立完成译文。

（四）大声思考

过去，人们在评价翻译时只关注翻译的结果——译文，而近几十年，人们更加注重考察翻译的过程和译者的个性因素。其中，“大声思考”的形式是翻译过程研究的重要方法。这完全可以作为一种有用的练习形式用于翻译教学。当然，这不适合于初学者，原文也不能太容易，过于容易的翻译不能引发讨论，或者只会引导学生吹毛求疵。另外，因为这个练习很费时，所以选择的篇幅不宜太长，课上也只能选取部分内容进行处理。

认知过程和直觉过程的复杂交织，脱离和朝向原文语篇，预想和回顾，宏观对策、微观对策与查阅对策，化解个人的理解和成文滞障等，都可以用这种“大声思考”的方式展现在学生眼前。

当然，这肯定不是完全清晰的，也不能一概而论。因为能说出来的只有那些意识到的。尤其是那些译者个人无意识、自发做出的决定仍然记录不下来。再一个局限是记录只能遵循线性的时间流程。因为译者大脑的工作方式不是线性的，而是在同时处理不同的问题。

尽管有这些局限性，实证性的研究“大声思考”的记录会引导学生深入认识翻译的本质，自觉或不自觉地得出能指导自己翻译行为的结论来。

1. 课程内容

双人小组活动：因为实际的空间和时间原因，这一步骤只能在课外进行。学生两人一组翻译一篇不长的文章（如半页）。给学生的任务是“大声思考”。也就是说，每一步思考、每一个想法、每一个查阅的步骤等都要用母语说出来，和合作伙伴讨论，并全部要记录到录音机里，便于以后能够讨论他的思维过程。

2. 说明

为什么这个练习不能个人单独做？因为那会“不自然”。一个人在翻译时可能会“自言自语”，即便他自言自语，他的话可能其他人也听不明白。

(1) 把两三个双人小组翻译好的译文随原文发给大家。(因时间关系不能更多)

(2) 全班介绍与这些译文相关的“大声思考”的录音记录，先由相关人员自己评述，再由其他学生评论。

另一种可能的做法：

(3) 全班先只发一个双人小组的原文和译文。

(4) 根据这一原文和译文，其他学生猜测译文产生的过程。

(5) 然后，播放录音记录，或加上相关自己的评述，这样就可以对其他学生的假设与相关双人小组的实际构建语篇的做法加以比较。

3. 补充说明

毫无疑问，研究“大声思考”的录音记录非常耗费时间。为了避免这一问题，有人建议用翻译过程的书面记录来代替它。学生应当在记录中写明他的做法、所采用的翻译方法和出现的困难，再加上自己的评论。但是，靠这种书面记录能实现的自我反思的程度肯定要低得多。

第五节　口译教学

一、口译教学中的口译能力培养

口译教学就是培养译者的口译能力。简单来说，口译的过程是通过口头的形式将所听到或读到的一些信息准确而又快速地从一种语言转换成另一种语言的表达，其目的是要达到传递和交流信息的行为过程。具体而言，口译过程中首先需要口译者具有双语的语言转换知识和技巧，这涉及语言之间相互转换的词语意义、上下文意义、语用涵义、语体表达以及民族文化含义等语言信息的综合表达能力，其次还包括口译者的语言理解能力、记忆反应能力、信息重组能力以及对文化背景知识的掌握运用能力等。因此，在当今口译研究和口译教学迅猛发展时期，口译能力就成为了研究者、教师和学习者共同关注的核心问题。针对口译教学，能力的培养是作为口译教学开展的首要前提，对于口译能力的研究会对教学内容的组织和教学目标的制定产生重要的影响。而对于口译研究方面来说，口译能力的研究有助于拓展口译发展过程以及口译产品等应用层面的发展，同时口译能力的研究也能够深化口译的语言转换层面和大脑认知思维等理论层面的拓展研究，有学者认为，从口译能力的角度来深入研究可以加深对翻译程序的认识。

20 世纪中期的欧洲成立了最早的专业口译教学机构，它们将重点放在研究生阶段的具备职业能力的口译能力培养，教学对象是精通双语或多种语言的学生，到了 60 年代，Danica Seleskovitch 和 Marianne Lederer 教授为巴黎高级翻译学院对办学层次、入学及毕业考试、师资来源以及学生就业等方面，制定了一系列的口译办学原则，并得到了国际会议口译员协会（AIIC）的肯定和推广。将口译能力描述为以下几点：第一，口译者能理解说话者的话语，并领会其言外之意；第二，口译者懂得结合语境来分析话语意义并传译给听者并掌握一定的公众演讲技能；第三，口译者能够掌握特殊的笔记记录技能，并具有一定的快速反应能力；第四，口译者要拥有自己的词汇库，为承担不同程度的口译任务做好充分准备；最后，口译者能够应对不同的压力和环境，以及遵守口译职业的道德规范[1]。

[1] Seleskovitch, Danica & Marianne Lederer. A Systematic Approach to TeachingInterpretation [M]. (Trans. Jacolyn Harmer). The Registry of Interpreters for the Deaf, 1995: 113-114。

直到20世纪末，才有学校在本科阶段开始培养口译能力，这是由于口译教学对象在不断地扩大，如在1972年，西班牙巴塞罗那自治大学开办翻译本科专业，1997年英国阿斯顿大学开办英格兰翻译本科专业。进入21世纪，出现了新的口译形式，如社区口译、手语传译等。此阶段的口译能力不仅涉及两种语言的转换能力，还包含适应特殊场合的跨文化交际能力、各领域的专业知识以及非言语交际能力等。口译能力习得的过程包括若干个阶段，而且各个阶段具有不同的特点，因此就要对应不同形式的培养目标和方式。Hoffman基于认知心理学的理论将口译能力的习得过程分为新手级（novice）、入门级（apprentice）、熟练级（competent）、专家级（expert）和大师级（master）几个阶段（转引自Sawyer，2004：72）[1]。国外的口译能力培养对课程学习后译者能够达到的能力级别做了明确的规定，但是对于口译能力习得的特设阶段中，当学生的语言能力不足，而既要培养语言能力又要提高口译能力的发展途径等方面的研究，仍然描述得不够。

在我国，口译专业开始于1979年在北外的译员培训班，之后于1994年成立北外高级翻译学院，都是在研究生阶段培养专业会议口译者，其培养目标为“培养具有扎实翻译理论基础，掌握翻译研究方法、具备过硬的口笔译能力的国际会议翻译，毕业生能担任国际会议同声传译和重要文件翻译工作，能承担政府各部门的高级口笔译工作”。20世纪80年代也有本科阶段的口译选修课，但直到21世纪初，口译课才成为本科阶段的一门必修课，培养目标为“掌握口译的基本理论和专题连续传译的技能，初步学会口译记忆方法、口头概述、口译笔记及公众演讲技巧，以求学生能较准确、流畅地进行汉英对译”（高等学校英语专业英语教学大纲，2000）[2]。而2010年高等学校翻译专业本科教学要求的口译目标调整为“掌握各种场合的口译技能，掌握作为职业译者所应具备的基本知识与技能，具备良好的职业道德与一定的口笔译实践经验”的翻译技能，以及“掌握从事双语转换活动所必需的双语语言知识与能力”的语言方面的能力[3]。总之，我国无论是研究生阶段还是本科生阶段的口译能力培养都有明确目标，研究生要达到口译技能的熟练阶段，本科生仍然是初级阶段的培养，而各个本科院校设立

[1] Sawyer，David B. Fundamental Aspects of Interpreting Education [M]. Amsterdam/Philadelphia：John Benjamins，2004：72

[2] 高等学校外语专业教学指导委员会英语组. 高等学校英语专业英语教学大纲 [Z]. 上海：上海外语教育出版社；北京：外语教学与研究出版社，2000：25

[3] 高等学校翻译专业本科教学要求编写组. 高等学校翻译专业本科教学要求（讨论稿）[Z]. 2010：20-28

的翻译专业则处在中间阶段，但是如何才能达到和完成口译培养目标，还没有进行深入研究。因此，本科翻译专业的口译能力特征以及具体的培养方式和特点都处于阶段性的探索中。对翻译本科专业口译能力发展路径的理论分析，构建口译课程体系以及在不同阶段翻译课程的衔接等都需要进一步探讨和总结。

二、口译教学中的口译能力培养途径

（一）调整和改进口译课程内容的设置

口译能力培养的主要途径是通过合理的口译课程实现的，口译课程的内容应包括口译课程传授的知识和口译能力的培养，它可以分为显性课程和隐性课程两个方面。2010 年的《高等学校翻译专业本科教学要求》将翻译专业课程具体划分为语言知识与能力、翻译知识与技能、通识教育三个模块，据此，就本科阶段的口译能力而言，翻译课程内容应重视语言技能类课程、翻译转换类课程和文化知识类课程这三个类别讨论课程内容。首先，建议高低年级课程之间衔接以注重学生交际能力与反思能力的培养。其次，一方面对口译专业的学生应增设汉语语言学或汉语经典阅读等课程以及双语转化和双语交际的应用汉语课程等汉语表达和母语修养的课程，以便提高汉语语言基础；另一方面可以增设汉英两种文化的对比课程，这对学生提高两种文化敏感性以及双语交际能力的提高都有很大的帮助。第三，翻译专业学可以开设综合性课程如中外翻译史、翻译的理论与思考等课程，让学生开拓翻译的视角与思路，并能够总结和反思已有的翻译实践，对其形成自身的翻译学科素养具有很大的作用。

（二）加强口译能力课程的师资力量

目前，大部分翻译专业与英语专业的课程是相同的教师，而很多翻译专业的语言课程教师也出身于英语语言文学专业，很少有高翻学院毕业的专职翻译教师，或者专门从事口译教学与研究的教师。而汉语语言课程的任课教师也多是中文系的汉语言文学专业的教师，并不是兼具双语文化和以研究双语语言为背景的教师。而对于口译教学这类实践性较强的学科来说，教师是否具有丰富口译经验或者是否了解本专业的职业特点和要求，以及是否专门从事口译专业的研究，都对学生产生重大的影响。因此，在口译专业方面的教师应当首先掌握良好的语言基本知识，了解本专业职业翻译的特点和要求，为学生奠定坚实的语言基础以及职业翻译基础。其次，汉语言教师应当具有一定的翻译背景和翻译知识，最好是高级翻译学院的专职教师，对学生提供有针对性的指导，注重培养和提高学生的汉语应用能力，特别是中英对译时的汉语语言运用的能力。语言学界的方琰曾谈到，“我们的确需要与汉语界的学者携起手来对自己的母语做深入全面的描述，才能在理论的研究方面做出我们独特的贡献。为了达到这个目的，我们有必要与汉语界同仁一道呼吁在大学建立独立的语言学系，建立起跨汉语界和外语界研究汉语的团队”。此观点也同样可以应用在翻译学上，建立翻译专业的专职汉语教师团队能够更好地使语言技能和翻译技能衔接起来，才能真正体现出培养目标的明确性，使教师在了解和掌握口译特点和教学基本规律的基础上，对口译教学过程中涉及大纲、教材、现代教育技术、开展教学活动以及实施教学考核和评估等方面得到科学的管理和良好的发展。

（三）加强口译能力的课外练习

口译能力作为一种交际能力是以语言为中介进行的文化交流。口译能力的发展轨迹可以分为从新手到入门，从熟练到专家等不同的阶段，而充分的练习则是口译能力由低阶段向高阶段持续改进和提高的主要方式。保证口译能力的课外练习的质量会直接对口译能力产生积极和正面的影响。练习量的多少、练习时间的长久、练习形式和材料是否接近职业口译的现状，这些都影响着口译能力培养的真实性和时效性。同时教师应当在课外练习中注重全面提升学生的语言能力，并告知学生在完成某项翻译练习时需要什么样的翻译能力，首先使学生理解翻译能力的具体内涵，其次了解翻译评估的标准，再有让学生了解到其自身的素质与理想翻译能力之间存在多大的差距，并帮助学生在口译的课外练习中寻找弥补这些差距的方法等，其目的就是要帮助学生改进和提高口译练习的质量，增强其口译能力。

三、口译教学实践实施步骤

（一）句子结构转换

1. 步骤

（1）教师逐句读一篇外语的语篇。

（2）教师每念完一句，学生就要回答出：把这个句子翻译成目的语时，最好用原句里的哪一个成分做主语？（并不是回答主语是什么）课堂讨论学生的答案。

2. 目的

这个练习训练学生翻译时可以采用不同的句子结构来传递意义。

（二）译码转换

1. 步骤

（1）教师先后说出几个独立的单词或动宾结构的短语。这些词汇都应该取材于时事题材的言语语篇。

（2）学生说出每个词或短语所对应的译语中的表达。如果找不到相应的表达，可以作为课外作业来讨论。

2. 目的

这个练习可以训练学生在翻译时用译码转换的方法对应表达两种语言中相应的词汇或词组单位的表达。不过，口译时并不是翻译单个的词语，而是要翻译意义，所以教师在选择词语时一定要考虑到这一点，不能选用受上、下文限制较多的词汇，而要选择意义相对比较独立的词语，如专业术语等。同时要让学生明白，这种练习是不会在真正的口译场景中出现的。

3. 类似练习

除了选用独立的词汇或词组之外，还可以让学生练习一些不同言语语篇中常见的言语语篇套话、固定的言语表达模式或者术语、惯用语词组等，包括相应的交际场景中有固定的交际关系的套话表达方式等。

（三）同义词或反义词转换

1. 步骤

（1）教师选一些独立的单词或词组在课堂上依次读出来。

（2）学生每听到一个单词或词组即刻说出它们相应的反义词或相反意义的表达方式。

2. 目的

这个练习训练学生在翻译时要注意同义词（synonym）、反义词（antonym）或上义关系词（hyperonym）的使用。做练习时学生必须明白：教师所选用的词不是出自某一确定的上、下文关联，所以并不一定都能找到明确的反义词或同义词，因为意义明确的同义词或反义词不是产生于独立的词汇之间，而是对应于不同的义素之间。

3. 类似练习

如上所述，除了让学生找反义词，还可以让他们找同义词、否定形式的反义词或相应的上义关系词（即相关的总括概念，如苹果的上义关系词就是水果）。

当然做这个练习时，可以让高年级语言水平较高的学生直接用译入语来说出相关的反义词、同义词或近义关系词。

也可以让一名学生自己事先列出一个书面的单词表，课上由所有的学生回答问题，找同义词、反义词或上义关系词。

4. 说明

做练习时要有一定的时间限制，使学生有相应的时间紧迫感，就像真的在从事口译工作一样。

(四) 同声翻译难点分析

1. 步骤

(1) 在语音实验室上课。

(2) 教师口头发布一篇语篇，内容是学生比较熟悉的事实描述。教师在朗读语篇时，要尽量让学生觉得像是即兴讲话。学生在教师朗读语篇时做同声翻译。把学生翻译的结果录在磁带上。

(3) 当堂进行讨论分析。学生要尽可能详细地描述自己做同声翻译练习时的经验和遇到的困难。大家一起讨论分析出现上述困难的各种原因，包括语言方面和非语言方面的原因。（语言方面的原因可能是：复杂的句子结构、插入句、省略句、谓语动词尾语序、中心关系词前修饰定语太多、位于中心关系词后的德语或其他印欧语言常有的关系从句、名词化结构、复合词等）

(4) 大家一起讨论：如何在口译时克服各方面的困难。

2. 目的

这种练习能训练学生用译入语快速传递意义的能力、沉着果断以及快速反应的能力。虽然有些大学一般口译教学不一定包括同声，但这种同声翻译练习形式还是很有用。

3. 说明

练习难度不能太大，尽量让学生翻译时能够有成就感，这样就能更加调动学生的积极性，而且对他们以后的口译实践具有重要意义。

第六节　翻译教学方法论

翻译工作甚至是翻译教学可以说已经有了非常久远的历史，但相关的教学方法却相对落后，虽然近些年来也进行了一定的教学改革，但与先进国家相比，在翻译教学方法方面还是有一定差距的。这里我们就对国际上一些先进的教学方法进行阐述。

一、翻转课堂

翻转课堂模式在大学英语翻译教学中的应用颠覆了传统的教师和学生在课堂中的地位，增加了学生之间以及教师同学生的互动，促进了师生间的交流，具有很强的现实意义。在这种教学模式下，课前知识的讲授能够有效地解决课堂教学时限的问题，从而可以拓展教学时间，同时能够让学生有充足的思考时间。课堂上的探究合作式的学习模式能有效地提高学生的沟通、表达能力，也有利于其思辨思维的培养。课后知识的巩固与拓展也可以帮助学生及时消化课堂教学内容，为下一阶段的学习做好准备。翻转课堂模式在大学英语翻译教学中的应用是一种有意义的尝试和探索。这种教学模式改变了英语翻译课传统的授课方式，对教师和学生的角色进行了翻转。促进了师生间的交流，从而使学生学习的积极性、主动性、创造性和独立性得到了更好地发挥，培养了学生自主学习的能力。除此之外，这种翻转课堂的模式也提高了英语翻译教学的质量和效果，有效地提升了学生的实际翻译能力，使学生能够满足社会工作的需求。

（一）翻转课堂带来的变化

1. 教师与学生地位的变化

我们都清楚，教师是传统课堂的主导，学生受教师的支配。而翻转课堂改变了这一情况，教师成了学生的学习引导者，使学生成为主体，促进他们进行自主学习与探究。

2. 教学形式与内容的变化

在翻转课堂中，除了教师与学生地位产生了很大的变化以外，还发生了教学形式与内容的变化。

在传统课堂中，教师在课堂上讲解具体知识，然后布置课后作业，使学生进一步理解巩固课堂内容；实施翻转课堂后，学习的过程提到了课前，在课堂上教师为学生答疑解惑，而不再传授具体知识，与学生共同探究，并点评其表现。显而易见，这是一个很大的变化。

3. 课程考核方式的变化

在翻转课堂中，除了以上两种变化以外，还发生了课程考核方式的变化。

在学习过程之后进行考试，是传统课程的考核方式。这种方式往往会导致学生在考试之前进行突击学习，不会取得很好的检验效果。而翻转课堂的考核方式改变了这一情况，呈现出多方式和多角度的考核方式，将考核分散在学生的整个学习过程中，从而可以多方面考查学生的学习成果，使考核结果更加科学、客观、全面。

（二）翻转课堂在英语专业翻译课中的应用

1. 课前准备工作要充分

（1）教师制作视频。教师在课前要做好视频，提供素材。一般视频可以通过两个渠道收集：一个是网上现有的资源材料，这个一般不太适合。教师要根据学生的特点、本课程的性质以及教学目标要求来自制教学视频，视频时间不宜太长，一般为10分钟左右，这样便于学生集中注意力，引发学生主动学习和思考。

（2）学生观看视频。学生看视频不受时间和地点的限制，可以在家看视频学习，可以白天看也可以晚上看，看累了可以休息一下再继续看。学生可以一边看一边做好笔记，把重点、难点或自己不懂的地方写下来，以便在课堂上与同学和老师讨论与交流。

（3）课前练习及师生交流。学生看完视频后，要完成教师提前布置的作业，如果在做作业的过程中遇到了疑难问题，可以通过社交媒体（即聊天室或留言板）与同学或老师进行同伴交流或师生交流，和同学交流后还是无法解决的问题可以和老师交流，从而提高学习兴趣和学习积极性。

2. 课堂设计应充分调动学生的积极性

在进行课堂活动设计时，可以依据建构主义学习理论，充分发挥学生学习的积极性和主动性，从而实现知识的内化。

（1）确定问题。在翻转课堂教学活动中，学生在课前观看视频中遇到的疑问、在所做的练习中遇到的疑难问题以及在课前通过远程与同学进行讨论后还没有解决的问题，都可以在课堂上提出来，师生再共同研讨。另外，老师觉得是难点、重点的问题也可以提出来讨论。

（2）解决问题。针对在翻转课堂上提出的翻译问题，学生可以自由选择自己感兴趣的或比较了解的问题、题目进行独立探索，不断培养独立意识和自主学习的能力。翻转课堂也即反转课堂，也就是从传统的学生被动接受知识和答案转变为学生主动独立思考和解决问题，从而让学生在独立学习的过程中达到知识内化和知识体系的构建。在笔者的翻译课上，每位学生先是通过提问确定问题，然后在课堂上进行师生和生生之间的讨论，最终疑难问题得以解决，从而使学生对知识进行了重新构建，培养和提高了学生独立自主的学习能力。

（3）探究活动。教师要组织学生对于在课堂上提出的有关翻译问题进行探究活动，把学生分成若干组，每组2～5人，并且每组确定一位组长，针对提出的问题进行探究式研讨，每组成员都必须积极参与其中，通过小组讨论与交流来完成学习任务。在翻转课堂的问题探究活动中，教师要随时注意学生的探究动态并及时进行指导。

（4）交流成果。针对共同提出的翻译问题，学生经过独立思考、集体探究后，把最终小组讨论的结果通过多种形式（成果演示、小型比赛、辩论会或报告会）进行成果的展示与交流，以分享学习的收获。

（5）评价与反馈。翻转课堂上的反馈和评价与传统课堂有很大不同。传统课堂上一般是老师给予评价，而翻转课堂上除了教师外，专家、学者、学生都可以参与其中，这就体现了新课堂上反馈评价体系的多维度，并且评价方式也是多元化的：定量评价和定性评价；个人评价与小组评价；形成性评价与终结性评价；自我评价与他人评价。通过多维度、多方式的反馈评价结果，教师最终确定下一节翻译课的教学计划。

3. 重视课后总结与反思

翻转课堂教学模式主要由课前和课上两部分构成，但是课后的总结与反思也是很重要的。教师和学生都需要对课堂上的问题进行总结与反思，然后传到网络平台，供师生之间互相讨论。这些经过整理的资料也可以长期保存下来，以备学生查阅，没有参加课堂讨论的学生也可以课后补救学习。因此，课前、课上、课后三部分是互相补充、互为一体的。

二、翻译课程互动教学模式

通过分析近几年的统计数据，我们不难发现，我国高校英语翻译教学的教师虽然在年龄上有长有幼，但对于从事翻译教学的老师来说，他们对新事物的接受程度还是很高的。由此可知，新型教学模式比较容易应用于高效英语教学之中，因为英语教师对于新事物比较容易接受，且高校教师的整体学历水平比较高，对计算机信息技术的运用也比较娴熟。另外，大学生比中小学生更具备自主学习能力，且其计算机信息技术也已经基本掌握。所以，在高校英语教学中实行翻转课堂，具有很高的可行性。

在翻转课堂的教学研究上，许多学者投入了大量精力，并取得了一系列成果。下图 3-6-1 所示的是适合大学生的英语教学模型。

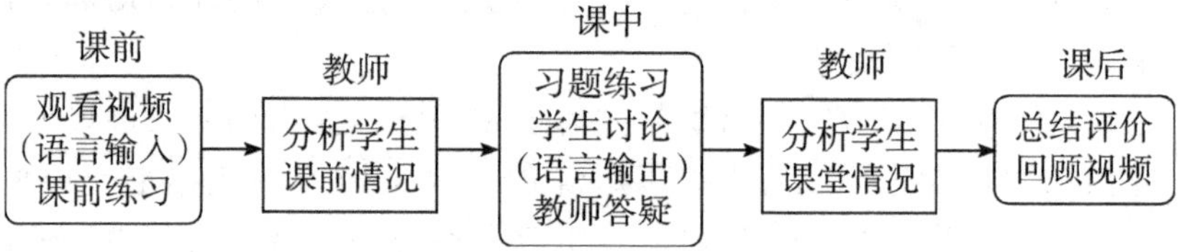

图 3-6-1 翻转课堂教学模型

(一) 课内互动

1. 开学初的课程互动

教师在第一堂翻译课上，往往与学生进行交流，了解其基本情况以及对翻译课的理解与期待。如果学生对翻译存在理解上的误区，那么就需要教师对其进行引导，使其端正学习的态度与认识。另外，教师还可以与学生探讨课程的完成方法、要求等。这样一来，便能够为教学的顺利展开奠定基础。

第二学期开学初，则可以让学生以书面形式告知教师对哪种文体感兴趣、想尝试译哪种文体甚至具体的哪些篇章，说明选择的理由，教师则综合学生的意见、自己的教学经验以及对本学期的教学目标进行筛选，最后给出翻译练习的篇目，并给予充分的解释。让学生自己选择翻译的原文，有利于学生形成自己的翻译风格。

2. 课堂汇报互动

在第一学期介绍翻译流派、翻译技巧等理论知识时，教师为学生分配任务，要求学生以小组为单位收集相关内容，学生课前讨论之后，产生相对统一的见解，每个小组在课堂上派出1名代表进行5～10分钟的陈述，组内其他成员可以进行补充和说明。遇到有分歧的问题，小组之间也可以进行一些交流和争论，以增强学生自主学习的动力、信念以及对教师的信任感，从而获得较为理想的教学效果。

在课堂活动中，教师对学生的表现进行仔细观察，应做出记录，并做出课堂知识归纳，评价学生在课堂中的表现。在传统课堂中，教师不会多次为学生讲解知识，学生主动提问的积极性也不高，所以不懂的问题只会越来越多。而教学视频解决了这一问题，如果遇到不懂的知识，那么学生观看教学视频即可解决，而且学习起来更加自由，可根据自身的情况来调节快慢。

3. 现场模拟互动

在课堂上，选择英文名著对学生的翻译能力加以培养。例如，在《简·爱》两个译本评析课堂上，在导入部分选取书中男女主人公一段经典的对白。利用多媒体将英文对话部分显示在屏幕上，先让两个学生分角色有表情地朗读。然后让另外两个学生分角色译成英文，随后让2～3个同学点评，最后老师做点评。

教师在口译课程训练中，往往模拟一些真实场景，让学生在其中体会翻译，并培养分析能力、应变能力。这样一来，学生的学习兴趣与热情就会得到激发，从而提高其学习效率与翻译意识。

（二）课外互动

1. 课前互动

由老师将课堂上要讨论的主题事先布置给学生，并给予指导性意见和具体要求，要求学生以小组为单位收集相关的内容，各小组组长将组员的任务细化，并上报老师。学生课前就将各自收集的资料进行讨论，并充分利用网络课堂，课前在网络课堂的聊天室里交流，也可以将不能解答或者感到迷惑的问题在网络课堂以及答疑栏中提出。

课前在讨论中产生相对统一的见解，课堂上进行小组汇报。这种互动让学生在老师的指导下进行探究式学习，不仅能让学生在过程中真正领悟翻译，而且有利于初步培养学生的科研能力，为其今后的论文写作以及深造奠定一定的基础。

2. 译前互动

在布置篇章翻译作业时，先告知原文的出处，让学生分析原文的文体、功能，并提醒学生在翻译时注意考虑译文读者的接受情况，恰当地处理译文功能，要求学生查询相关的背景资料。同时，也可以和学生一起讨论文章理解的难点和翻译的难点。通过这样的译前互动，可以避免学生翻译中的部分语言错误，改变传统教学中的“纠错”教法。把学生的注意力引导到翻译技巧的实践中去，引导学生发挥自己的优势，产生高质量的译文，有效地提高其翻译能力。

3. 译后互动

学生独立完成翻译作业以后，并不急于让他们上交，而要求学生以小组为单位，对翻译作业进行互评，在翻译本上写出评阅意见，然后分组讨论，最后每组上交一份自认为比较满意的译文，作为最终成绩。同时，每个学生也上交自己的译文修改本。便于老师把握学生的翻译进展情况。这样做的目的主要有以下几点。

(1) 让学生了解要想产生出满意的译文，一定要反复地修改、推敲，有利于学生养成良好的翻译习惯。

(2) 有利于培养学生分析、评判译文的能力。

(3) 小组讨论可以在学生之间形成互帮互助的氛围，有利于培养团队精神。

(4) 改变教师批改翻译作业费时不讨好的局面，因为学生在讨论的过程中基本上可以消灭拼写错误、语法错误等。便于让老师集中精力对学生的语篇、文体等方面进行翻译方面的指导，提高教学效果。

4. 译文评析前互动

这个环节主要指的是学生完成译文互动行为之后，在规定的网络互动时间内进入翻译网络课堂的聊天室进行师生、生生、组内、组际互动。互动的内容包括翻译过程中的得失、翻译策略选择以及具体的翻译词句探讨等。这样做的优势在于以下几点。

(1) 通过进一步的交流，学生之间可取长补短，更好地感悟翻译。

(2) 给性格内向的学生提供一个表达自己见解的机会和空间。

(3) 便于教师更好地把握学生的情况，在课堂上进行有针对性的讲解。

第七节　翻译教学中的译者素养培养

全球化时代中文化的交流空前繁荣，翻译站在职业的角度来说，翻译的职业化程度逐步彰显，这些翻译职业化的提高要求翻译工作对行业的标准化、规范化和制度化以及翻译人员的素质方面就越来越提出了新的挑战。尤其是对于翻译人员的职业道德、职业能力和职业素质方面需要制定职业标准和职业规则，因此职业翻译教育的重要性日益得到重视。

如何培养译者综合素养，可以从以下方面着手。

一、调整教学理念

国务院学位委员会颁布的《翻译硕士学位设置方案》中提到：翻译硕士专业学位的培养目标是具有专业口笔译能力的高级翻译人才，翻译硕士专业学位获得者应具有较强的语言运用能力、熟练的翻译技能和宽广的知识面，能够胜任不同专业领域所需的高级翻译工作。这为职业翻译教育教学理念的形成奠定了基础。和学术型的翻译教学理念不同，职业翻译教学更加强调翻译行业的需求和对职业翻译者的素养培养。因此，职业翻译教育的教学理念转向以培养合格的职业翻译者的标准为目标，并以市场需求为行业向导的职业教育机制，同时重点关注职业翻译者从业素养的提高。

二、更新教材教法

在教材方面，传统的译例更多来自文学翻译作品，而职业翻译教育应增加与职业相关的实际内容，其教材也应分门别类出版。例如，旅游翻译、法律翻译、水产养殖翻译等，其涉及的内容应该极其广泛，还需要不断地进行职业翻译教材的建设。在教学方法上，职业翻译教学应以实际案例分析为主体，配合举办研讨分析交流、业界人士交流讲学、举办讲座等灵活创新的教法。

三、增加课程设置

在传统的翻译人才培养的课程设置基础上，增加更细致的职业翻译课程分类设置，学生可以根据不同的个人职业翻译兴趣来选择学习方向和内容。

四、加强教学队伍建设

在职业翻译教育中，教师的专业技能显得尤为重要，它包括教师的教学效能和教师的专业情感投入。教师的教学效能影响学生的学习结果和能力。职业翻译教师应该首先具备所有翻译者的从业素养，并有丰富的职场经验和实践经验。因此，担任职业翻译教育的教师队伍可以由高校教师和职业从业人员共同组成。同时职业翻译教师应挚爱自己的职业，对翻译教学抱以极大的热情，并积极地投入到教学工作中去。

五、吸收与借鉴

译者的综合素养教育是一项复杂而又艰巨的任务，不仅需要转变翻译教育观念，而且更要吸收和借鉴其他学科诸如教育学、心理学、管理学、社会学和认知学等科学的基本原理，对职业翻译教育中译者综合素养的培养过程中出现的问题进行更加深入的精细化探讨，并从职业翻译的理论基础、翻译目标、操作程序以及效果评价的几个方面进行实践考证，以期达到对职业翻译者综合素养提高产生积极的作用。

第八节　翻译教学中理论对实践的作用和体现

我国英语教学界近几十年对于大学英语翻译教学的研究几近空白。英语教学中交际功能教学法的兴起，使得使用母语进行教学的方式在大学英语课堂中遭到排斥，翻译教学更是备受冷落，直接导致现在的大学学生翻译水平较低。对翻译题型的分析以及对平时教学状况的调查都反映了这个不争的事实。

中外的翻译理论十分丰富，都有其产生的背景，为不同的目的和需要服务。随着翻译研究的深入，我们要寻找一些适合当前大学学生知识背景、知识结构以及有限的课时，既容易被学生吸收又能有效地指导翻译教学中基本的、深入浅出的翻译理论。

一、中西方传统翻译理论的影响

（一）中国传统翻译理论的影响

中国传统的翻译理论是指不以西方“现代语言学”为方法论的翻译理论，它又可以分为“发生期”“发展期”“成熟期”“转型期”等。这四个时期分别见证了中国的几次翻译高潮，即东汉至宋朝的佛经翻译、明末清初的科技翻译、清末民初的西学翻译，以及“五四”新文学翻译。

传统翻译理论具有以下几个特点。

(1) 中国传统译学“带有明显的封闭性”，缺少开放、综合和跨学科的系统性。

(2) 传统译学缺少基本的翻译理论体系。

(3) 传统译学囿于传统美学的方法论，强调总体把握和模糊形象思维，缺少精确分析和严谨的科学论证。

“译论界常常陷入诠释性争论”，缺乏“对策性及理论应有的实践意义”。20 世纪 60 年代后，国内开始了历时 30 年的西方当代语言学翻译理论的介绍与研究。此间，学界所关心的主要是翻译的技法以及英、汉双语在技术层面的比照。这种方式一度制约着翻译文本与翻译教学研究乃至翻译著作的述评，造成了翻译研究与批评在理论性上的局限与偏颇。

（二）西方传统翻译理论的影响

西方目前的翻译理论阶段，特点是具有强烈的学科意识。霍姆斯是“翻译研究派”的代表，他的专著《翻译学的名称和性质》着重探讨了翻译学（Translation Studies）学科的名称、性质、范围等内容，第一次勾勒出翻译学的学科结构框架。1981 年纽马克（Peter Newmark）出版了《翻译问题探讨》（Approaches to Translation），提出：“翻译既是科学，又是艺术”，并认为应当借助逻辑学、哲学、语言学制定翻译规则。2000 年，美国学者韦努蒂（Lawrence Veruti）编了一本《翻译学论著选读》（The Translation Studies Reader）。以上都是 20 世纪末在译坛有影响的学者和著述。

上述西方翻译著作及翻译理论对中国译坛有不同程度的影响。1984年，中国学者金堤与奈达在我国合作出版了《论翻译》(On Translation)；谭载喜出版了《奈达论翻译》；卡特福德1991年的《翻译的语言学理论》(Linguistic Theory of Translation) 和奈达1993年的翻译理论著作《语言、文化与翻译》(Language，Culture and Translation) 都对我国的翻译与翻译教学产生了一定的影响。

二、错误分析理论

错误分析即对学生在学习外语的过程中所犯的错误进行全面系统的分析，以探索和研究所犯语言错误的性质和产生原因，进而防止或减少语言错误的发生。外语教学的改进与提高依赖于对学习过程的了解，而错误分析理论正是通过分析学生所出现的言语错误揭示学习过程中的一些带规律性的东西，并从理论上进行阐述。因此可以说，错误分析理论的建立是大学英语翻译教学的一大发展。

(一) 大学英语翻译教学中错误分析理论应用实例

1. 资料收集及基本步骤

首先进行错误语料的收集，此阶段的语料主要是第二语言学生在口语和书面表达中所犯的一些典型错误案例。然后对错误进行分类，可以将收集到的错误按定性或定量的标准进行分类，确定其类别，之后可对典型错误进行识别或判断，判断的标准可依据是否符合目的语的表达习惯来划定。接下来分析错误产生的原因，使其真正成为语言学习中的内在向导。最后根据错误的严重程度对错误进行评价和分析，最终使其成为教学中的科学依据，从而能够有针对性地制定积极有效的课堂教学策略和规则。

2. 将错误分析理论运用于大外英语教学的实例分析

首先收集错误的语料信息，本书的资料信息主要来自某高校非英语专业大二学生的翻译作业以及测试。对120名学生的错误进行归纳分析，选取了典型的错误语料，在错误分析中主要从以下三个层次来进行，即语法层次 (grammar errors，包含大小写错误、拼写错误、时态错误、标点错误、动词或名词的数错和语态错误等)、表达层次 (expression errors，搭配错误、不合目的语逻辑和惯用法错误、自创新词、意思含混不清等) 和篇章层次 (textual errors，整篇逻辑条理不清和无关联性)。

例如，让学生完成以下翻译题目。

(1) 相比而言，我们更关心工作效率和产品开发。

(2) 我母亲总是告诉我，从长远来看就会发现我没有放弃练习钢琴是多么明智。

(3) 人们经常认为男人比较坚强，但实际情况往往相反。

(4) 他被判了 5 年有期徒刑，但在监狱里待了两年就被释放了。

(5) 几乎周围所有的土地都专属于几个富有的农场主。

在非英语专业二年级 120 名学生中选取出具有代表性的译文。

(1) Contrastly, we are more concerned about work efficiency and product development.

(2) My mother always tell me in the long term, you'll find that I have to practice the piano is a wise.

(3) People always think men are stronger than women, but the reality is opposite.

(4) He was judged 5 years punishment, hut stayed 2 years in the prison to released.

(5) All round lands in the area belong to several rich farmers.

首先，从 grammar errors 层面来看。句（2）中的第三人称单数使用错误及句（4）中的被动语态使用错误都属于这一层次，这一层次的错误多数是由于学生的疏忽或是最基础的语法掌握不扎实所造成的。而从学生的译文中发现，汉译英中学生常常在被动语态上出错，这也与英汉语言的差异有关，而学生更多地受母语影响而出现错误。

其次，从 expression errors 层面来看。一是另创新词，句（1）中 contrastly，根据 contrast 误以为 contrastly 是其副词形式，原因是词汇量少，弄不清时自己生造。二是惯用法错误、搭配错误，句（4）中“判刑”译为“be judged”及“punishment”，错误的原因是不熟悉英文中的习惯表达及惯用语，按照自己的中文思维模式来任意搭配。三是表达不清、不合英文习惯，如句（5）中的“All round lands”，其原因为对文化背景的差异不了解，直接套用中文模式。

再次，从 textual errors 层面来看：上下文语义不连贯，篇章结构不清，句（2）没有应用“it is...that”这一句型结构，整句就是按照中式的思维模式及汉语习惯生硬地翻译成英文，造成语篇上的错误，句（3）的后半句、句（4）及句（5）都犯了类似错误。

经过对所有学生的错误进行统计可以看出，语际干扰对外语学生的干扰很大，所占比例高达 82%。而语内干扰的错误率并不高，其比例为

18%，对于这一类错误，只要学生能够认真对待并翻阅资料，一般能自行改正。而对于语际干扰所产生的错误，单凭学生自身无法认识到并积极改正，所以教师在上课过程中对文化背景及跨文化知识的讲解就显得尤为重要。只有鼓励学生多了解不同的背景知识，才能使其在翻译过程中考虑到汉英语言各自习惯表达之间的差异，才能减少此类错误，这需要通过大量的汉英翻译练习及教师的逐步引导，帮助学生逐步建立语感，使其意识到英语是一种逻辑性很强的语言，英语句子中各种成分之间的关系十分明确。

（二）错误分析法对大学英语翻译教学的促进作用及启示

1. 加强理论对实践的指导作用，了解英汉语言差异

作为大学英语教师，想要提高学生在翻译过程中驾驭全篇的能力，避免在翻译中屡屡出错，就要有语篇意识并洞悉词在不同场合的搭配用法、感情色彩的差异，不能仅停留在词的字面意义上。从学生的典型错误中不难看出，学生的薄弱环节是容易在用词、语态、惯用法时态、表达方面出错。例如，将“他被判了5年有期徒刑”译成 He was judged 5 years punishment。由于对英汉语言差异缺乏一定的了解，没有应用“it is...that”这一句型结构。

目前，一方面，由于大学英语的课时有限，教师不可能专门花费大量的时间去传授翻译技巧，而且在所有大学英语的教材中，每单元都只是在课后有10句左右的英汉互译练习，并没有专门的课程及教材介绍不同的文化背景知识、翻译技巧；另一方面，学生根本不了解翻译的基本原则，又何谈合理运用。所以教师必须为学生补充足够优秀的译文范例，让学生通过欣赏范文来感受诸如直译、意译、同化异化法等不同的翻译方法。

2. 在课堂教学中传授翻译技巧，培养学生的独立思考能力

在课堂教学中，教师应通过大量优秀译文的灌输逐步让学生自己体会英汉思维方式和表达习惯的差异。学生遇到困难时，教师不设标准答案，让学生尽可能多地独立思考，写出有自己想法的多种翻译答案，尽可能让学生多实践。在课堂上，教师还应该列举一些英汉翻译的名篇名句，让学生经常背诵这些名句，慢慢积累，逐步养成英语思维的习惯，之后可以对这些名篇进行深入的分析和解读，让学生切实体会英汉思维方式的不同，并逐步培养用目的语思维的能力。

在对翻译实践训练的过程中，教师首先要冲破障碍，运用错误分析理

论去切实培养和提高学生的翻译能力。当然，游刃有余的翻译需要学生双语表达的深层次能力，如果不能达到一定要求，学生就会对原文不理解，译文不符合表达习惯，翻译技巧综合运用能力缺乏等。

因此，非英语专业翻译教学的重点应首先培养和提高学生的语言能力、双语能力，之后再进行翻译理论技巧的训练，启发学生自己找到解决问题的方法。由于翻译涉及源语和目的语之间的转换，自然离不开英汉两种语言。因此，还要格外注重学生双语基本功的培养。首先要求对汉语源语能够正确把握其结构及深层含义，同时要有扎实的英语语法知识和足够的词汇量，还要求有良好的中英文修辞方面的知识和技能。目前，学生源语言的基本功普遍不扎实，对于源语言本身就不能很好地把握与剖析，又缺乏翻译中的基本技能。

所以，在大量的英语教学尤其是翻译教学中，要重视对学生综合语言技能的培养，首先需要大量的语言语料的输入，只有通过语言信息的大量刺激输入，学生才能初步建立起目的语的思维模式，才能逐步建立起对于目的语的所谓“语感”，才能提升语言应用的技能并将已形成的思维模式输出，并体现在外在的翻译等手段当中。教师应分析学生对目的语的输出错误并寻求其规律，有针对性地制订教学计划并运用恰当的教学方法。

翻译策略的能力，如要求学生在翻译具有显著特征的、标记性很强的文本类型或段落使用某一具体的翻译策略，使学生逐步掌握翻译的句法和语法策略、语义策略和语用策略。

在能力形成阶段，主要侧重对学生分析决策能力的培养。要求学生进行译本分析，并阐明译者使用这些翻译策略的原因，译者优先考虑的因素或目标是什么？在进行具体翻译练习之前，要求学生陈述他们将要使用的翻译策略并阐明理由。

在熟练阶段，要着重培养学生从分析性思维转向直觉思维。要求学生在规定的时间内完成某一翻译任务。因为时间压力，学生只能依据直觉选择翻译策略，没有时间进行分析思考。翻译任务完成后，要求学生针对所选用的翻译策略进行理性分析、比较和评估。也可进行分组讨论，让学生对各自的译文进行相互讨论和评价，目的在于帮助学生对通过直觉产生的译文进行反思。在专业技能具备阶段，无须实施教学。

三、图式理论

图式理论在翻译的理解和表达过程中起到了重要的指导作用。它反映了已存在的认知结构在处理外界信息时的主动性。翻译实践表明，译者的相关图式越丰富，对文本的解读能力越强，翻译出来的文本可接受度越大。因而，在翻译教学中，教师有必要激活学生已有的翻译的相关图式，同时，也应该帮助学生建立更多新的图式。认真研究图式理论的精髓，尤其是深入分析图式的功能、图式的激活，就会发现它们其实都具有双向互动和动态发展的属性特征，这正是语言翻译技能培养方面研究与实践的切入点。

（一）图式的功能

1. 选择功能与信息的注意、编码和检索

图式的选择功能包括信息的注意、编码和检索，注意是指信息加工能力的取向和集中；编码是对信息进行加工和存储；检索是从记忆中提取信息。这种选择功能与已有的专业认知图式相联系，可上升为计划功能，即在环境中有计划、有目的地寻找需要的信息。

2. 整合功能与认知的同化、顺应与平衡

与认知的同化、顺应与平衡整合的过程是人们提取存储于自己头脑中的内部信息，将其加到外部信息上，用内部信息处理外部信息的过程。在这一过程中，通过同化、顺化和平衡，实现认知发展。图式正是经过同化、顺应、平衡而逐步构成更高一级的形式。

3. 理解功能与认知的范围、角度与深度

注意是指信息加工能力的取向和集中；对同一事物理解的角度随着认知图式的不同而不同；认知图式不同，对于相同信息理解的深度和广度也是不同的。一个完整的、正确的图式还可以帮助推测新的事实。

（二）认知图式在翻译过程中所起的作用

翻译属于一种语言之间的转换活动，也就是说，翻译是将一种语言用另一种语言进行表达的转换过程，这种过程从表面上看是一种语言活动，但从翻译的主体即译者的角度来说，翻译实质上是一种思维活动。这就是翻译的本质，是由思到言的过程，思即理解，是对源语文本的正确解码；言即表达，是在理解源语文本的基础上创造译语文本。随着认知语言学的兴起和发展，翻译研究也展开了新的思维领域。

从阅读的心理过程来看，翻译是一个解码和重新编码、理解和表达的过程。译者将源语言所包含的信息在记忆信息解码并重新编码为目标语言，而在这一过程中，图式理论起着重要的指导作用。因此，翻译交际实际上是原文作者、译者和译文读者三方交流互动的过程。要使交际成功，译者作为原文的读者首先应充分地理解原文作者意欲表达的信息和意图，然后在译文中传递给译文读者。

无论是译者对原文的理解，还是译文读者对译文的理解，在理解过程中接受新信息时，他必须把新信息和文本上下文中提供的旧信息以及交际情景相结合，并在自己的认知语境进行中寻找并激活相关的图式，推导出作者意欲传达的意图和信息，从而形成对新信息的理解。

（三）图式理论对翻译教学的指导作用

图式理论既研究语言理解的本质，也研究语言理解失误或失败的根源，它对设计翻译教学内容、分析学生翻译问题等具有一定的指导作用。

1. 对教学内容设计的指导作用

图式理论的核心是图式激活，即译读者的固有知识与输入的信息产生共鸣或交互作用。图式激活要求译读者具备与所输入信息相匹配的知识以及有效激活（activate）固有知识的策略。由此可见，培养和丰富学生的各种图式，包括语言、修辞、篇章结构、文化和语用等知识，提高学生有效地运用各种图式构建正确语篇意义的能力，应是翻译教学的重要内容。

好的译者往往善于处理两种语言表达的相互转换。因此，帮助学生提高这方面的能力同样是翻译教学的重要内容。此外，以翻译为目的的理解与以阅读为目的的理解有所不同，后者可以是全面的，也可以是对主旨或部分细节的理解；可以是深刻的，也可以是模糊的理解，而前者必须是全面深刻的理解。因此，略读、跳读、猜测或忽略生词等可能是阅读教学的主要特点，而细读、反复推敲则是翻译教学的主要特点。

2. 对分析学生翻译失误的指导作用

学生的许多翻译错误是理解不当造成的，对于理解失误，我们通常可以根据图式理论找到不同的根源，如图式空缺、单向加工或策略不当等，也只有了解了错误的根源，才能做到治本。

（1）图式空缺。图式空缺指读译者的理解失败是由于缺少某种知识结构或图式。无论语言知识还是内容知识的空缺都有可能导致理解失误，例如，把“Air Jordan is considered to be the best in history.”译成“乔丹航空公司被公认为有史以来最好的航空公司。”是因为不了解 Air Jordan 是篮球明星迈克尔·乔丹的外号“飞人”乔丹。

（2）单向加工。有时读译者的理解失败是因为依靠单一的加工模式或仅仅是逐词逐句解码，或仅凭先存知识来作判断。图式理论专家认为，外语学习者往往更多地依靠自下而上的解码模式。中国学生常常把“Before you know where you are，your children have grown up.”译成“在你知道你在那里之前你的孩子们长大了。”“在你知道你在那里之前”就是对Before you know where you are逐词解码，虽然字面意思对了，但显然不符合逻辑，如果学生能将字面意义和常识结合起来，就能得到合乎逻辑的理解：“一转眼孩子们长大了。”

（3）策略不当。能力强的读译者和能力弱的读译者的主要区别在于，前者善于根据特定语言环境变换信息加工模式，而后者无论在什么情况下往往只会使用一种信息加工模式。同样是“Can you＋verb phrase”，有时自下而上的单向加工过程可行。例如，“Can you swim?”（会游泳吗?）有时需要自下而上和自上而下的双向加工过程。再如，“Can you pass me the salt?”（请把盐递给我。）

第四章　翻译教学模式与评价机制

前面我们已经把翻译教学的相关理论、内容以及方法进行了相关阐述，本章我们将从翻译的教学模式、能力的认知培养测试以及构建翻译教学评价体系等方面进行阐述。

第一节　翻译教学模式的构建

总体来说，教学是一项非常精细的工作，不同的学科要有针对性地对课程进行设计与实施。

翻译教学自然也不例外，构建翻译教学模式还要以翻译教学的特点为基础，将教学实践过程中的方方面面容纳进来，在构建教学模式的过程中还要兼顾到教师和学生等层面，为翻译教学的顺利实施奠定基础。

通过合理的教学，让学生能将掌握到的知识融会贯通，形成完整的形象或抽象的图式，这也就是这种教学模式中的最终教学目的。

一、翻译教学整体构建模式

所谓的整体构建就是以整体为基础或者从整体出发，对翻译教学的模式进行相关构建，合理调整教学过程中的各个要素，并将其合理编排，最后编制成相对稳定的结构图，而这个模型图的主要作用就是对教学实践进行指导。

在这里，我们对模型图的具体构建方法不予赘述，主要研究的内容是在整体构建模式下的翻译教学原则和发展方向。

（一）翻译教学整体构建模式下的教学原则

对于整体构建模式下的翻译教学来说，其最终的教学目的就是将知识系统地传输到学生的大脑中，并形成形象或抽象的知识体系。

当然，对整体构建模式下的翻译教学来说，要想顺利发展和实施得当，就要遵循相关的原则，具体如下。

1. 教师观原则

在整体构建模式的指导下，翻译教学的主要构建者就是教师，这也在一定程度上确立了教师在教学活动中的特殊地位。

与此同时，为了达到预定的教学目标，教师还要对学生在一定教学模式的指导下进行一定程度的引导。

教师需要根据整体构建模式的指导从自身层面对翻译教学进行知识体系的整体构建，只有这样才能在引导学生学习的过程中游刃有余。

因此，在教学实施的过程中，教师要尤其注意学生的个性化发展和创新，充分调动学生的主观能动性，让学生在特定的环境中能够根据教学要求建立起属于自己的翻译知识体系。

2. 学生观原则

在整体构建模式中的翻译教学里，学生的角色就是教学活动的主体，要形成一个关于翻译学习的观点就是要树立知识体系的整体构建。

由于学生在进入大学之前对于英语的学习已经有了一定的经验，那么在翻译教学的实践中学生应该将自己以往的经验应用到现在的翻译学习和翻译实践中，对自己的专业和知识进行整体构建，最终提高翻译能力。

3. 整体互动观原则

应当说，不管是传统的教学模式还是现代创新型教学模式，师生之间的沟通都是必要的。

在以整体构建模式为基础的翻译教学实践中，师生互动是教学实施的根本，也就是说在翻译教学整体构建模式中，在教学实施的过程中要根据整体环境去设立或提出师生教学互动的所有问题。

例如，教学实践中对某一单词进行的翻译教学，传统的教学方式仅仅是解释将该词语的具体意义，而整体构建模式中的翻译教学则不同，它不仅要解释词语的具体含义，还会在当前环境的基础上，将更高层面的语用意义教授给学生。

当然，采取的方式主要是引导，也就是说教师要彻底改变以往的教学模式，在讨论语用功能对等的时候，要分别考虑到语言意义和语用意义，而学生也应该从这种全面的对等中形成并构建自己的知识体系。

（二）翻译教学整体构建模式下的创新发展方向

不管是课堂上的教学实施，还是课外的教学实践，在翻译教学整体构建模式的基础上都进行了整体构建结合。

与此同时，在翻译教学的实施过程当中，不管是教师的教还是学生的学都是紧紧围绕整体构建模式来进行。这对于翻译教学的质量起到了非常积极的作用。

总体来说，在整体构建模式基础上发展出来的翻译教学，其创新发展主要围绕以下几个方面。

1. 朝着引导教师向翻译教学整体构建模式的方向创新发展

以整体构建模式发展出来的翻译教学，虽然教师是重要的不可或缺的组成部分，但教学发展的重点已经从传统的以教师为中心转移到了以学生为中心上面。

教师的身份已经发生了根本性改变，从知识传输的主导者变成知识输送的引导者，这时候的教师身份已经转变成知识的整体构建师。他在教学实施的过程中，将学生作为教学的中心和重点，从学习方向、学习内容和实践等方面对学生的知识体系进行整体的构建，使翻译教学能顺利进行。

由于当前社会人们对翻译人才的要求越来越高，任何一名翻译人才要想适应社会的需要，不仅要在第一、第二语言中具备非常出色的能力，还要具备一种超语言的能力。

这种超语言能力对于教师来说，就提出了一个要求，也就是说翻译教学模式应该在整体构建的基础上向更优的方向发展。只有这样培养出来的人才才能适应社会的需要。

2. 朝着引导学生向翻译学习整体构建模式的方向创新发展

在我国传统的教学实践中，教师是课堂上的完全主导者，对于学生要学的内容，教师有完全的操控权，当他们将相关的知识和理论教给学生之后，学生的工作就是通过大量的练习，以使知识或技能烂熟于心。

而在整体构建模式中的翻译教学则不同，教师的角色也发生了相当大的转变，这时候教师的任务就是通过积极的引导，让学生积极地参与到翻译学习整体构建模型图式中来，并在这个模式图式中进行相应的知识积累和问题思考。

在这种教学模式中，学生的角色从一个被动的知识接收器，转变成了主动寻找和探索知识与技能，并积极进行整体构建的主人。

这种转变体现了学生在教学实践中的主体地位，充分调动了学生学习的积极性，对学生知识的积累和能力的提到都大有帮助。

3. 朝着引导教学过程向翻译教学整体构建模式的方向创新发展

与传统的重视教学结果的翻译教学相比，基于整体构建模式中的翻译教学则要更加提高学生的独立个性和教学过程。

这种教学模式要求教师和学生以及学生和学生之间要对相关的教学内容进行非常充分的交流和互动，与此同时，学生本人也应该积极参与到教学的每个实践环节中，使教师和学生都能朝着注重教学过程整体构建模式的方向创新发展。

在翻译教学的整个实施过程中，不管是教师还是学生都要在整体的基础上，从整体最优出发，对自己的教学模型或知识模型进行全面构建。

这种教学模式中的教师首先应将教学中的语义、内容以及实践等反映教学过程的内容进行整体构建，并形成相应的教学模型图，而学生的工作就是在这个模型图的基础上构建和完善自己的知识体系模型图，同时还要在构建或完善的过程中提高自己的实践能力。

总之，只要教学双方都朝着翻译教学整体构建模式的方向努力，翻译教学就有了一定的创新和发展动力。

二、中国文化语境中的翻译教学模式

随着研究和实践的不断深入，教学模式的创新与发展也在不断形成和完善。

总体来说教学模式的发展方向通常是由传统的归纳型教学模式向创新的演绎型教学模式发展；从内容或方式比较单一的教学模式向内容和方式趋于多元化的教学模式发展；由以教师为中心的“教为主”的教学模式向以学生为主的“学为主”教学模式不断发展等。

（一）翻译语境论

在讨论翻译教学模式的建构以前，我们首先要对语境有一个初步的了解。这个概念的发源时间是20世纪的90年代，之后就引起了广泛关注和深入探讨，之后甚至形成了不同的流派和理论取向，其中有代表性的两个国家就是英国和美国。

随着人们对翻译理论研究的不断深入和拓展，语境在研究中的地位和作用也越来越明显，其本身的张力也在日益加强。其在研究文本的同时也越来越注意到语境所产生的重大影响。

在研究翻译教学模式的变革之前，有必要对影响翻译颇深的语境进行一番探讨。这么做的目的就是使研究出来的翻译体系，不管是在理论思考还是语料分析，或者是翻译教学上都能更加完善。

作为一名翻译工作者，在翻译的实践中，首先要对翻译中两种语言所在的文化有所了解，这种双语文化意识让翻译者在实践当中不仅要对源文本的文化内涵有所观照，还要照应到翻译目标语内容的文化内涵。

因此，对译者来说，在进行翻译之前就要对相应的文本和所涉及的文化有相当程度的了解，之后才能制定更加科学的翻译决策。

对于翻译的实践来说，要想使翻译出来的作品在适应目的语社会的同时也尽量贴近源文本，就要求译者要与源文本的作者尽可能多的互动和交流，只有这样，才能尽最大可能翻译出源文本作者想要表达的内涵。

如果在翻译的过程中只是关注文本，而忽略了源文本的作者，那么在文本的理解和解释上都会造成不小的难题。例如，源文本的创作背景、写作目的等，都会成为目的语译本理解的难题。此外还有一点也非常重要，那就是目的语社会中读者的喜好。

（二）翻译课程建构

这里，我们将课程模式研究的背景设定为中国语境文化。当前，中国的翻译教学模式存在着很多根深蒂固的问题，这些问题的解决通常需要长时间的慢慢梳理。

因此，在探讨中国翻译教学模式的时候，要从翻译教学存在的问题和翻译的需求入手。

下面我们将从影响翻译教学的教材、学生批判性思维、学习与实践的对接、师生之间的知识积累和视野开拓以及教学资源的利用等方面进行有针对性的论述。

通过图 4-1-1 能非常直观地看到这些因素之间的相互关系，课程的实施需要教材的合理建构、教师与学生双方的视野开拓、对教学资源的充分利用、学生培养与职场需求的对接，在此基础上形成的批判性思维会直接影响翻译策略的选择。

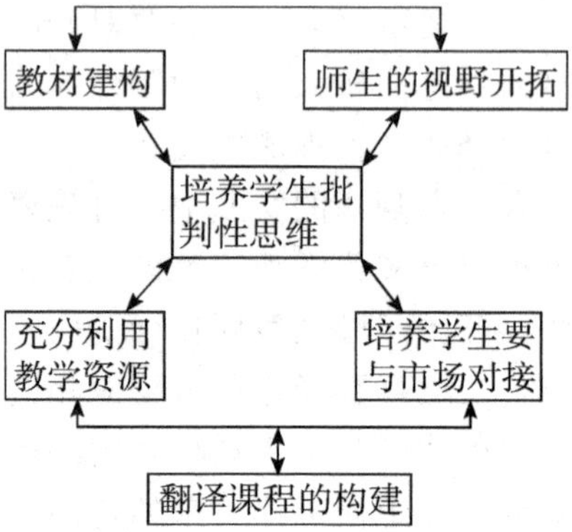

图 4-1-1 翻译课堂教学模型

1. 对翻译教材建构的设想

不管是传统的教学模式还是新型教学模式，可以说教材的地位都是非常重要的，不同点就是教学模式对教材的依赖程度。

相对来说，传统的教学模式更加依赖教材。但通过对当前环境中存在的教材来说，主要的侧重点就是相关理论的论述以及翻译技巧的重点训练。

对于翻译的实践来说，理论和技巧通常是相互促进的一种并行关系，而非教科书中描述的交叉关系。

由于翻译工作的特殊性，对教材的要求自然也就不一样。与其他学科的教材相比，翻译专业的教材要求与时俱进，同时还要有一定的包容性和复合性。

通过对最新的研究成果和理论的收录，让翻译的实践工作者能跟得上时代的步伐，而不再是闭门造车，能够根据外界的变化相应对语言和翻译策略进行调整。

当前环境中的中国，新事物不断出现，中国社会在引进外国文化的同时也进行着相应的文化输出。尤其是最近几年，汉语中的新词不断出现，如“打铁还须自身硬”、“阳光财政”等，这些词汇就具有鲜明的中国特色，还具备鲜活的时代特征，它不仅反映出当代社会的活力，也反映出当代社会中人们对事物的观点和看法。

当然，这些新词的出现对于翻译工作者来说却不一定是好事情，因为一定程度上给翻译带来的难题和挑战。

如“阳光财政”[1]，如果仅仅是根据字面解释，翻译工作者尤其是翻译专业的学生很容易就将其翻译成 Sunny Finance，但这在理解层面并不能合理解释“阳光财政”的真实含义。

在对这个词语进行深入的研究和探讨之后，我们确定将“阳光财政”翻译成 Transparent Finance。前面肤浅的翻译，也让我们认识到一个比较严重的问题，那就是学生对于当下的热点词语缺乏一定的敏感性，与此同时还对产生这种词语的相关环境也是不明了的。

翻译人员所在的位置对所进行的翻译至关重要，但因为对很多现行流行语的不了解，甚至会造成比较严重的后果。

因此，在翻译的实践过程中要想切实完成相关的翻译工作，正确顺利传达出想要表达的思想，就要对相关的文化语境有一个准确的理解和解读。

2. 对学生批判性思维的培养

所谓的批判性思维，就是以现有的知识、逻辑常识为基础，对出现的问题进行深入思考和理性辨别，并确定其正确性。

翻译中的批判性思维就是在对待特定文本的时候，技巧性地评价其中的思想和信息，然后对表达出来的内容和信息根据以往的经验进行取舍。

任何一项翻译实践都需要这种思维的存在，这对于蕴藏于文本之中的内涵、作品创作的背景、作者创作的意图以及歧义的发现和辨别等都有非常重要的作用，进而保证翻译出来的作品，不管是在逻辑上还是文字语言的连贯上都有上佳表现。

很多翻译工作者在翻译的实践中经常会无意中犯这样一个错误或者说是陷入了一个翻译实践的误区，那就是对语言信息的过分关注，将更多的注意力或心思放在语言信息的转换上面。

我们知道一本有深度的文章或作品，隐藏于文字下面的内容或信息才是作品真正的灵魂，也就是对言外之意的精确解读。

对翻译工作者来说，走出误区的一个重要手段就是批判性思维，这种思维让翻译者在翻译的实践中能从多个角度或以更加立体的方式来斟酌原文和译文，翻译出来的作品自然在深度层面就更具优势。而辩证思维的产生与发展的基础就是要对语言的语境由于非常清晰的认知，对文化语境有更加深入的理解和思考并且能正确判断情景语境。

[1] “阳光财政”是指通过构建公开、民主、监督、考评的政府理财行为规范。实现政府理财活动科学化、民主化、法治化的一种制度。

3. 学生培养与职场要求的对接构想

我们知道，当前产品生产的最佳模式就是定制模式，这种模式既实现了生产销售的高效，也避免了产业过剩而导致的浪费。

这种模式对翻译人才的培养也有一定的启发作用，翻译作品质量的好坏或者说高质量的翻译服务的基础就是翻译的需求方和翻译的提供方之间的良好合作。在合作之前，双方都要对对方的目标和要求有一定程度的了解。

对于翻译服务方来说，要想保证翻译的质量，就要在翻译的过程中加强管理，这个过程管理存在于翻译的所有工作当中，也就是翻译之前的准备工作、翻译中的实施工作以及翻译后的检查反馈和评价工作。

只有每个环节都符合规范要求，翻译出来的作品才能保证质量，翻译的服务体系也才更加完善。

除了上面所说的翻译技术和翻译管理两个层面对翻译的结果影响重大以外，还有一个层面是不容忽视的，那就是目的语市场的文化和政治，这对于翻译的成果来说影响也是非常重大的，因此要格外注意。

当然，在翻译课程建构的过程中还少不了教师和学生的教学视野开拓，教师在教学的过程中不仅仅是将自己掌握的知识用引导性的手段让学生掌握，在引导的过程中，学生和学生在翻译上相关的视野也会得到一定程度的开拓和拓展，这对教师之后的翻译教学工作都是非常有帮助的。

因此，在实际的教学计划中应尽量将文化语境视野纳入其中，并实施到教学过程的每个环节。

此外，教学模式的构建还离不开对资源的充分利用。我们知道中国的教育资源分配相对不均衡，教师要尽可能通过更多的途径让教学的过程充满趣味，积极调动学生主观能动性，为学生创造更多的翻译实践机会，通过不断的实践和资源的充分利用，使学生掌握扎实的翻译功力，以适应未来的社会需要。

不管时代怎样发展，学生学习的最终目的就是要应用到实践中，并产生相应的价值。这也就要求翻译教学要时刻关注社会对翻译工作的需求。

要求翻译专业的学生不仅要有与专业相关的具体技能和知识，还要对现行社会中的很多技术或现状有更多的了解。因为文化语境是在不断变化着的，它的变化必然会对翻译的具体决策产生不同程度的影响。

职业课程培训的设计理念对于翻译人员的专业技能来说具有一定的决定性作用，设计理念越先进，培养出来的人才的适应性也就更强。

因此，翻译课程在设计的时候要以社会市场的需求为基础。结合以上五大要素，课程设置构想图形如下（图 4-1-2）。

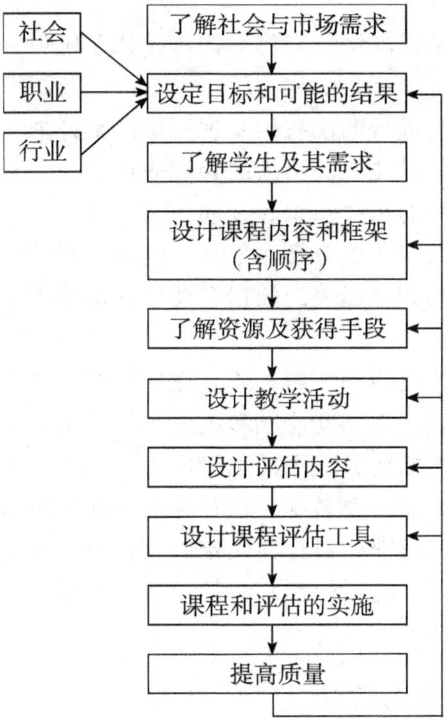

图 4-1-2　课程设置流程

综合上图，对翻译课程进行合理设计与分配，让更多的学生能获得更高的翻译能力的提升，最终为未来翻译事业的顺利进展奠定良好的基础。

第二节　翻译能力的认知与培养

一、对翻译能力的认知

通过翻译教学培养出来的学生会掌握一定的翻译技能，这也是他们在社会上生存的主要手段。那么客观认识翻译能力就成为一个非常重要的课题，这里我们就对翻译能力的定义和特征进行阐述。

（一）翻译能力定义

翻译能力指的是译者所必需的知识和技能系统以及能够灵活恰当地运用这个系统以完成翻译活动的能力。

通过对这个定义进行解读我们发现所谓的翻译能力就是要以翻译相关知识和技能为基础，以此发展出来的知识应用和技能运用。由此可知，翻译能力的基础是翻译的相关知识和技能。

关于翻译能力的定义或概念，不管是经过怎样的研究，进行怎样的语言组织，我们发现与翻译相关的知识和技能是谁都不能避免的两个重要组成部分。

翻译不仅仅强调技巧和知识，还要在界定翻译能力时，关注翻译的整体性和系统性，二者之间相互兼顾和统一。任何将部分（个体）知识和技能的培养、发展都不能构成理想的翻译能力。

译者的翻译能力是一个系统。综合来说，任何单独的知识和技能必须从整体上和系统上进行交往目标而确定。翻译能力作为教学目标是一种知识和技能系统的观点，除了强调知识和技巧，在翻译教学主体的交往过程中启示我们关注整体性和系统性。

（二）翻译能力的特征

从不同的视角看，翻译能力具有综合性、动态开放性、极强的交际取向、建构性的特征；在不同的发展阶段，翻译能力的复杂性、开放性、历史嬗变性、异质性、情境性、近似性，都属于翻译能力的典型特点和特征。这也是纽波特对翻译能力的典型概括。

1. 综合性

翻译过程中译者需要涉及不同的领域，真正的翻译能力是一个整体系统，译者的知识面越宽，各种综合能力发挥的作用越强，综合性是翻译能力最明显的特征。例如，一个只具有语言翻译能力的人，我们不能说他具有翻译能力，只能是具有形成翻译能力的潜能。由此可见，单独的某个能力难以形成翻译能力。

相关能力涉及的范围包括心理的、技术的、生理的、语言的、文化的、专业领域的等，不一而足，范围越广，才能说明译者具备了翻译能力，同时，有利于翻译能力的发展和翻译行为的开展。

任何一个分力的缺失都会影响翻译行为和翻译质量，实际的翻译过程中译者必须综合各方面的能力，最终完成翻译任务。

2. 动态开放性

翻译能力的动态开放性主要是指译者的翻译能力始终处于发展变化的状态，并不是一成不变的，表现在能力形成过程的非终结性，表现在翻译能力构成因素方面，表现在翻译能力随时代的发展表现出多变的特征。

国际在政治、经济领域的交往日益加深，在翻译能力的形成和发展过程中，翻译能力的动态开放性是多样的、动态的，时代不同，对翻译能力的界定也不同。

随着时代的发展，构成翻译能力的因素很难对翻译能力在范围和范畴方面进行截然的界定和划分，译者翻译的文本涉及方方面面，新闻、法律、产品宣传资料、商业文件、金融等方面的实用性文体翻译的数量迅速增加。因此，译者已经获得的翻译能力始终与新获得的翻译能力进行整合、内化。

对翻译能力的构成因素进行量的划分，对于翻译能力的发展是不利的。对翻译能力进行界定是不现实的，而且对于翻译能力的培养同样是不利的。

译者在不同领域的能力越强、掌握的知识越多，对翻译能力的培养和发展就越有利。对翻译能力的界定进行历时的纵观可以发现，人们对翻译能力的界定在初始阶段比较单一。

进入信息社会，翻译能力的动态开放性开始强调对查询相关信息的能力、专业领域知识的掌握能力等。因此，翻译能力中就信息的大量传播和交流对翻译提出了更高的要求，人们对翻译的理念和要求不同，翻译的方式也发生了改变。

信息量的增加，使得一些诸如缩译、摘译或编译等翻译方法成为必要；新技术的发展和应用，对于翻译工具和翻译软件的掌握和应用能力等，要求译者具备在翻译过程中利用先进的技术接受和处理信息的能力。

整合以上信息可以得知，翻译能力由单一到综合、由一元向多元发展的趋势，呈现出简单到复杂的变化，随着时代的发展和社会的进步，这种发展和变化会继续下去，没有终结。

3. 交际取向

在翻译过程中，在现实的交际中都会存在语言障碍。因此，翻译能力的另外一个性质总体上体现为一种交际能力。

翻译能力是以交际为取向的，译者将内化的各种能力激活，是交际过程中的一种方式和手段。

从起源来看，翻译本身并不是目的，进行交际是翻译的最终目的，这种交际能力实际上是各种能力的综合和整合，是针对翻译过程中出现的问题及时采取相关措施进行问题分析和解决，最终生产出译文实现交际的目的。

总体而言，翻译是一种交际活动，其应用性极强，不同的翻译能力形成了成功交际的前提和条件。

翻译能力体现出译者交际能力的高低，同时发现自己不具备的能力，成功的交际服务，体现在各种翻译能力在译者与客体之间，在译者和其他主体之间，由此产生了翻译。

综合翻译能力可知，各个翻译能力形成了一种向心合力，这种合力共同为成功交际的实现发挥作用，同时指向特定的交际目的。

（1）社会人。鲁宾逊认为翻译研究应该涉及社会研究，译者与不同人员的沟通交流、读者、客户的需求等。将从事翻译活动的译者定位为处在不同人际关系中的社会人。

（2）翻译功能学派。翻译功能学派的代表人物诺德认为构成翻译能力的核心在于最终生产出符合客户要求的译文。同时，译者与翻译过程中涉及的各方保持积极互动的关系，认为翻译能力培养的终极目标在于交际，在于实现预期的交际目的，文本的决定性标准是其交际功能。

（3）交际角度。科利纳认为从交际的角度来审视翻译能力，交际翻译能力包括四个方面的能力。

译者与源文本及其所在语境、与相关翻译述要（translation brief）和与翻译过程中的所有参与者互动的能力。

生产出符合相关语境和特定任务要求的译文的能力。

译者运用自己的母语进行交际的能力和外语交际能力。

译者的跨语言、跨文化进行交际的能力。

二、翻译能力的培养

要想学生的翻译能力尽快培养出来，就要鼓励学生修改译文，分析项目，积极参与真实翻译项目。

（一）大胆讨论

我们可以对三绝碑文、荔子碑、柳子庙、苏东坡、柳宗元、韩愈等使用大脑风暴，用译语讨论。对学生在翻译过程中出现的翻译问题进行归类，翻译策略以异化翻译为主，语言通顺，符合目的语读者的期待视野。

教师比较学生的翻译，确定文本的类型，基于所获得的反馈和翻译结果，必要时就如何改进译文提出建议，为了满足学生需求，可以不断调整计划。

例如，旅游文本的翻译，对于旅游文本的翻译以传递源语国家的文化和历史，以文化的传递为基础，目的是吸引更多地外国游客。

（二）树立正确的观念

学生通过合作性学习，在翻译中学习，在学习中翻译，不断提高自己的创新能力善于交流，提高双语能力，不断积累语言知识，比较译文在词汇、句子选择中获得快乐和愉悦，分享心得充分发挥自己的语言水平，树立终身学习的观念，丰富百科知识。

学生通过翻译提高分析问题和解决问题的能力，集中集体智慧，提高跨语言、跨文化的能力，发布最佳译文。

（三）项目化翻译教学的培养

在项目化的翻译教学中提高学生的翻译能力，主要概括为译前能力、译中能力和译后能力。

1. 译前能力

工具的准备、知识的准备和翻译职业能力的准备等都属于译前能力的范围。

（1）工具的准备。文字处理软件、词典、翻译软件、网络信息技术等都属于工具的准备，word、lingoes 词典、某些在线翻译软件、维基百科等这些基本的工具都是学生目前已经具备的。

（2）职业能力。交际能力、合作能力、职业道德、价值观、工作态度等都属于职业能力，与组员的团队协作能力、积极的工作态度、对项目的责任心及一定的交际能力等这些基本的职业能力都是学生目前已经具备的。

2. 译中能力

文化能力、转换能力、研究能力、译者翻译能力、语言能力和语境能力等都属于译中能力的范围。

译中能力需要学生在翻译过程中把握翻译的方法、策略、翻译述要等，是一个隐性翻译范畴。

3. 译后能力

能否保证译文的按时完成、能否应对客户需求进行修改、是否提供高质量的译文、能否遵守保密协议等都属于译后能力的范围。

由此可见，翻译能力是多方面的综合体，翻译教学已经不仅仅是语言层面的教学，更多的是译者素质和译者能力的培养。

翻译能力涉及整个翻译过程，包括语言、文化以外的因素，在翻译教学中，从译者的管理、客户的需求、翻译述要的把握、项目的选择、译文质量的监控等都是学生综合素质的体现。

译者是译文的最终决定者，教师的工作就是咨询服务并对教学或实践中的每一个环节进行设计与安排。

第三节　翻译能力测试

一、翻译能力测试的目的

翻译能力测试就是考查受试者在一定时间内完成特定翻译任务的能力，正如穆雷所认为，翻译能力测试是用来检验被测对象对翻译实践能力掌握情况的一种手段，涉及对答题内容的评判，因此与翻译批评、翻译评估或评价和语言测试等都有关联[1]。从宏观的角度看，翻译能力测试是评价翻译教学效果、提高翻译教学的质量、评估个人的翻译能力的重要手段。正如席仲恩指出：无论是对于翻译教学效果的科学评定、提高翻译教学效果途径的科学探索或不同翻译教学方法的客观对比，还是对于一个人未来能够胜任特定翻译工作的可能性的估计、一个人现在翻译绩效的测定或一个人能否从事特定翻译工作的能力的认定，都涉及翻译能力测试。

如果说语言测试重在考查语言的交际能力（包括口头和书面两种），即对某一种语言的词汇和语法运用能力、构建语篇的能力、语境应用能力以及理解能力等，那么，翻译能力测试则重在考查受试者的翻译能力，即双语转换能力，包括双语的理解能力和表达力，具体说来就是两种语言的词汇和语法在语境中的运用，用另一种语言构建语篇却又表达原语意思和

[1] 罗选民等也指出，翻译能力测试是翻译教学中的一个重要环节，可以帮助我们评价翻译教学的质量，判断学生是否学到了应掌握的翻译教学内容，是否具有了翻译能力。

语气的能力，双语的运用能力，还包括处理两种文化的能力。[1] 翻译能力测试的目的就在于考查翻译学习者用通顺的目的语忠实地传达出原文的意思和语气（风格）的能力。

具体说来，就是考查翻译学习者根据两种语言的异同能否做到在具体语境中选词适当、在目的语中句式结构使用合理、用这些句式构建目的语语篇是否既能正确传达原文意思和文化信息又能保证其表达为目的语读者接受。

当然，这些内容本身如前文所讲属于翻译教学的内容，所以对翻译学习者的这些能力进行测试本身就是检验其课堂所学的重要手段和方式。

因此，翻译能力测试是翻译教学过程中的一个重要环节，因为通过测试可以检验教学的质量，了解翻译学习者对所学语言知识和翻译技能的掌握情况，以便对以后的翻译教学做出改进，也可以通过测试对学习者的翻译能力做出判断，从而让学习者本人意识到自己是否有能力有资格在毕业后从事翻译工作。

使用翻译能力测试对学习者的学习来说更是一种激励和鞭策，激发他们在平时的学习中能够做到不放松，不懈怠。

当然，教学的最终目的并不在于测试，而是督促学习者学到真正的东西，包括对翻译历史的简单认识、对两种语言的异同及翻译技巧的掌握以及语篇的构建能力，从而让学习者具备独立完成翻译任务的能力。

二、翻译能力测试的形式和内容

在中国，有记载的翻译能力测试始于清代科举考试，测试的形式比较简单。据马祖毅（1984）、付克（1986）等记载，同文馆的翻译考试的初试是把外国照会译成汉文。复试是将某条约中的一个片断译成外文。[2] 到近年来，我国的翻译能力测试得到了一定的发展，但是就目前国内的研究看，不少人表示对当前的翻译能力测试试题设计（包括内容和形式）的现状不是非常满意。

因此，这种译而无论的思想会使学生陷入盲目实践活动中，难以有效地与相应的教学阶段接轨，不把理论和技巧知识融入测试过程，单一的命

---

[1] 穆雷指出：“单用语言测试的内容与方法来进行翻译能力测试是不够的，翻译能力测试应有自己独立并超出语言测试之外的内容和方法。”

[2] 徐莉娜于1998年指出，传统的翻译能力测试一般只包括单纯的句子、段落翻译。这种过于简单的命题方式的缺陷在于测试目的不明确，覆盖面过窄，致使教学重点不突出，所学的知识得不到巩固。而且清一色的句子、段落翻译不利于客观评分。

题方式无法系统、明确地考查学生的理论知识水平和技巧运用能力。

教学达不到培养学生自觉运用理论、技巧进行翻译的目的，学生会认为不懂理论一样能应付考试，也能应付翻译，翻译理论、技巧教学就失去了吸引力。

试题往往不是过难就是过易，段落或篇章性翻译很难主、次分明地反映出阶段性教学的内容，命题方式的简单化，不论哪种情况都是导致试题难易失当的主要原因之一，都会拉近学生得分的差距。这种测试结果不能反映学生的实际水平，可信度很低。

穆雷于2000年指出，20世纪90年代之前，大多数高校的翻译能力测试基本上都是一两篇短文翻译，虽然90年代以后，翻译能力测试开始逐渐“改头换面”，增加了其他题型，但在调查中发现只有20%的学校仍然保持原状，只有一种题型，50%的学校除句子翻译和短文翻译外，另有回答问题或改错等题型，但一般不超过三种题型，只有一两种题型的学校占大多数。

因此，翻译能力测试的内容和形式需要改革。在内容上要反映课堂所教和所学；在难易程度上要注重分级，体现低、中、高三种难度，其中低难度的题要占到60%～70%，中难度的题应占10%～20%，高难度的题占10%～20%；在形式上既不要过于单一，也不应为追求多样而将试题变得五花八门。

保持适当的试题形式既可以考查翻译学习者的知识深度和技能运用的综合能力，又可以扩大试题的覆盖面和考试重点，更好地发挥翻译能力测试在翻译教学中的检查、督促和评价作用。

就阶段翻译试题的形式，不同学者有不同的看法。徐莉娜[1]、王占斌[2]以及王全瑞[3]的观点都不尽相同。

大家普遍认为，翻译能力测试实际上旨在考查翻译学习者的翻译实践能力，而翻译能力主要是对原语和目的语的理解与分析能力、应用和转换能力以及跨文化知识和跨文化交际能力，具体则包含词汇、句法、文体知

---

[1] 徐莉娜认为翻译能力测试的题型应该包括单项填空、判断题和多项选择题、改错题、译评题、段落填空和段落改错题、条件性翻译能力测试题、非条件性翻译和划线句子翻译（即传统的段落翻译；划线句子翻译是指在一个完整的段落中划出有一定难度、较典型的句子，让考生根据上下文进行翻译）。

[2] 王占斌指出，自己在教学中常采用的测试题型有段落篇章翻译、译文评析、译文对比。

[3] 王全瑞认为，翻译试题应包括句子翻译、段落翻译、填空题、选择题、改错题、条件翻译题、译文评析题。这里列举的翻译能力测试题型具有典型的代表性，虽然具体题型有些不同，但基本观点都是相似的。

识和文化知识、语篇构建等因素的应用。

对于这种学业成就测试，普遍认为应该包括客观题和主观题两种，其中客观题可以是正误判断题、多项选择题、填空题等，主观题包括问答题、句子翻译、段落翻译、译文评析等。还有人认为改错、转换、匹配、编译等也都是翻译能力测试可选的题型。不管何种题型，关键在于这样的试题内容是否真正能够考查学习者的翻译能力和水平，是否真正具有效度和科学性及针对性。测试题型可以多种多样，但应明确翻译的目的、重点、学习者的水平层次等因素。

实际上，我们认为，客观题和主观题均具有自己的优缺点。客观题在出题方面比较容易，答案比较单一，改卷比较容易，但是过于拘泥于某个空格或匹配项，发挥不出学习者的主观能动性；主观题乍一看去出题容易，因为随意性较大，但是在考生看来答题有一定的难度，如果想与学习者的水平相匹配，在出题时要注意词汇量和文体是否超出课堂所学或学习者的能力范围，没有标准答案，所以改卷并不容易。

翻译题型过多也会影响分值的分配，反而不会反映出学习者真正的翻译水平。鉴于翻译能力测试的目的是考查学习者对翻译课所学知识和技能的掌握情况，而且翻译课实际上是一门实践性很强的课程，重在考察学习者对翻译知识、文体知识、英汉语言对比知识的掌握以及翻译实践能力，而且翻译实践能力又是阶段翻译课最重要的目的。

因此我们建议不必采用填空题、选择题、译文评析来考查学习者的翻译实践能力，尤其是判断题和选择题对学习者来说可以不用掌握技巧也可能会判断译文是否正确或选择正确的译文，所以猜测的成分较多，不足以考查学习者的翻译实践能力和分析、归纳、总结的能力，因此我们并不建议采取这些考试形式。

当然填空题和选择题可以用来考查翻译史的知识。综合前面论述的翻译课教学内容以及翻译教学的目的，我们建议翻译能力测试采用以下题型和内容。

（一）填空题

翻译历史，尤其是中国的翻译史常识，对学习者了解翻译的作用、激发学习者的翻译兴趣有着非常重要的作用。

正如肖维青指出：“翻译史是译学的一部分，也是人类文学史、文化史、文化交流史乃至整个世界文明史的组成部分。学习这方面的内容，对翻译这门学问有很多新的认识。”因此这部分内容要以简短有趣的方式融入翻译教学。

既然翻译史是翻译教学的一项内容，但不是最重要的内容，这部分内容的考试形式就应该采取填空的形式。比如，填写某个翻译观点的提出者是谁、某个翻译家提出的典型的翻译理论是什么、具有划时代意义的翻译代表作是什么等，这样可以加强翻译学习者对历史的印象，通过考试进一步帮助学习者树立对中国翻译史的自豪感，激发他们更好地学习翻译的兴趣。

至于翻译实践的填空题，我们认为并不十分科学，因为实践的填空题一般是给出句子的一部分，然后要求考生完成剩余部分的翻译。这种题型的难度和不科学性就在于句子本身可能就需要更多的译文，无法真正考查出学习者的翻译水平。

考察中国翻译史知识的这部分填空题所占的分数比例可以是 10%，即可以是 10 个空，每题 1 分。

（二）句子翻译

句子是翻译实践中基本的操作单位，以句子翻译为测试的题型之一，主要是针对课堂讲授的原语和目的语对比和由此总结出的翻译技巧，目的在于测试翻译学习者对这些语言异同及翻译技巧的掌握与运用，与前文提及的徐莉娜所说的“条件性翻译能力测试题”（限定翻译方法）相似。

徐莉娜指出：“这种试题的优势是能够培养学生自觉运用技巧进行翻译的能力。”另外，也正如王全瑞所说：“句子翻译在材料的选择上，教师可以较容易地把握难度和长度。”句子翻译实际上可以不用规定技巧，而是让学习者自己翻译，甚至可以要求考生说出使用了何种技巧，体现了原语和目的语之间的哪种不同或哪些不同。这样不仅考查了翻译学习者一定的翻译能力，还能督促他们在翻译的过程中温习所学过的语言对比知识和翻译技巧，进一步强化翻译技巧。当然，句子翻译有其局限性，因为往往要依赖句子所在的语篇上下文。

因此，教师在命题时要尽量选择比较独立的句子，这些句子又能体现特别明显的翻译技巧，如英文的被动句一般要译成汉语的主动句、中文的范畴名词一般需要省译等。句子翻译试题的数量一般是 10 个（比如 5 个英译汉，5 个汉译英），分值比例最好保持在 30 分（每题 3 分）。

（三）篇章翻译

篇章翻译是翻译能力测试最重要也是最普遍的形式。这种题型可以是翻译一个完整的语篇，也可以在完整语篇中划出一部分进行测试（如英语专业八级考试中的翻译题），这部分往往具有一定的典型性和一定的难度，体现出教师测试的目的（比如考察语篇连贯、文体特点以及英汉语言的对比等）。

篇章翻译之所以可行，就是因为完整的篇章能够提供翻译所需要的基本语篇要素，从而形成完整的语境或上下文，考生在翻译的过程中不仅可以在翻译其中的每个句子时注意分析、使用所学过的翻译技巧，更重要的是能够注意句子之间的衔接和段落间的过渡，从而能够考查考生是否可以在重视传达原文信息的情况下达到行文流畅的效果。同时考察考生对不同文体的特点是否已经有所把握。

总之，这种题型如王占斌指出的，能够“考查学生篇章分析能力，逻辑思维能力，语篇构建能力以及表达的连贯性”。当然，篇章翻译的主观性较强，命题时应考虑到学习者的语言水平和翻译知识结构，尤其是要考虑到课堂所讲的主题和体裁，否则就不利于评价翻译学习者的实际水平，不利于评价翻译教学的效果。

比如，某一学期的课堂讲授语篇以文学为主，那么期末测试的语篇就应该是文学语篇，另一学期的课堂教授语篇以应用型为主，那么期末测试的语篇就应该是应用型语篇。

翻译能力测试中的篇章翻译一般为两道题（英语语篇在150个单词左右，汉语语篇在200个汉字左右），比如一篇英译汉、一篇汉译英，分值总比例最好为40%～45%，每题20分，或者英译汉20分，汉译英25分。

另外，篇章中不应出现太多的生词，要照顾到受试者的英文水平，尤其是在不允许使用词典的情况下，生词更不应太多。如果有生词也建议在篇章的下面附一个单词表（glossary），可以给出英语单词的英文释义，但最好不要给出中文，因为如果给出中文意思，考生往往不考虑上下文就把中文的意思写上去，对考生来说可能是一种误导。

（四）论述题

有些学者提出翻译能力测试中应该包括译文评析或译文对比，即学习者运用自己的所学去评价别人的译文或对照两个译文，该项测试主要是测试翻译学习者的思维过程和鉴赏能力。

我们认为这样的题型主观性更强，而且学习者的评价标准过于分散，所以建议改为论述题，论述题同样可以测试学习者的思维能力、综合归纳能力、翻译课堂所学知识的应用能力以及翻译实践与理论相结合的能力。比如让考生列举两种语言的两到三项异同点并说出这些异同点对翻译的影响，可以举例说明，例子可以来源于同一试卷中的篇章翻译。也可以让考生举例论述文体与翻译的关系，例子也可以是试题上所用的语篇。

这样，翻译学习者就可以将课堂所学的两种语言对比知识、文体知识、翻译技巧有机地结合起来，做到理论与实践相结合，而且能够促使学习者在举例的过程中更好地修正前面的译文。

总之，论述题就是考查翻译学习者对课堂所学的翻译知识及技巧的掌握以及分析和综合归纳能力，考查学习者的理论与实践相结合的能力。

当然，这种论述题的评价也带有一定的主观性，但只要学生说出两三点，举例切合论点，论述清晰，言之有物，言之有据，就可以得高分，甚至是满分。这一题型的分值比例应该是15％～20％。

在以上翻译能力测试题型中，填空题应该算是低难度题型，论述题应该属于中难度题型，句子翻译和篇章翻译属于高难度题型。这样的试卷比较科学，做到难易程度相结合，又能考查课堂所教和所学，还能考查翻译学习者的思维能力和分析归纳能力。

我们认为，非课堂考试和翻译作业有很大的相似性，尤其是翻译学习者之间的讨论更像是在翻译作业的论述部分所提及的翻译讨论或翻译工作坊，所以这可以不算作测试。

另外，既然是考试，就应该测试学习者在有限的时间内、在没有词典和参考书的情况下所表现出的翻译能力。而且由于学习者携带的词典种类不同，也会引起不公平现象，因此不建议使用词典。另外，对平时的作业学习者已经有足够的时间打磨一篇论文，有足够的时间查阅词典和参考资料，有足够的时间进行讨论，因此不建议开卷考试。

三、翻译能力测试评分标准和效度

翻译能力测试的评价标准必须依据上述翻译能力测试的内容和形式进行制定。

（一）填空题

对于中国翻译简史的填空题，因为选择单一，所以基本上属于客观题，错就是错，对就是对，没有别的标准。

但要注意如果写了错别字，也应该算是错的，这样可以督促翻译学习者认真写字。

（二）句子翻译和篇章翻译

关于句子翻译和篇章翻译这样的翻译实践能力测试，由于其主观性比较强，所以其评价标准不可避免会受到人为因素的干扰。

1. 人为因素干扰

毫无疑问，每位评分者都有个人的观念和信仰以及个人风格和策略。实际操作中，对这部分试题，教师应该有制定明确而且可行的评分标准，每个分数段要有明确的描述语，这就是我们所说的阅卷信度或测试评价信度的问题，而不应该只凭印象。

宋志平指出："翻译实践的评分不能以某一名家的译文作为唯一标准，要充分考虑受试者的实际水平，尤其要参考预测所得中等水平考生的译文质量，如有两种以上可行的译文，则应按其优劣程度尽量列出。评估结果可分为优、良、中、及格与不及格五个等次，或以具体数字分值体现。"由于前面所讲考试题型的分值是按照百分制计算的，所以这里还是以具体数字分值体现。

2. 具体客观评分

对于句子翻译的评分标准，我们认为可以比较具体，毕竟句子比较短，而且此种题型对翻译技巧具有针对性。以每题满分为 3 分计算，英译汉和汉译英的具体标准如表 4-3-1、表 4-3-2 所示。

表 4-3-1　英译汉评分标准

等级	具体评分描述	得分
1	意思表达准确，文字简练，汉语措辞准确，使用翻译技巧得当	3
2	意思表达基本准确，汉语措辞基本准确，使用技巧得当	2. 5
3	意思表达大部分准确，有个别词理解错误，汉语措辞比较准确，使用技巧得当	2
4	意思表达基本有一半是正确的，汉语措辞比较得当，使用技巧比较得当	1. 5
5	意思表达少部分是正确的，汉语措辞不是非常流畅和恰当，使用技巧不是非常得当	1
6	意思表达只有少部分单词正确，汉语不流畅，技巧不得当	0. 5
7	没有传达原文的意思	0

表 4-3-2　汉译英评分标准

等级	具体评分描述	得分
1	意思表达准确，英语用词和语法得当，使用翻译技巧得当	3
2	意思表达基本准确，英语用词和语法得当，使用技巧得当，但有个别拼写错误	2. 5
3	意思表达大部分准确，英语用词或语法有个别错误，使用技巧得当	2
4	意思表达基本有一半是正确的，英语用词和语法有错误，使用技巧比较得当	1. 5
5	意思表达少部分是正确的，英语用词和语法错误较多，使用技巧不是非常得当	1
6	意思表达只有少部分单词正确，英语不流畅，用词和语法错误很多，技巧不得当	0. 5
7	没有传达原文的意思，英语用词和语法均不正确	0

对于语篇翻译的评分标准，不能像句子的评分标准那样细致，可以给出等级，每个等级有些上下浮动。以每题满分为 20 分计算，英译汉和汉译英的具体标准如表 4-3-3、表 4-3-4 所示。

表 4-3-3　英译汉评分标准

等级	具体评分描述	得分
1	准确传达出原文的意思、风格和语气，中译文用词恰当，表达流畅，文字简练，措辞准确，或可能有 1～2 处词意传达不当和表达少有欠缺	18～20
2	译文基本传达出原文的意思、风格和语气，译文总体清晰、通顺、连贯，无重大理解错误，但有 3～5 处词汇、短语、句子或内容的理解有出入	16～18
3	译文大部分传达出原文的意思、风格和语气，译文总体还比较清晰、通顺、连贯，但有少部分漏译或误译	12～16
4	译文只有大约一半能传达出原文的意思、风格和语气，漏译或误译较多，译文大部分可读	8～12
5	译文大部分未传达出原文的意思、风格和语气，大部分属漏译或误译，译文可读性较差	8 分以下

表 4-3-4　汉译英评分标准

等级	具体评分描述	得分
1	准确传达出原文的意思、风格和语气，英译文用词和语法恰当，表达流畅，措辞准确，或可能有1～2处词意传达不当和表达少有欠缺或拼写错误	18～20
2	译文基本传达出原文的意思、风格和语气，英译文总体清晰、通顺、连贯，无重大理解错误或英语用词和语法错误，但有3～5处词汇、短语、句子或内容的理解有出入	16～18
3	译文大部分传达出原文的意思、风格和语气，英译文总体还比较清晰、通顺、连贯，但有少部分漏译或误译或者中式英语，或有一些英语用同或语法错误	12～16
4	译文只有大约一半能传达出原文的意思、风格和语气，漏译或误译较多，中式英语较为严重	8～12
5	译文大部分未传达出原文的意思、风格和语气，大部分属漏译或误译，英译文可读性较差，中式英语很严重	8分以下

前面曾讲过翻译中的规定性和描写性，从上述评分标准也可以看出，在评判答题情况的时候，译文如果符合语言、文化和语篇规定性，一般都不会特别扣分，不符合的当然要扣分。

从描写性看，如果用词更好、句式结构更好，则可以适当加分。当然，正如杨志红指出：量化评估的目的是在需要评估大量译文的时候能相对客观、便捷地评价译文质量，由于这种评估最后常以数字、等级等方式呈现，显得客观性较强，但必须指出，评价涉及价值判断，无法排除人的主观性因素。

评估过程涉及评估主体、评估具体情境，受到客户对译文质量的不同要求、教师实行教学计划等多方面的影响，因此译文质量评估实际上始终具有一定的灵活性。但只要是翻译，其评判的标准都会或多或少地掺入评判者的主观标准。在翻译能力测试中，只要尽量保持客观即可。

第四节　翻译教学评价体系构建

我国大学英语翻译教学由于受到传统写作教学理念和其他因素的影响和限制，评价方式过分强调结果，评估内容单一，长期以来，忽略学习过程，大多以机械化评估标准为主导，不利于促进学生翻译能力全面发展，同时也难以对翻译课堂教学过程形成良性刺激。因此，建立合理的教学评价体系至关重要。

一、大学英语翻译教学评价体系现状

大学英语教学总体以考试成绩来评价学生的学习能力和教学质量，停留在终结性评价的层面上，由于缺乏相应的英语后续课程，在大学英语课程评估后，往往将所学知识全盘“归还”给老师。

目前部分院校以全国高等学校英语应用能力考试作为衡量教与学优劣的唯一依据，大学英语翻译教学考核评价的现状没有特色、主体单一、内容片面化和过程不到位是主要问题。

（一）考核评价方式无特色

校内专业课的理论教学、校内教学实训和校外实习是大学英语翻译教学三个阶段。

造成大学英语翻译教学没有跨出的教学与考核的传统框架的主要原因是注重期末考试而忽视平时考核；注重理论考试而忽略实习考核。

目前绝大多数师生重视理论教学而轻视实践教学，这就无法培养学生的专业技能，由此可见，大多数学校的教学依旧没有脱离理论教学的藩篱。

（二）考核评价主体单一性

全方位的考核评价包括多角度、多层面、多渠道对学生进行考核评价，然而，大多数学院对学生教学的考核主体具有单一性、片面性。任课教师和指导教师只根据学生的作业、表现和考试给出考核成绩，局限于任课教师和指导教师的考核评价，没有从实际应用出发，无形中增加了任课教师和指导教师对学生考核评价的权力和分量。

依赖任课教师和指导教师自身的主观判断，这种考核评价和考核成绩，使考核结果不科学、不客观。

（三）考核评价内容片面化

没有多角度、全方位地涵盖各阶段内容的全面考核，对学生的个性化发展缺乏关注，只是局限于校内专业理论考核和实践考核。

在大学英语翻译教学的内容考核方面，教师理论课考核评价的内容只是根据考试结果和学生的实习报告给出考核成绩，背离了职业教育要让人人都成才的培养目标。

考核忽略了学生创新精神的培养，忽视了学生动手操作能力的拓展，缺乏对学生综合职业素质的重视。

(四) 考核评价过程不到位

没有深入地、动态地考核评价学生，基本上按照“讲授作业—期末考试”的流程组织教学。

教学部门对任课教师的教学和学生成绩考核只注重结果的静态评价，只停留在机制运作的基本层面。

很多授课教师在翻译理论课的教学中，以“课堂表现作业情况期末考试”结果为考核依据，结果的检查都是形式上的操作，考核忽略学生动态的发展。

二、“同伴互评”评价模式

“同伴互评”的课堂教学模式和传统翻译教学模式相比减少了以教师为中心，避免了遏制学生学习翻译的积极性、主动性与创造性，加强了翻译认知过程的内因和外部情境的设置，同时有利于优化课堂教学环境，形成一种多维互动的教学过程，促进学生相互交流，激活学生思维，提高课堂教学质量，激发学习兴趣。

“同伴互评”教学模式的构建，不受时间限制，培养学生主动获取信息的能力，不受空间限制，有利于提高创造性思维的能力，“同伴互评”教学模式将引发教学理念的转变，适应信息化社会对实用性人才的需求，为教师的个性化教学提供了极好的机会。

(一) “同伴互评”评价模式简介

“同伴互评”教学模式弘扬团结协作精神，突出生生之间、师生之间的信息传递与交往，以新建构主义、合作学习理论以及现代交往理论为导向，力求体现“以学生发展为本”的思想核心，遵循主体性、合作性、激励性、有效性与互动性原则，强调学生主体参与和实践体验，优化学习环境和学习过程，发挥评价对学习的增值功能，与教师评阅卷有机结合，在多维互动的交往活动中推动教学过程的不断深入。

将“同伴互评”引入翻译教学，可增添翻译练习的机会，减轻翻译教师批改作业的负担，培养学生的自主性，促进学生主动探究，显现小组成员互帮、互学、互评的作用，提升分析并解决问题的能力，提高翻译课堂合作学习效率的模式，从而最终提高翻译能力。

翻译教学旨在培养学生的学习能力、思考能力和翻译能力。学习能力、思考能力和翻译能力的构建是长期艰苦的过程，需要学生自身的努力，也需要翻译教师在实践课中尽可能地创造条件，创新教学方式方法，“同伴互评”教学模式便是这样一种创新，能够培养学生积极主动地学习和有效沟通的习惯。使其尽快领悟基本翻译原理和熟练使用翻译策略，顺利地完成由学生向职业译者身份的转换。“同伴互评”的教学模式突出了师生之间、生生之间的信息传递与交往，能够显现小组成员互帮、互学、互评的作用，实现课堂的多维互动。将“同伴互评”应用到翻译教学中来，有利于培养学生的自主学习与合作学习的能力，提高翻译质量，以及促成我国的翻译教学向以过程为取向过渡。

（二）“同伴互评”评价模式遵循的原则

1. 主体性原则

学生是知识的主动建构者，主体参与强调学生个体在教学中的倾向性、投入性行为。

主体性在课堂教学情境中具体化、对象化的体现就是学生的主体参与。没有主体参与，合作学习的产生就失去了依托。

合作学习只是现代教学组织形式的一种选择，“同伴互评”则是合作学习的一种表现形式。

2. 合作性原则

合作是“同伴互评”的核心思想。运用合作学习的基本方法，按照“组间同质，组内异质”的原则，遵循合作学习的基本规律，在实施这一教学模式时，让学生组成学习小组，如学生小组成绩分工法、小组游戏竞赛法、切换拼接法、共学式等，使其相互合作、共同提高。

3. 激励性原则

增强小组每个学生的贡献意识，教师要做一个学习的参与者和指导者，让他们体验到合作学习的成就感，在这个过程中，学习是学生表现自我、展示自我的过程，充分肯定学生的合作成果，要不断激励学生去“发现”知识。

4. 有效性原则

教师要善于引导，实现学习目标，在“同伴互评”的过程中，不断倡导小组学习格局的多极化，有效调控，提高课堂教学效率，并向新的目标推进。

5. 互动性原则

在课堂上的一切行为几乎都发生在与同伴群体的互动情境之中，倡导教师与学生、学生与学生、教师与教师多边主体的互动合作学习观。把教与学的过程要走出课堂互动，明确教师和学生群体之间的彼此影响，教师与学生双边互动过程的认识误区。

（三）“同伴互评”的翻译课堂评价模式构建

促进学生形成合作观和群体创造意识，优化学习环境，提高“同伴互评”的效率。保证“同伴互评”的切实有效进行，需从以下三个方面把握。

1. 教学内容选择

“同伴互评”教学模式改变了原来的由教师选择待译材料的做法，无论是教材还是课后练习的选择，为了最大限度地调动学生的主动性，学习内容由师生之间和生生之间在探究过程中共同协商、合作建构、动态生成。

在“同伴互评”教学模式中，由师生根据教学大纲，学生的需要、兴趣、特长及弱项，联系实际，教师指导个人或小组搜集翻译材料实现共同探索。

2. 加强翻译实践

学生间互改译文，鼓励学生大胆创新，定期开展小组翻译交流会，敢于挑战权威，充分调动学生参与修改过程的积极性。

这些办法克服教学中的主观性，锻炼学生在翻译过程中的组织能力和协作能力，是一个学习提高的过程。

“同伴互评”教学模式强调对学生探究与创新能力的培养，对他人来说是一种改进，对自己来说则是一个发挥主观能动性的机会。

3. 利用网络平台

在网络如此发达的今天，教师可以通过建立 QQ、微信学习群来完成讨论过程，充分发挥积极引导的作用。

采用“同伴互评”翻译教学模式，借助网络建立一个与学生沟通的平台，增加学生学习语言的动机和兴趣。帮助同伴提高译文的质量，让学生积极地参与到互相评论和矫正的过程中，将课堂教学与课外实践有机结合，有效地减轻教师批改作业的工作量，在这个过程中，通过不断增加学生翻译练习的量，达到翻译水平质的改变。

三、评价模式

运用 CIPP 模式促进课程的改进与完善，改变传统的单向教学模式，对大学英语翻译的空间教学进行评价，为大学课程改革提供了更为先进的教学手段。

集合毕业生、企业专家、教师、学生、督导、空间教学专家等评价主体，运用 CIPP 模式，从背景评价、输入评价、过程评价和结果评价四个环节进行分析。

（一）背景评价

课程评价以背景评价为基础，是检验课程规划的可行性、合理性、科学性，在背景评价过程中，大学英语翻译是一门典型的实践课程，学校可派课程团队通过深入调研，明确大学英语工作任务。

1. 社会能力

社会能力要有团队合作意识，对职业的良好道德以及对待工作的认真态度等能力。

2. 方法能力

方法能力就是分工协作与分析问题、独立工作与判断评价、自我检查与反思、信息检索与解决问题等能力。

3. 专业能力

专业能力主要有翻译常见商务名片，掌握大学英语翻译基本的理论知识，具有跨文化交际能力，能进行简单公司介绍，能进行简单广告语、常见商品、基本商务信函等介绍。

（二）输入评价

教学团队、教学设施设备和课程整体设计等，都属于大学英语翻译课程的空间教学评价。

1. 教学团队

（1）兼职教师。能为本课程提供专业指导，来自知名外贸企业和翻译行业（兼职教师 2 人），主要负责开发与实施。

（2）专任教师。信息化教学能力强，有工作经验。

2. 教学设施设备

（1）网络平台。校园有局域网覆盖，学生可随时随地上网，通过大学城账号，教师与学生实现空间互动。

（2）一体化教室。为教学做一体化硬件保障，可实现文件传输、联机考试、广播教学等功能。

3. 课程整体设计

（1）教学资源。组成丰富的教学资源库，通过课程团队和一手翻译资料等资源，集合有内容的视频、网站、文字等相关资源。

（2）教学内容。以商务翻译文本为载体，依据公司介绍翻译、商务名片翻译等学习情境，在工作中导向理论。

（3）学时安排。制定具体学时，比如 10 周课堂，可设置每周 2 学时，通过大学城平台实现与老师和同学的交流互动，此外，学生可通过平台查阅学习资料。

（4）考核方式。以形成性评价为主，兼顾课堂面授与空间教学。

（三）过程评价

课程评价的核心调整和改进过程评价，过程评价的典型问题主要有课程实施进度和程序、教师教学特点等。

1. 课程实施进度和程序

该课程开始前，为了方便学生预习，教师应将教学计划、课件等公布于空间，空间课程与面授课堂结合，严格按照教学方案教学，为学生提供真实的情境。

2. 教师教学体现特点

教师利用各种形式的网络优质资源，采用混合教学模式，注意引导学生，将课堂面授与空间指导结合。

第五章　翻译教学中的文学翻译

翻译是语言符号之间的转换，是意义的传达，是文化之间的交流。就翻译在中外文化交流中所起到的不可替代的重要作用，尤其是文学上的翻译，对于促进不同文化的交流、交融和理解有着非常重要的作用。

第一节　文学翻译的重要性

一、文学翻译的意义

"不同的国家或民族之间，如果有往来，有交流的需要，就会需要翻译。否则思想就无法沟通，文化就难以交流，人类社会也就难以前进。"如果将世界上存在的或曾经在世界上出现过的文化比作是一条条河流的话，那么我们就会发现，有的河流比较宽阔，有的河流比较狭窄，有的已经断流，有的河流甚至已经不是以前的河流。而对于中华文化这条河流来说，却从来没有间断过，虽然也经历过涨落，但始终在世界文化群中占据着一定地位。古诗有云：问渠那得清如许，为有源头活水来。任何一条文化河流要想保证不干涸、不断流，一方面要保证水源的充沛，另一方面还要不断注入活水。中华文化就是这样，一方面中华文化本身就拥有一种生命的活力，虽然经历几千年，但这种活力始终促使中国社会不断发展，最终发展到了今天。当然，中华文化这条河流中还有几次活水的注入，最为重要的有两次，一次是佛教的传入，也就是引自印度的活水，另一次是洋文化的传入，也就是引自西方的活水。从这两次重大活水的引入上我们发现，渠道的开辟者就是翻译，翻译是文化交流的一个重要桥梁，中华文化之所以给人一种历久弥新的感觉，就是因为对不同文化的包容与融合，而这其中起主要作用的一个手段就是翻译。

翻译的社会文化作用如此巨大，这其中文学翻译的作用也功不可没。文学翻译对中国社会文化的影响主要表现在以下三个方面。

（一）文学语言方面

中国文学翻译最早可追溯到六朝时期，较为系统地译介外国文学则是近一个世纪的事。在大量译介外来文献的过程中，受到最为直观影响的是文学语言的词汇与语法。

佛经的翻译丰富了当时中国的文学语言。由佛典中翻译出来的反映佛教概念的词汇，经历代文人士子的收集、整理和解释，大量进入汉语，极大地丰富了汉语的词汇量。有的用原有汉字翻译佛教概念，并赋之以新义，如“因缘”“境界”等；有的音译外来词，如“佛陀”“菩萨”“菩提”等。这些词汇在今天的文学研究与创作中也常为人们所习用。大量佛典词汇的译介也带来了许多外来语法结构，这在很大程度上又影响与改变着中国人的思维方式与表达方法。比如，佛经中大量使用的比喻在丰富与启发人们的想象之时，也使人们的创作方法变得灵活多样，表达效果也卓异非凡。

“五四”前后的文学翻译对白话文运动的兴起与发展起到了推波助澜的重要作用。许多著名作家通过文学翻译为中国现代文学语言输入了养分，也为中国现代语言的演化探索着前进的道路，辨明了发展的方向。瞿秋白就曾经针对翻译的相关问题与鲁迅展开过非常深入的探讨[❶]。事实证明，他们对翻译的看法是非常正确的，无数的翻译实践者在实践中证实了他们对翻译的看法，与此同时，文学翻译对中国现代语言的演变与进化也起到了非常重要的作用，有的学者就曾经这样说过，中国的白话文如果缺少了外来文学或外来语言的影响，可能永远维持一种没有新名词也没有新的语法的古代白话文形式，自然也就不会发展成为现在这样。

（二）艺术表现形式方面

佛典中文学表现的突出特点是长于思辨和善于使用形象。随着佛典的大量译介与传播，佛典中的文学表现手法在中国文学中得到了广泛的运用。汉译佛经的通俗易晓给魏晋时期走到骈偶泛滥套路上的中国散文带来了生机与活力，并形成一种文学新体。在诗歌方面，诗风也因之变得通俗、自由，诗意的表述中渐现说理的因子，到宋代诗人借诗说理，作诗如参禅俨然形成一代风气。偈颂中极尽夸张和铺排的艺术方法丰富了诗歌的

❶ 瞿秋白在与鲁迅讨论翻译问题时说：翻译一除出能够介绍原本的内容给中国读者以外——还有一个很重要的作用：就是帮助我们创造出新的中国的现代言语。……翻译，的确可以帮助我们造出许多新的字眼，新的句法，丰富的字汇和细腻的精密的正确的表现……

表现手法，也增强了诗歌的艺术表现力。与此同时，佛教对中国小说创作的影响也是非常重大的，这种影响几乎涉及小说创作的方方面面，包括主题的构思和创作，人们在阅读的过程中经常能看到与“因果报应”等佛典相关的内容。可见佛教在中国的影响之大。

许多现代著名诗人，如闻一多、刘半农、徐志摩、戴望舒等，都翻译出版了许多外国诗人的优秀诗篇，通过翻译中的模仿、借鉴，大大推动了中国新诗的形成与发展。众多重要作家如鲁迅、茅盾、巴金、冰心等的创作也均从其文学翻译中汲取了养分，为发展中国新文学贡献了自己的力量。

（三）文艺思想方面

翻译的存在，不仅为人们的交流提供了桥梁和媒介，同时也将很多表达方式和语言用法带到了古老的汉语中，不仅为中国的文学发展带来了新的发展方向，同时也将新的思想带入到了中国的社会当中。中国文学思想史上的“形神”“形象”“形似”与“神似”等问题，都曾受到佛教及其典籍的影响。“以禅喻诗”更是显例，成为中国文学的传统，“以禅论诗”“以禅悟诗”“以禅比诗”也一度被奉为时尚。

由于清朝的闭关锁国，中国在很多层面都远远落后于同期的世界平均水平，尤其是到了清末，西方世界利用坚船利炮打开了中国的大门。在社会层面，西方世界不仅贩卖着他们的各种商品，同时也将西方的思想带到了中国的社会当中，这就形成了新旧思想的激烈斗争。知识阶层尤其是知识分子因为西方的自由民主思想而大开眼界，在这种思想的引导下，他们想要清除掉存在于中国社会中的糟粕，也就是封建守旧的思想、文化和礼教。

中华人民共和国成立以后，由于对外界文学和文化的迫切需求，我国的翻译事业进入了空前的发展时期。大量的欧美优秀作品被翻译成中文并进入到中国的社会中，使中国的广大读者在接受西方先进文化和新奇景象的同时，也感受到了西方创作者的独特构思，这不仅给阅读者带来一种新鲜感受，也为中国的很多创作者提供了新的创作思路和表达手法。可以这么说，大量的翻译作品的出现成了中国文学艺术发展的一个重要创作源泉，同时也一定程度上促进了中国文学的向前发展。

二、文学翻译的价值

对文学翻译价值的认识是一个相对宏观的问题。从表面上看，这个问题与文学翻译实践没有直接的联系，但随着当代翻译学（尤其是文化学派）和比较文学的发展，文学翻译的地位问题越来越关乎译者对自己所从事的工作的价值的认识，越来越明显地影响着对具体的文学翻译策略的选择。因此，简要地整理一下文学翻译与翻译文学的概念，了解文学翻译与文学系统的关系，能够帮助文学翻译者明确自身工作的重要性和巨大的文化价值。

（一）文学翻译与翻译文学

前面已经对文学翻译进行了界定，这里我们看一下什么是“翻译文学”。很长一段时间以来，翻译文学这个名称在中国的文学界几乎很少人提及，人们习惯用外国文学来称呼，因为这样的称呼更加直白也更加容易理解，即使是一个完全不懂文学的人也可以理解。

但人们忽视了一个事实：真正的外国文学应该是“外国作家用本民族的语言创作的主要供本民族读者阅读的作品文本”，而“翻译文学”才是“由翻译家转换为译入语的，主要供译入语读者群阅读的文本”。这一忽视导致了我们常常产生这样的错觉：似乎莎士比亚、托尔斯泰、巴尔扎克都能用流利的汉语为中国读者创作。因此，为翻译文学正名不仅能使其名副其实，而且有助于凸显“翻译”的价值——翻译文学必须通过翻译才得以存在。

我们已经清楚文学翻译的双重含义，因此，如果我们用这个词指文学翻译作品，那么正是具体的文学翻译作品构成了“翻译文学”这一文学体裁。而如果用这个词指文学翻译行为，那么文学翻译就是创造翻译文学的过程。

（二）翻译文学与文学系统

翻译文学与文学系统的关系其实也就是翻译文学的地位问题。最早在理论上回答这个问题的是以色列学者埃文—佐哈尔（Even-Zohar)。佐哈尔在 20 世纪 70 年代提出了“多元系统论”。该理论的最大贡献在于明确提出翻译文学是本民族文学多元系统的一部分。翻译文学与译入语文学系统的关系是：它可能位于多元系统的中心，或边缘，或者说，既可占据主要地位又可以占据次要地位。翻译文学占据主要地位可能有三种情况。

（1）多元系统没有完全形成，处于“萌芽”或“年青”状态；

（2）多元系统处于“边缘”或弱势；

（3）多元系统处于“危机”或转折点，甚至文学真空。

在我国文学界翻译文学与文学系统关系问题直到 20 世纪 90 年代才得

到应有的重视。其中，谢天振等人系统地论证了“翻译文学是中国文学的组成部分”，提出了文学翻译是对原文的“创造性叛逆”的观点。文学翻译家的主体创造性和文学翻译作品的汉语属性是这一论断的主要依据。该论断的价值在于它确立了翻译文学在中国文学中的独特地位，从而极大地提高了翻译文学的价值和地位。

（三）文学翻译的价值

所谓的文学翻译就是通过一定的手段对翻译文学进行创造的过程。之所以会用“创造”这个词语，是因为我们是从另一个角度来理解的。对于中国文学来说，如果翻译文学是中国文学的一个重要组成部分，如果说小说、诗歌和戏剧分别是通过情节、语言和对话等手段来完成它们的创作，那么我们也可以将文学翻译中的翻译当成是一种重要的创作手段。当然这种文学的创作手段与传统的文学创作手段相比还是有其自身特点的。两种完全不同的语言和文字，加之文化上的本质差异，让翻译家在翻译的过程中，在思想或思考层面要经历剧烈的交锋，翻译家只有通过创造性的理解和阐述，才能使自己的翻译既符合原文本意，又能被译文文化中的读者所接受，这本身就是一种创作，因此形成的译文也就可以顺理成章地理解成一种全新的文学形式。

所以说，文学翻译的价值就体现在它并不是人们传统理解上的一种缺乏创造性或者说是文学创作中的一种从属性质的媒介，而是对外来文学的一种汲取精华、借鉴优点，然后通过目的语或译入语的适当表达达到促进中国文化变革或进化的一种有效手段和途径。我们甚至可以这样理解，文学翻译也可以被当成是一国文学的天窗，它的文化价值是本国其他文学形式所不具备的，因此，我们不应该轻视翻译，也不能轻视从事翻译工作的人，翻译应当与创作享有同等的地位，翻译家也应当与文学创作者享有同等的社会地位。

第二节 文学翻译译者的素质

要做好翻译工作，广义而言，要求译者具有良好的职业道德，扎实的双语语言功底以及广博的文化知识。所谓职业道德就是责任心，对自己负责，对他人负责，对艺术负责。

一、语言的感悟力

感悟语言之美，最为直接的是从语言自身的声音、形状或构成以及与人的精神情感相关联的诗性内涵等基本层面入手，结合具体语境和作者写作意图，充分感知语言所表现出的节奏、韵律、情感、风格、语势与力量等审美意蕴。比如，从诗句 my love's like a red, red rose（Robert Burns）中，可以感知两个 red 并不只是语义的概念重复，还暗含着作者强烈而深沉情感的抒发；诗句中含/əʊ/、/aɪ/等双元音的词语的反复出现以及逗号的停顿作用，定下了该句徐缓悠扬的基调；诗句中含/r//l/等柔软辅音的词语占据主导，给人语气轻柔的印象；该诗句的主导步格为抑扬格（iambic），演绎着恒定的整体诗情；诗句中 a red, red rose 既因押头韵（alliteration）而得到了凸显，又暗示出一位光彩照人、亭亭玉立的美人形象；诗句中所用字词简洁明了，体现出平易、质朴、自然的语体风格。不言而喻，如果缺乏对语言的感悟力，只是关注语言表意的逻辑语义运算，往往会误读，甚至误解作者的意图与表达效果，达不到翻译的目的。

二、丰富的想象

首先我们要确定的是想象的基础就是有丰富的知识和阅历，只有这样翻译者才能根据出现在自己眼前的表象进行思维上的扩散与创造，这个认知活动或认知过程相当复杂。想象最基本的特点就是要具备一定的创造性、独立性和新颖性，要给人一种眼前一亮的感觉。在这种基础上形成的想象，我们可以将其分为是创造性想象和再造性想象。

不可否认的一点就是，任何一种创作都无法离开想象而进行下去，文学的创作自然也不例外。与文学创作存在一定差异的文学翻译虽然不是创造性想象，但文学翻译属于再造性创作，这种创作对于想象的要求也是非常高的，想象一下，创造性创作因为是在一种没有框架下进行的创作，自然就能天马行空，创作出自己想要表达的内容和形式。但是文学翻译则不同，在文学翻译的进程过程中，已经存在原文这种框架形式，翻译的过程要以原文的框架为基准，在这种框架下进行的翻译活动自然就带有一定的难度，它既要符合原文的表达，又要符合译入语读者的阅读习惯和文化需求，这就对翻译者的文学功底和经验有较高要求。在翻译的过程中只有发挥自己的无限想象才能创造出原文艺术世界在另一种文化中的直观再现。

在具体的翻译实践中，译者便可根据各自翻译的诗学目的进行选择性传译。

在翻译表达阶段，译者丰富的想象可使译文简练新颖、生动形象，取得事半功倍的效果。例如“苍山如海，残阳如血。”（毛泽东《忆秦娥·娄山关》）许渊冲将其译为 Green mountains like the tide；The sunken sun blood-dyed。译者发挥想象进行了创造性变通，强化了原诗句在人们头脑中的形象，使“苍山”变得更为鲜活可触，使“残阳”变得更加震撼人心。具体来说，在上句的翻译中，由 the tide 可联想到 the sea（海），原作意欲传达的“苍山”之博大、宏阔、雄浑等气势隐约其间；由 the tide 的潮涨潮落，似可看到群山起伏、绵延千万里的壮观景象；由 the tide 雷鸣般的浪潮，似可聆听到苍山中阵阵的林涛。在下句的翻译中，原句表现的是“残阳红如血”，译句通过对比联想再创造出一个“残阳虽红，血更红，残阳之红乃血染成”的诗意胜景，其间的意蕴可谓深刻而震撼人心。

翻译实践中囿于中西语言文化的差异，译者丰富的想象还可演绎为一种创造手段。例如，“五千貂锦丧胡尘”（陈陶《陇西行》）中“貂锦”指代穿锦衣貂裘，作战骁勇的战士，若直译为 sable—clad，恐怕难以让西方读者参破其间的奥妙，而通过相似联想，有的译者将其处理为 five thousand lances were broken/when the hu horsemen struck them，以 lances 替代“貂锦”，一方面展现出栩栩如生的社会历史画卷，另一方面将战争之惨烈表现得尤为充分，而且“铁骑突出刀枪鸣”的回响似也隐约可闻。

三、丰富的情感

“感人深者，莫先乎情。”（白居易）这句话的意思就是，能真正让人从内心深处感动的，首先就在于情感上的共鸣。而文学之所以经久不衰，历久弥新，就是因为文学是含情的文字，它通过各种各样的表达，将最深沉的感情藏在每一个文字当中，让读者在阅读的过程中能感受到文字所带来的力量和感情。因此，翻译者在对文学作品进行翻译的时候，要将蕴藏于原文中的情感也表现出来，这就要求译者本身要在情感方面是一个极其充沛的人，与此同时，翻译者还要有敏锐的觉察力和感受力，只有这样，才能在表达的过程中做到恰如其分，既不过分渲染，也不过分收敛。[1] 中

[1] 文学翻译家茅盾认为：“第一，要翻译一部作品，先须明了作者的思想；还不够，更须真能领会到原作艺术上的美妙；还不够，更须自己走入原作中，和书中人物一同哭，一同笑。”

外学者均阐明了感悟情感之于作品艺术再现的重要性。

在文学翻译的实践过程中，如果译者将自己的关注点始终放在文字、文本或语法上的信息转换，而忽略了隐藏于字里行间的情感表达也就是根据情感的变化进行文字的铺陈以及表达的转折，这样翻译出来的文本必然是毫无美感，表达生硬，自然也就无法得到读者情感上的共鸣，也就不能将其称为艺术。就像歌德所说的“没有情感也就不存在真正的艺术”。

例 5-2-1：

原文：The wind sounded like the roar of a train passing a few yards away. The house shuddered and shifted on its foundations. Water inched its way up the steps as first-floor outside walls collapsed. No one spoke. Everyone knew there was no escape; they would live or die in the house. (Face to Face with Hurricane Camille-Joseph P. Blank)

如果没有对其中的情感产生共鸣，只是因为句子的表达而进行的相应转换，那么，翻译出来的结果就是这样的：

风声听起来就像从几码远的地方经过的火车声一样。房子颤动起来，在地基上滑动。当一楼外墙塌陷时水慢慢地沿着台阶漫了上来。没人说话。每个人都明白谁也逃脱不了，他们要死要活都在房子里。

阅读译文，我们发现译文在传达原文意义的过程中虽然将其中的意义表达了出来，但在节奏上与原文有一定的差异，原文所营造的节奏相对较快，所形成的氛围也更加紧张，但译文并没有将这种情感和意境表现出来。译文中多了一份译者心平气和的解说，少了一份读者身临其境的紧张情感体认。因此，要取得与原文相似的艺术感染力，试将译文调整如下：

此时风声大作，有如列车飞驰的呼啸声。房子颤抖，地基摇晃起来。一楼外墙倒塌，海水漫上楼梯。大家一声不吭，个个心里明白在劫难逃，是死是活就在这房子了。

译者对原作情感的感悟与传译受到的主、客观影响因素多种多样，但主要影响因素还是译者的审美艺术修养。没有审美艺术眼光的修养，也就失去了感悟情感的基础与方向，一切无从谈起。

四、审美艺术修养

在前面我们已经论述过，翻译也是一种文学艺术的创作，既然是艺术，那么就要对美的表达有一定的要求，只有这样，翻译的过程中才会尽量满足自身对美的需求，翻译出来的作品才会满足译入语读者对美的需求。通常来说译者只有具备以下两方面内容才能满足审美艺术修养的需要，其一就是在语言和文字方面的审美修养，这样在进行翻译的实践过程中才能对所译作品的语言艺术与文学特色进行充分的鉴赏、解析，也就是说，对所译作品的语言价值与文学价值之所在既能知其然，也能知其所以然。其二就是译者知识的涉及面，也就是说译者不仅要对自己分内的翻译了如指掌，还要对与翻译看似无关的其他学科有一定程度的了解，例如美术、建筑、摄影等。如果译者缺乏这些方面的知识或修养，往往难以认识到作品中的艺术之美，也因而很难使译作达到理想境界。

20 世纪美国诗人威廉·卡洛斯·威廉斯（William Carlos Williams）写有经典诗歌“The Red Wheelbarrow”，因之被誉为“红轮手推车诗人”。该诗全文如下：

So much depends
upon
a red wheel
barrow
glazed with rain
water
beside the white
chickens

有人将此诗译为：

七古红色手推车
一辆红色手推车，
着雨白色鸡群边。
直信此中有真意，
只是欲辩已忘言。

不难看出，译者用汉诗传统的诗体与诗学表现方式对原作进行了“改写”，如此一来，译诗汉诗特点鲜明，而原诗的诗学特色与情趣则几乎丧失殆尽。在这一意义上，译诗显然未能达到理想传译原作的效果。究其原因，应是译者忽略了原诗独特的外在形式及其审美价值所致，换句话说，译者未能充分把握原诗之“诗质”及其艺术表现形式。从原诗中的跨行、语法切断与空间切断给人的认知感兴来看，诗作从上至下逐渐展示的情景画面折射出摄影艺术中取景镜头“推拉摇移”的影子。

具体来说，原诗 1～2 行为“拉”，镜头取的是远景；第 3～4 行为“推”，取的是近景，其中第 4 行为固定镜头的左右摇动；第 5～6 行为镜头先上下后左右的“摇”，其中第 6 行为进一步的“推”，是特写；第 7～8 行为镜头变动下的水平移动，其中第 8 行也可视为移动中的“推”，即特写。如此看来，原诗的外在形式演绎着鲜明的动态变化感与写景层次感，而且与诗作内容浑然一体。不仅如此，原诗既践行了诗人提出的诗学原则There are no ideas but in things（凡理皆寓于物），又使语言发挥了“超媒体”的艺术功效，增加了诗作感人的艺术维度。由此可见，诗作的意图是让读者参与其间，去感知，去兴发，去感悟其间蕴涵的义理，并无上例译文中后两行道家式的论述。基于以上分析，试译如下：

红色手推车
这么多东西依
靠
一个红轮
手推车
晶莹闪亮着雨
水
旁边是白色的
小鸡

五、职业道德

职业道德是从事任何职业所必需的基本素质，文学翻译尤其如此。因为译作通常是给不懂外语的读者阅读的，读者对译作质量的信任完全建立在对译者职业道德信任的基础上。因此，文学翻译者首先必须具备良好的职业道德。

对于翻译实践的工作者来说，要想使翻译出来的作品更具美感与可信度，就要在职业道德方面有所保证。对于译者来说，文学翻译的职业道德主要体现着对待翻译的态度、译者本身的作风、对于翻译出来的作品品质的追求以及译者的精神层面。

在职业道德方面，老一辈的翻译家为我们树立了许多典范，严复曾为一名之立（翻译一个名词）而“旬月踌躇”。傅雷的翻译也极为严谨，往往准备工作就要花费数月之久；为了保证译著质量，翻译的速度极为缓慢：“初稿每天译千字上下，第二次修改（初稿誊清后），一天也只能改三千余字，几等重译……改稿誊清后，还得再改一次。”著名作家巴金也曾进行过文学翻译。《翻译名家研究》曾经这样描述过巴金对于翻译的态度和作风，他的翻译不是为了翻译而翻译，也不是为名声或利益，他进行翻译的一种首要目的就是读者的需求，他希望读者能从自己的翻译作品中得到一定的精神食粮。因此，巴金先生在进行翻译的时候，是以社会效益的好坏为参考标准，尤其是当时那种腐朽的、黑暗得看不到尽头的社会，他希望自己的作品能有唤醒大众的效果，与此同时也希望通过自己的作品能让最广大的群众对未来的社会抱有一丝希望，并以此为基础，产生足够的勇气和信心为打破旧社会而贡献出自己的一分力量。

他的译文语言也是人民大众喜闻乐见的清新地道的汉语。对待翻译，他的态度极为认真。为了翻译的正确性，他经常找几种版本或译本对照着翻译，或挑选较好的版本进行翻译。

六、语言资质

不可讳言的一点就是对于翻译工作者或即将从事翻译的学生来说，要想在文学翻译中或其他的翻译实践中有一定的成绩或形成一定的社会效益，一个重要的条件就是具备扎实的语言资质，而在语言资质中，不仅要在语言功底和语言的驾驭能力上有一定的水平，还要在语言的视野方面有一定的前瞻性。

所谓的语言功底，就是要求译者要对语言的使用规范了然于心，这种了解不仅是对自身语言的深度了解，也包括文本所属语言和文化，与此同时在表达的过程中不仅要善于书面表达，还要熟悉口头表达，熟悉具体的语言环境与语言运用。熟练的语言驾驭能力主要指译者在语言的词汇、语法、语义和语用层面上的驾驭能力，凭借字、词、句和语篇等具体的语言要素得以实现。

语言资质还包括译者的语言视野。如果译者只停留在字、词、句、语篇等层面，那就谈不上具备高屋建瓴的语言视野了。例如，高尔基的《海燕》有许多中译本，其中流传最广、影响最大的当属戈宝权的译本。戈宝权对这个不足千字的文章五次修订重译，对词序、选词、标点等反复研究、精心锤炼，力求语言上的完美，译者还考虑了作者风格、社会环境等语篇内外因素，以及译文在读者中可能产生的影响。这些都反映了优秀的译者所要具备的语言资质。

七、“杂家”功夫

如果说有些职业需要“杂家”，那么翻译便首当其冲。译者需精通至少两门语言，不仅如此，译者还需是语言外的“杂家”。吕叔湘在《翻译工作和杂学》一文中列举了许多例子来说明译者必须具备各种各样的“杂学”。因为所译内容是杂七杂八、各行各业的，若不了解便极易出现误译。

不过，现在翻译行业已经开始出现行业分工，即每个译者专译一个或几个领域的内容。如此，各领域的译者需了解相关领域的事情。这使得翻译越来越准确、整体质量不断提高。

与此同时，文学所涉及的领域也是非常广泛的，它也可能会涉及存在于社会中的方方面面，甚至还会涉及在生活中比较少见的考古、科技海洋、建筑服饰、戏剧、书法、音体美，等等。也就是说，作为文学译者，除了语言学和文学外，还需要积累多方面的知识，力求做“杂家”。

译者需是“杂家”，支持此观点的还有思果借用陆游《示子通》中的一句诗而提出的“（汝果欲学诗，）功夫在诗外”，意为学翻译和作诗一样，功夫在翻译外。强调了做翻译不仅需要语言和文学功底，其他学科的修养同样重要。我们可以将思果的意思表述为“功夫在译外”。

对于翻译的认识，法国的作家雨果就曾经发表过这样的看法，他认为翻译并不是一种可以通过学习就能掌握的技能，它没有速成的方法。要想切实掌握翻译，在翻译领域有一定的成绩和成就，就要吸收和了解方方面面的知识，这些知识和内容都是翻译实践的基础，在这些方面下的功夫越深，在翻译中就越能驾轻就熟。如果不在这些层面下功夫，而是靠学习或简单地了解就想获得翻译上的成绩，这几乎是一种痴人说梦，即使是取得了一定的成就，也必然不能长久取得，虽然还是可以进行翻译实践，不光是采用哪种方式进行翻译，但是必然入不了行家的眼睛，自然也就很难长久立足于翻译界。翻译出来的作品很难给人一种美的享受，读者不能心悦诚服，自然也就很难获得读者的信任和赏识。

有些学者中外文都好，可是不懂翻译，他们不能翻译，说的关于翻译的话未必中肯。不用心苦译几十上百万字，一面译，一面研究，一面观察比较，即使中外文都好，也无济于事。不过翻译还可以学，若是中外文根底差，没有写作能力，即使译几十年也译不好。无可救药。有志做第一流译家的人，不能不从根本入手。我们要拿姚克、傅雷、杨宪益三位先生做模范。

雨果在其《译道探微》《翻译研究》及《翻译新究》中对翻译的很多相关问题都做了阐述，解答了许多值得深思的问题，值得我们仔细研读。

可以说，凡是被我们尊称为翻译家的人，无一不具备本节所述的七方面的能力，他们有些确有语言天赋，却绝不仅仅依靠天赋，而是靠辛勤的汗水、不懈的努力、无数的实践，才达到了令人仰望的高度。

第三节　文学翻译的原则

不同的学者基于自身所处的时代、自身的知识背景与翻译实践经验，从不同的认知视角总结出了形形色色的翻译原则，用以指导翻译实践。在我国有严复的“信、达、雅”，鲁迅的“宁信而不顺”，林语堂的“忠实、通顺、美”，傅雷的“神似”，钱钟书的“化境”等。在西方有泰特勒（Alexander E Tytler）的“翻译三原则”，费道罗夫（Alexander V. Fedorov）的“等值翻译”，奈达的“功能对等”，纽马克（Peter Newmark）的“交际翻译与语义翻译”，塞莱斯科维奇（Danica Seleskovitch）的“翻译释意”等。这些翻译原则彼此之间有共性，也有差别，它们从多角度、多侧面、多层次共同演绎着人们对翻译——“很可能是整个宇宙进化过程中迄今为止最复杂的一种活动”——不断深入，日臻全面的认识。

以上论及的种种翻译原则，作为理论原则具有一定的稳定性与指导性，但往往偏于概括与抽象，可操作性不够强。鉴于此，或者是提出该原则的学者本人，或者是后来的研究者，便在不同的翻译原则之下提出了种种可供操作的具体方法。严复的“信、达、雅”风行我国翻译界一百多年，直到今天人们还常将“还是‘信、达、雅’好”的论说挂在嘴边。尽管如此，一个多世纪以来人们从未停止过对这一原则的构成以及原则之下具体内涵的探讨。

基于这一原则，20 世纪 30 年代林语堂先生对翻译实践提出了以下三条标准，即通顺、忠实和美。对于这三条标准，林语堂认为几乎与严复的“信、达、雅”是相对应的，但也有一定的差异。林语堂认为所谓的忠实对应的就是严复的“信”，所谓的通顺就是严复的“达”，至于美，林语堂认为还是跟严复的“雅”有一定差异的。尤其是在翻译诗句或戏剧等艺术文的时候，也就是说“雅”字很难将其中的翻译标准概括出来。

在《论翻译》一文中，他在确立“忠实、通顺、美”三重原则标准时，还从多层次较为详尽地阐述了“忠实”“通顺”与“美”的具体内涵。不难看出，林氏的“三重标准”继承了严复的“信、达、雅”，丰富与深化了“信、达”的原则，发展与创新了“美”的原则。

鉴于文学是人们审美的产物，是语言的艺术，也是表情的艺术，这里拟借鉴林语堂先生的“忠实、通顺、美”作为文学翻译的原则标准，并做出相关阐述。

一、忠实

忠实就是忠于原作，忠于原文内容，对原作负责。林语堂从三大层面分析了“忠实”的具体内涵，这些内涵在今天看来依然具有普适性与启示性。

（一）忠实并非逐字对译

很多人可能会对翻译中的忠实原则产生这样一个误解，那就是原文本中的表达或描述要全部翻译出来，这才是忠实原则的彻底贯彻，事实上对于一名专业的翻译工作者来说，逐字翻译实施只是掌握到了忠实的皮毛。忠实的真正内涵是对于原文，翻译工作者要对其中的每一个表达文字有深入了解，在此基础上进行翻译，翻译的重点也不是用于表达的文字，而是隐藏于文字组合当中的深意。因此我们说这里所说的忠实也不是针对文字的忠实而是针对语义的忠实。

（二）译文需达意传神

翻译工作者在进行翻译的过程中所秉承的忠实原则中还有一点需要注意的就是言外之意，要想准确掌握到这一点就要对原文本语言所属文化有相当程度的了解，之后这样才能准确掌握存在于该文化中语言表达中的言外之意，并将这种言外之意用更加准确的译入语表达出来。此外还有一点就是字神，所谓字神，就相当于中文中的点睛之笔，它是一句话或一段话的中心，它所带来的情感意义以及对文本中人物以及读者所带来的情感变化，都需要翻译工作者能准确掌握并忠实翻译出来。

（三）相对忠实

由于文化的差异以及历史传承的不同，相同的意思可能在表达上产生不小的差异。如果一个翻译工作者根据字面的陈述进行翻译，那对于译入语的读者来说就会产生文化上的隔阂，读者很难理解具体表达的意思。因此说很难做到绝对意义上的忠实，囿于文字音、意、神、气、形等种种审美因素，翻译要做到“一百分的忠实，只是一种梦想。翻译者能达七八成或八九成之忠实，已为人事上可能之极端。”

二、通顺

通顺就是译文语言自然、明白、流畅，符合译入语的语言习惯与规范，是对读者负责。林语堂认为："译者一方面对原著负责任，然既为本国人译出，当然亦有对本国读者之责，此则翻译与著述相同点。"这里指出了"通顺"的社会价值以及与"用原文创作"相同的功能特征。要想使翻译出来的作品达到通顺的标准，林语堂认为主要有以下两点需要注意。

（一）需以句为本位

也就是说翻译工作者在进行翻译实践的时候，首先要做的事情就是对一个句子进行深入了解，只有体会了句子的完整含义和内在核心，并用符合中文语法以及符合中国人阅读习惯的中文句式表达出来。

（二）完全根据中文心理

在翻译的实施过程当中，还要对原文想要表达的思想有深入了解，以此为基础，找到中文中对应的思想表达，然后再根据文本的字面表达，对应找到在中文中表达该思想的句子。这里要注意的一点就是转换成的中文要符合中国人的表达特点，不能似是而非，如果是这样的翻译成果，就很难达到通顺的效果。

三、美

美就是译文的审美性、艺术性，是对艺术负责。"美"之内涵林语堂未曾专论，但其行文中提到"凡文字有声音之美，有意义之美，有传神之美，有文气文体形式之美，……"概括起来可简称为"五美"：音美、意美、神美、气美、形美。"五美"的具体内涵虽不大清晰，相互间的界限也有不尽分明之处，但将"美"作为原则标准引入翻译研究实有开拓之功，这也引发了其他学者如许渊冲等对这一标准的进一步探讨。许渊冲经过译例分析后认为，"林语堂的'气美'不知何指，'神美'可以归入'意美'之中，所以还是鲁迅提的'三美'就够了。"即意美、音美、形美。从具体标准的角度来看，许渊冲就"美"的阐述划分了层次，辨明了归宿，增强了可操作性。

"忠实、通顺、美"作为原则标准为文学翻译指明了方向，确立了目标；"忠实、通顺、美"内涵的丰富性与多样性的阐释则为文学翻译的具体操作提供了方法和手段。

第四节　文学翻译的标准和过程

一、文学翻译的标准

对于文学标准的理解来说，不同的学者由于不同的侧重点，自然就会产生不同的翻译标准。总体来说，我们认为翻译标准的含义主要有以下三层。

（1）是指衡量译文质量的尺度。

（2）是译者在翻译活动中所追求的最高理想。

（3）是翻译活动必须遵循的原则。

不管是翻译语言学派还是传统的翻译学派，为了保证翻译的质量，同时也为读者提供一种翻译的质量标尺，他们都非常重视翻译实践标准的制定与衡量。虽然因为侧重点或研究方向的不同，翻译的标准很难达到完全的统一，但以上三点几乎是所有翻译实践者达到共同认识。

我们今天了解文学翻译标准仍然具有这样的价值。但是我们必须看到，翻译标准在当代翻译学（尤其是文化学派，解构学派）看来已经成为一个历史性的概念。

二、重释“信、达、雅”

我国虽然在很早以前就已经存在了相关的翻译活动，但相关的理论研究却很少。直到近代，由于西方文化的大量涌入，激发了国人对翻译理论的研究，其中最有代表性的一个人就是严复，他在经过长时间的翻译实践之后，认为翻译出来的作品要想得到大众的认可，就要达到三个标准，即信、达、雅。这个理论一经推出，就受到了翻译界的广泛推崇和认可，也逐渐成为我国翻译界进行翻译实践的标准，或者说成了我国翻译理论的代名词。长久以来，我国的翻译理论不管怎样变化，所表达的内容也基本上是围绕这三点而展开论述的，有的虽然看似关联不大，但也是有一定间接关系的这些译论中有一部分对“信、达、雅”提出了一些批评，但更多的是继承、补充、修订和改造。

20 世纪 20 年代，文学家林语堂也就是在严复理论的基础上提出了

“忠、顺、美”翻译标准，具体解释就是“第一是忠实标准，第二是通顺标准，第三是美的标准”。（《论翻译》）这一点，我们在前面已经用一节的内容进行了论述，这里就不再赘述。

80年代初，刘重德教授提出的“信、达、切”标准：“信于内容，达如其分。切合风格。”

80年代末，辜正坤提出的多元化翻译标准：“翻译的绝对标准即原作。最高标准为对原作的最佳近似度，具体标准即分类标准。”

林语堂的标准与严复非常相似，但他对忠实进行了细化，即所谓忠实的“三义”：忠实非字字对译；译者不但须求达意，并且须以传神为目的；绝对忠实不可能。[1] 但他所表述的内容，不管是内容还是实质都没有逃脱严复“信、达、雅”的影射范畴。因此，“信、达、雅”在我国文学翻译史上的重要地位和未来的长期存在，使得我们必须重新审视这三字标准的意义、价值、本质以及我们的翻译态度。

（一）“信”是文学翻译的基本伦理

严复的“信”指译作应当忠实于原作。“信”当然不是字对字的死译，因为“顾信矣不达，虽译犹不译也”。可是，到底“信”于原文的什么呢？在何种程度上才算“信”呢？《天演论·译例言》讨论得更多的是如何通过“达”和“雅”实现“信”，而“信”的内容却似乎是不言而喻的——即原文的意义。而在当代翻译学看来，这恰恰是问题的关键：原作的意义到底是什么？文本的意义是确定不变的吗？意义究竟是如何产生的？如果说意义是翻译家对原作的理解，那么这种理解必然受到翻译家本人思想感情的影响。翻译家理解的意义等于原作的意义吗？

解构主义哲学家德里达（Jacques Derrida）认为意义是不确定的，是一种“延异”（difference）。阐释学告诉我们，意义是译者的意识、原作的语言符号、语境和作者意图等各种因素的“合成物”。如果把这些问题考虑在内，我们会同意——“信”或“忠实”并不像想象中那样单纯。由于译者主观性的介入，“信”变得不再客观。这也许就是为什么尽管严复本人以“信”为第一要义，但他本人的译著中也时常会出现一些明显“不信”的例子。

但这是否说明“信”在今天的文学翻译中就不再适用了呢？当然不

[1] 刘重德的“信、达、切”用“风格的切合”来修正“雅”。辜正坤进一步将翻译标准细化，提出针对不同文体的多元标准。这些新的翻译标准的提出，在一定程度上弥补和修正了单一标准的不足，使翻译标准更切实可行。

是。首先，译文是在原文基础上的再创作，这也就注定了译文和原文存在一种必然的联系，因此从本质上讲文学翻译要想维持稳定，信就是必须依据的一种伦理基础，也只有这样，译文才能称之为译文，其内在架构和文学形式才得以维持。以莎士比亚的作品为例，不同的翻译者由于理解层次的不同，自然就会或多或少将自己的看法带入其中，翻译出来的作品在语言上自然也就不尽相同，但整个故事的结构和背景以及人物之间的关系表达还是比较一致的。其次，"信"的必要性还在于其文化价值：通过翻译了解其他文化，输入新的元素，推动本族语文学文化的更新发展是翻译作为文化现象存在的价值之一，如鲁迅所言："如果还是翻译，那么，首先的目的，就在博览外国的作品，不但移情，也要益智，至少是知道何地何时有这等事，和旅行外国是很相像的，它必须有异国情调，就是所谓洋气。"

虽然"信"是翻译实践中的一个主要信条，但由于译者的理解程度不同，在翻译实践的过程当中不可避免会将自己的主管看法带入到翻译的作品当中，因此我们说很难做到绝对的"忠实"或"信"的标准，也就是说"信"是翻译工作者进行翻译实践的一个基本准则，人们需要做的就是最大限度达到"信"的标准。

在实际的翻译成果当中，我们发现很多作品在"信"的程度上有大有小，虽然这种关联性是一种必然存在的关系，但这种关系的紧密程度则是不一致的。在长期的翻译实践探索中，人们逐渐摒弃了那种依据原文亦步亦趋不顾译入语的语言表达习惯或语法的"硬译"或"死译"，也彻底摒弃了那种不顾原文事实任意发挥的"豪杰译"，更多的译者倾向于以原文结构为遵循对象，但这译入语的表达上尽量通顺的"直译"，以原文结构为译文再创作的基础，但将表达的重点放到译入语的表达上面的"意译"以及抛弃原文的语言结构形式，而是以原文的事实和事件为基础进行在创作的"自由译"这三种翻译方式当中来选择。调节"信"的程度的依据来自于译入语文化对翻译的社会规范和译者的主体选择的影响。

（二）"达"是文学翻译的必要条件

"达"指译作的语言通顺流畅，符合译入语的语言规范。一般而言，译文是供不懂外语的读者阅读的，因此译文语言的正确和通畅是对翻译者的基本要求。仍用鲁迅的话来说："凡是翻译，必须兼顾两面，一方面力求其易解，另一方面保存着原作的丰姿。"所谓"求易解"即希望翻译能够符合译入语的语言传统。译入语读者很难接受明显违背译入语语法规则和阅读习惯的译作，因此，"达"是文学翻译的必要条件。"达"的主要服务对象是译入语读者，是为了满足他们对译作符合自己语言习惯的期待而存在的。

有经验的文学翻译家都会考虑并尊重来自读者、出版社，甚至宏观的政治经济状况、意识形态等社会规范。

由于语言、文学系统和文化差异的存在，“达”与“信”的冲突在文学翻译中是不可避免的。当二者发生冲突时，译入语中对翻译的社会规范和译者共同决定如何处理二者的关系——社会规范制定了特定时期翻译应该实现的“信”与“达”的程度；而译者根据其主体性采取实际翻译策略来实现具体的译本。对严复来说，“顾信矣不达，虽译犹不译也”，也可以说，在“信”与“达”冲突时，他选择了“达”。

但是，对于翻译工作者来说，要有一个清醒的认识，那就是翻译的作品达到“达”的程度，只是翻译实践最基本的要求。由于文学翻译是一个在创作的过程，翻译工作者如果只是将自己的再创作标准定为语句通顺，读者能够读得懂，那显然不符合文学翻译再创作的初衷。更多的翻译实践者是希望自己的翻译作品能成为更有价值的文学作品。因此，在“达”的到基础上，严复还提出了“雅”的概念。

（三）“雅”是译者的主体选择

我们今天所理解的“雅”的含义多为“古雅”“高雅”之意，但严复所说的“雅”却有具体所指，即“用汉以前字法、句法”来翻译。以今天的标准来看，汉代以前的字法和句法自然是古雅而晦涩的，这也是严复的三字标准招致争议和指责最多的地方。那严复为什么要主张“雅”呢？《天演论·译例言》中说得很清楚[1]。

在严复对“雅”的论述中，他主要强调两点，第一点就是“行远”，意思就是翻译工作者在翻译的实践当中要注意译文的表达流畅，不仅要照顾当下读者的阅读需求，还要考虑之后读者对译文美的需求；第二点就是译文在表达的过程中在保证句子流畅性的同时也要顾虑到蕴藏于句子中的深意。在严复的观念当中，他认为要想保证译文的流传性，就要尽量使用一些古雅的文辞，因为这些词语在表达艰深理论层面更具优势。

理解“雅”的意义和价值不能脱离严复所处的时代和所翻译的文本内容：19 世纪末 20 世纪初的中国，民智未开，有可能阅读艰深的西方理论

---

[1] 《易》曰：“修辞立诚。”子曰：“辞达而已。”又曰：“言之无文，行而不远。”三曰乃文辛正轨，亦即为译事楷模。故信、达之外，求其尔雅。此不仅期以行远已耳。实则精理微言，用汉以前字法、句法，则为达易；用近世利俗文字，则求这难。往往抑义就词，毫厘千里。审择于斯二者之间，夫固有所不得已也，岂钓奇哉！

著作的人主要是晚清士大夫。士大夫们一方面对西方无知无识，另一方面却又顽固保守于自身文化道统，要让这样的读者群阅读陌生而艰深的译著，最切实可行的办法就是“雅”——通过深邃高妙的文辞，令士大夫们相信译著中蕴涵着“大道”。因此，严复对“雅”的选择实际上是针对特定文体和特定读者对象的一种“不得已”的具体翻译策略。

重新审视“雅”的意义，不能片面批评严复译作的语言艰深晦涩。“雅”在当代译论中遭受批评的原因很大程度上是由于人们对“雅”采取了固定不变的态度。重释“信、达、雅”，应该看到“雅”的背后对读者和实际翻译内容的考虑。换句话说，如果严复的读者对象和原作性质发生改变，信达以外的第三条翻译标准的内涵也很可能发生改变。例如，翻译文艺作品强调形式与寓意的“美”；注重原作风格的译家主张“切”；强调原作神韵则要求译作“神似”；强调译作和谐统一则主张“化境”；重视翻译创造性则要求译作与原作“竞赛”；强调读者接受则提出要令读者对译作“知之、乐之、好之”等。由此可见，译者主体性在文学翻译的具体策略选择中发挥着极其重要的作用。

因此，“雅”的本质就是译者面对具体翻译问题的主体性选择。严复的“雅”现在看来艰涩难懂，而现在的优秀译文在数百年后也可能变得同样晦涩。语言、社会和文化的不断演变，要求不同时代的文学翻译家生产出不同的译本。

三、文学翻译的过程

我们可以将文学翻译的过程称为是原作“重生”的过程，那么在这个过程当中，究竟是怎么回事呢？由于原文和译入文所归属的文化环境存在本质上的差异，不同的历史、风俗和信仰导致的结果就是在看待事情的时候会存在一定程度的差异，在作品的创作题材和风格上甚至是表达上都会有本质上差异。但是如果对文学翻译的性质进行整体性的观察时，将控制翻译的社会文化因素和译者的主体因素包括在内的话，文学翻译的过程还是可以大体分为以下四个步骤：翻译文本的选择，文学文本的解读，文学译本的创造和译本的修改和出版。每个步骤都是一个复杂而综合的过程。

（一）翻译文本的选择

从表面上看，选择某个国家、某种语言和某个作家的作品进行翻译似乎应该是个别出版社和个别翻译工作者的事情。但事实上并非如此，尤其是对于出版社来说，它们在选择一本即将进行翻译的原文的时候，要考虑市场的反应和需要，会在一定调查的基础上将一些大众比较期待的作品作为原文的选择对象，除此之外，影响翻译文本选择的因素还受文化、意识形态以及政治等因素的影响。

因此，在翻译文本的选择过程当中，表面上看似乎是译者选择了个别译本，但实际情况并非如此，甚至还要残酷很多，由于社会特定的文化，在特定需求下，某些译者翻译出来的作品会受到一定程度的追捧，这实际上就是民众通过让译者得到声望，利用这种方式排除掉那些不受欢迎的译者，这并不是说那些不受欢迎的译者翻译水平低下，而可能是翻译文本的选择所致。通过这样的筛选方式，让译者充分了解到，并非由自己完全做主，由于译者也存在于这样的一种文化当中，社会化进程会让他对这种社会规范逐渐适应并形成固有的思维模式。因此，表面上看是译者自己选择了翻译文本，实际上则深受社会文化的影响。其次，专业译者的译本选择往往来自于代理人（出版商）和翻译机构的选择，而不是自己决定翻译何种文本。

（二）文学文本的解读

确定了需要翻译的文本，文学翻译者开始解读原作。这时，文学翻译者首先面对的是原作中的字词——这些字词处于特定的语境中，具有特定的含义。原作的字词是由作者创作的。翻译文本的作者因为去世或其他情况，已经很难取得联络，因此就给译者带来一定的困扰，那就是很难理解作者的创作原意，有时候甚至只能通过译者自身的理解来进行。

在译者理解翻译文本的过程中，语言符号之间的相互搭配与关系，有时候并不是固定不变的，这是基于当地的文化和语境而采用的文字表述，但对于译者来说，要找到语言符号与文化意义之间的联系和稳定关系，因为只有这样，才能尽可能间蕴藏于其中的深意用译入语表达。因此在理解翻译文本的时候一定要对相关的事物和事件有认知的多样性。

文学翻译的工作者就是要依据自己对翻译文本的理解，并以翻译文本为基础，用译入语进行再创作的工作。对于译者来首，翻译文本的解读，并不是所谓的简单阅读，而是一遍又一遍地反复阅读和精细推敲，他们希望通过这样的阅读方式，得到一种放大镜的效果，尽量将文字之间蕴含的深意找出来，并实现到译入语中。有时候这种解读甚至还包括实地考察以及相关的研究和评论等。当翻译当代作品的时候，甚至还会与作品的作者取得联系，甚至有时文学译本的翻译可以通过译者与作者的合作来完成。

（三）文学译本的创造

在译本的创作过程当中，首先应该明确的一点就是，翻译的过程并不是单纯将一种语言表达转换成另一种语言的表达。在翻译文本的时候要综合考虑很多因素，其过程也是相当复杂的。具体有三点，第一，由于翻译文本中语言和译入语属于完全不同的两种语言，文化风俗等也存在本质上的差异，因此，译者在翻译的过程中一方面要顾虑原文中事件和语言结构的完整表达，另一方面还要考虑译本中译入语将如何表达才能实现原文中的语言艺术。第二点就是针对当下的文学翻译规范，译者所翻译的文本在这种规范下的接受程度，违背规范可能会付出译本被拒绝的代价。第三点就是译者对自己在翻译中的定位，努力调整，使自己的翻译创作与翻译规范的关系更加和谐。

（四）译本的修改和出版

当译者完成翻译的时候，并不意味着译本的最终完成，只是进出入了作品生成的下一阶段，那就是出版社的反复阅读和修订。可以这样说，这个环节也很大程度上决定译本的质量，由于操作这些过程的人并非翻译者本人，在操作的过程中也没有根据原文，最后出版的作品将是翻译规范的直接反映。

通常情况下，进入出版社的译本可能会面临各种各样的情况，删减和改变是不可避免的事，因为主流意识的问题，只有做出相应的删减才能通过新闻审查制度；由于文化观念的问题，必须对那些“反动”或“禁忌”的问题作相应修改；出版社也可以出于商业利益的考量，对某些特定的部分进行增加或删减，甚至进行其他方面的操作。

第六章　英汉文学翻译案例赏析

虽然在英汉翻译的实践中需要面临众多的困难与挑战，但是多年来我国仍然出现了大量的翻译大家以及丰富的优秀翻译作品。本章我们将在中西文学文本翻译的基础上对一些具体的翻译案例进行赏析。

第一节　王佐良、江枫翻译《西风颂》

《西风颂》（“Ode to the West Wind”）是英国浪漫主义诗人雪莱（Percy Bysshe Shelley）的名篇，这首诗历来被看作是世界诗歌宝库中的艺术瑰宝，备受翻译家青睐。译文要出精品，翻译之前就很有必要对原诗做充分的研究分析，领略原诗的思想内涵，弄清其写作背景及意义。该诗全文以奔放飘逸的文笔、雄浑磅礴的气势、瑰丽奇特的想象描绘了西风这一横扫大地、席卷长空、震撼海洋的“毁坏者”兼“保存者”的形象，抒发了作者反抗黑暗、向往光明的革命激情。如何在语言形式上以诗译诗，在内容上忠实再现原诗的思想感情，是翻译过程中首要考虑的问题。本书选取王佐良和江枫对这首诗第五节的两个译本进行讨论，我们可以从中窥见诗歌翻译者需要何种素质才能成功地翻译诗歌。

一、《西风颂》选段

Make me thy lyre，even as the forest is：
What if my leaves are falling like its own!
The tumult of thy mighty harmonies
Will take from both a deep，autumnal tone，
Sweet though in sadness. Be thou，Spirit fierce.
My spirit! Be thou me，impetuous one!
Drive my dead thought over the universe
Like wither'd leaves to quicken a new birth!

And, by the incantation of this verse,
Scatter, as from an unextinguish'd hearth
Ashes and sparks, my words among mankind!
Be through my lips to unawaken'd earth
The trumpet of a prophecy! Oh Wind,
If Winter comes, can Spring be far behind?

二、译文一

让我做你的竖琴吧，就同森林一般，
纵然我们都落叶纷纷，又有何妨!
我们身上的秋色斑烂，
好给你那狂飚曲添上深沉的回响，
甜美而带苍凉。给我你迅猛的劲头!
豪迈的精灵，化成我吧，借你的锋芒，
把我的腐朽思想扫出宇宙，
扫走了枯叶好把新生来激发;
凭着我这诗韵做符咒，
犹如从未灭的炉头吹出火花，
把我的话散布在人群之中!
对那沉睡的大地，拿我的嘴当喇叭，
吹响一个预言!呵，西风，
如果冬天已到，难道春天还用久等?
(王佐良译)

三、译文二

像你以森林演奏，请也以我为琴，
哪怕我的叶片也像森林的一样凋谢!
你那非凡和谐的慷慨激越之情，
定能从森林和我同奏出深沉的秋乐，
悲怆却又甘洌。但愿你勇猛的精灵
竟是我的魂魄，我能成为剽悍的你!
请把我枯萎的思绪播送宇宙。
就像你驱遣落叶催促新的生命，

请凭借我这韵文写就的符咒，
就像从未灭的余烬飏出炉灰和火星。
把我的话语传遍天地间万户千家，
通过我的嘴唇，向沉睡未醒的人境，
让预言的号角奏鸣！哦，风啊，
如果冬天来了，春天还会远吗？
（江枫译）
（上述两段译文均节选自喻云根《英美名著翻译比较》）

四、译文评析

王佐良、江枫都是我国著名的翻译家，其译文各有千秋，都比较忠实准确地表现了原文的思想内容，且在用韵和对仗上和原诗保持一致。王佐良译富有诗意，而江枫译节奏感强，读起来朗朗上口。当然，两个译文也存在一些缺憾。首先，所选译文第一节中的 lyre 分别被译为“竖琴”和“琴”，前者的优势是保留原义，而后者的优势是能让更多的读者理解作品。王译“我们身上的秋色斑烂”和江译“非凡和谐的慷慨激越之情”各有特色，前者更富有诗意，后者更忠实于原文。对于第二节，王译中画龙点睛之笔是把“Be thou me”译为“化成我吧”；相比之下，江译“我能成为剽悍的你”并没有把 Be 的祈使意义译出来。

还有一点，王译的“狂飚曲”相比江译的“秋乐”更能体现秋风的猛烈势头。对于第三节，差异较大的是第一句。王译把“Drive my dead thought over the universe”译为“把我的腐朽思想扫出宇宙”，而江译是“请把我枯萎的思绪播送宇宙”。显然，“腐朽”和“枯萎”是完全不一样的，“扫出”和“播送”也是完全不一样的，就全文的意义而言，王译更为合适，因为只有把腐朽的思想扫出去，才会有新的思想；而枯萎的只是说明旧的，旧的不等于差的、落后的，播送了也不等于消除了。第四节中“through my lips”的字面意义当然是“通过我的嘴唇”，但汉语文化中“嘴唇”并没有“说话”“宣传”的含义，“嘴巴”却有。从这个意义上讲，王译“拿我的嘴当喇叭”比江译“通过我的嘴唇”更胜一筹。此外，“花”与“叭”形成的韵脚很上口。最后一节中，江译“如果冬天来了，春天还会远吗？”已经成为广为接受的经典译文。王译“如果冬天已到，难道春天还用久等？”略有不足，因为“久等”的主体到底是“人”还是“春天”并不明确。王译用词在较浓的书面语中夹杂口语化成分，而江译用词重在节奏和韵律。这也反映了不同译家各自的风格和翻译策略选择的主体性。

此外，两位名家译作中体现出来的译诗如诗、文学译作也要是文学作品这两条原则值得我们学习。

第二节　王佐良翻译《论读书》

在我国的翻译界，尤其是诗歌翻译界，王佐良可以说是标杆性人物，他不仅有丰硕的翻译成果，在翻译理论方面也是居功至伟。培根的经典著作《论读书》的汉语版本中，最成功也是最经典的一版就是王佐良翻译的。他翻译的“读史使人明智，读诗使人灵秀，数学使人周密，科学使人深刻，伦理学使人庄重，逻辑修辞之学使人善辩；凡有所学，皆成性格”已经成为很多人的座右铭。这不仅是因为培根的思想表达得深刻，更因为译者翻译得恰到好处，可谓字字珠玑。通览整篇译文，字里行间无不显露出大家风范。

一、王佐良《论读书》的译文特点

《论说文集》是英国著名思想家培根所出版的译本论文集，其中影响最为深远的一篇就是 *Of Studies*，这是一篇议论文，不管是在句法方面还是在措辞方面，都与我们现在所接触到的英语有很大程度的差异，这也就说明要想正确翻译这篇议论文，需要非常高深的语言功底。而王佐良先生就是其中的佼佼者，他一生醉心于翻译实践，将毕生的精力投入到翻译实践和翻译能力的提升上，他用高超的翻译水平翻译了大量的散文、诗歌和戏剧，几乎全部成为翻译界的经典，因此也取得了很多方面的辉煌成就。

在进行大量翻译实践的同时，王佐良先生也注重相关理论的深度研究，在翻译学的理论和思想上都是独树一帜，其精深的翻译思想更是受到广泛的推崇和好评。

王佐良先生一生翻译了大量的作品，精品很多。这里我以王佐良先生的 *Of Studies* 译文出发，对译文的文体特征进行探讨和讨论，进而对文学翻译观有一个更加深入的了解。王佐良先生在翻译 *Of Studies* 的时候，始终将原文的语言特色和文体特征作为翻译的基准，与此同时也不忘发挥中文的长处，通过对文言结构以及文言词的大量运用，在保证原文与译文内容对应的基础上，仅用612个字就言简意赅地完成了翻译，还增添了一份文言文的厚重感和韵味感。

(一) 语言结构再现

例 6-2-1：

原文：Their chief use for delight，is in privateness and retiring；for ornament is in discourse；and for ability，is in the judgement and disposition of business.

译文：其怡情也，最见于独处幽居之时；其博彩也，最见于高谈阔论之中；其长才也，最见于处世判事之际。

观察原文和译文我们发现，原文中的三个介词 in 以所处的位置来看意思应该是非常相近的，但王佐良先生却将其分别译成“最见于……之时”，“最见于……之中”和“最见于……之际”，利用这样的翻译方式，在句式上达到了一种整齐划一的效果，这样的排比句式使译入语的读者在阅读的时候朗朗上口，而且王佐良先生在翻译的时候并没有固定使用一种翻译形式，而是用更加丰富的变化来凸显多样性，在吸引读者目光的同时也给读者带来一种新鲜感。

可以看出，在译文中所使用的词语和句型结构使译文简洁、明快、节奏感强，和原文的风格保持一致。

(二) 展现平衡之美，实现文体再现

例 6-2-2：

原文：To spend too much time in studies is sloth；to use them too much for ornament，is affection；to make judgement wholly by their rules，is the humour of a scholar.

译文：读书费时过多易惰，文采藻饰太盛则矫，全凭条文断事乃学究故态。

通过对原文和译文的比较分析我们发现，王佐良先生通过对“易、则、乃”三个文言词汇的巧妙应用就实现了句型的排比化，尤其是前面两个半句，王佐良先生通过巧妙地构思，将前两个句子翻译成句型结构一致，字数相同的两个小短句，展现出汉语阅读中的一种神奇平衡感。在文体的利用上，王佐良先生通过对正式书面语的合理运用，使整个句子读起来古朴而又文雅，让读者在享受愉悦的朗读感受时也能体会到译文的古典雅韵之美。

二、王佐良的文学翻译观

（一）传承中国传统翻译观

由于对中国的传统译论已经有了非常深入的研究，因此他提出的观点也就更具特点与权威性。他认为，翻译出来的作品要具有一定的可读性，单纯采用直译或意译中的任何一种都是不合理的，正确的方式应该是两者的合理结合。

总体上来说，王佐良先生对 *Of Studies* 的翻译是非常成功的，不仅在风格上再现了原作的阅读美感，更是在内容的表达上做到了极致。这篇译文甚至在翻译界造成了一种轰动，原因就是风格的可译性，以前的翻译家一度认为不同的人有不同的语言风格和表达风格，一个人的语言表述风格是很难在另一个人身上再现的，但王佐良先生做到了这一点。王佐良先生始终认为，只要操作得当，译文的风格是可以与原文的风格保持一致的。

（二）文化翻译观

王佐良先生认为翻译过程中最大的困难就是文化，他的观点始终是，一个人要想真正掌握一门语言，最根本的手段就是要积极探索该语言所在的文化。可以这么说，英汉两种语言存在本质上的差异，形成这种差异的一个很重要的原因就是两种文化的根本性不同，因此在进行翻译的实践过程时要将原文中所携带的文化信息尽可能地表现出来。

受王佐良先生翻译思想的影响，出现了大量的以王佐良翻译思想为圭臬的翻译实践者。纵观王佐良先生的《论读书》译文，通过对翻译技巧的灵活运用，创造出和谐而颇具美感的句型结构，使人在品读的时候有一种美的享受。由此可见王佐良先生的文化修养和翻译功底，以及他在翻译实践中所秉持的观点，即通过实践来完善和丰富理论，再用理论指导实践的进行。

三、省略和重复要恰到好处

通过对 *Of Studies* 原文的解读，我们发现有大量排比句的存在，但由于句子结构或类型的一致性，运用省略减少了相同位置的谓语动词，这种省略在英语的表述中比较常见。

但汉语却恰恰相反，汉语的表达为了突出朗读的连贯性，会对一些固定的词语重复使用，以形成排比句，达到强调或加强语气的作用。

这样的用法在原文中出现了好几次，可以毫不讳言地说，在培根的整篇文章当中，没有一个单词是多余的，即使是第一句也是开门见山、非常简短的一句陈述。之所以会产生这样的差异，很重要的一个原因就是东西方之间思想上的不同，根据一些学者的观点，东方人在切入主题的过程中往往采取比较环绕的方式，整体的表达方式是前轻后重；而西方人则正相反，他们在切入主题的时候往往更加直接，整体的表达方式为前重后轻。

原文：Studies serve for delight，for ornament，and for ability.

原文中，培根为了使句子更加简洁，于是省略了动词 serve。其语言形式为内容服务，作者往往通过词汇的具体选择和句子结构的巧妙构思来表达自己的思维和构思。

王佐良译文：读书足以怡情，足以博采，足以长才。

译文中，动词“足以”的多次出现又一次完成排比句的组成，通过对中英文的对比，我们就能发现双方在动词上的差别运用。王佐良的翻译总能将修辞和简约运用得恰到好处，使翻译出来的作品如同巧夺天工一样给人一种美的享受，他翻译出来的语言更具一种汉语的平衡美。为了使表达更加完美，他经常斟字酌句，以期给读者留下深刻的印象。

第三节　吴钧燮翻译《简·爱》

《简·爱》(*Jane Eyre*)是在西方，以及在中国都非常受欢迎的一部经典爱情小说。其中译本很多，仅全译本就有宋兆霖、李雄飞、黄源深、戴侃、祝庆英、李霁野、吴钧燮、贾文渊、陈琳秀、张成武、王占青、梅小红、曾凡海和吴江皓等人的，还不算各种简写本和节略本的译本。《简·爱》语言清新自然，不施铅华。这种语言恰好与全书的内容、主人公的性格，甚至她所处的社会和自然环境十分切合。作为功底深厚、经验丰富的编辑和译者，吴钧燮先生深刻领会了原作的风格，并凭其才华和功底，译出了一个切合原作，经得起推敲的译本，堪称优秀译作。

一、选段解析之一

（一）原文

①During January，February，and part of March，the deep snows，and，after their melting，the almost impassable roads，prevented our stirring beyond the garden walls，except to go to church；but within these liraits we had to pass all hour every day in the open air.

②Then the scanty supply of food was distressing：with the keen appetites of growing children，we had scarcely sufficient to keep alive a delicate invalid.

③From this deficiency of nourishment resulted an abuse，which pressed hardly no the younger pupils：whenever the famished great girls had an opportunity，they would coax or menace the little ones out of their portion.

④Many a time I have shared between two claimants the precious morsel of brown bread distributed at tea- time；and after relinquishing to a third half the contents of my mug of coffee，I have swallowed the remainder with an accompaniment of secret tears，forced from me by the exigency of hunger.

（二）译文

①整个一月、二月和三月的前半，厚厚的积雪，以及融雪后几乎无法通行的道路，使得我们除了上教堂以外，无法越出花园的围墙半步，可是在这个范围内，我们还是得天天到户外去度过一个钟头。

②饭食供应的不足也叫人苦恼，我们这班发育中的孩子食欲正旺；可所吃的几乎还不够一个虚弱的病人维持生命。

③营养不足造成了一种恶劣风气，使年龄小一些的学生大受其害。那些饿坏了的大姑娘一有机会，就会连哄带吓分占他们的那一份。

④我有好多次就曾把午后茶点时分得的一小块珍贵的黑面包分给两个勒索者，还把我那杯咖啡的一半让给第三个勒索者，然后，我才伴着因为饿急了而偷偷流下的眼泪，咽下所剩的那一半。

（三）译文评析

选段摘自第七章，是一段批判英国教会所办慈善机构的批评文字。作者通过写实的手法来达到这个目的。正如严复所提倡的，“信”是翻译中首要的标准。具体来说，就是要不多不少、恰如其分地转达原文的意义。这个意义不仅包括内容方面的意义，也包括形式方面的意义。前者是我们常说的意思，后者，于文学作品来说，是风格方面的美学意义。就《简·爱》的内容而言，平易朴实，娓娓动人；就其形式而言，也是平平淡淡，不施铅华。吴钧燮先生的译本正体现了原作的这些基本特点。从方法上讲，他翻译的每字每句都是有依据的，正如新批评理论所提倡的。

第①句中，原作者罗列冬季的几个月份，表现苦寒的岁月漫长难熬。说到三月的时候，用了 part 一字，一般的译者都会译成“一部分”，如祝庆英的译本，但是吴译却画龙点睛，用“前半”这个词来形容，巧妙地随了汉语的习惯，也忠实表达了原文的意义。在译“we had no boots，the snow got into our shoes and melted there”一句时，把英语中极为简单的 got 一个词翻译成了“钻”，加上后文的 melted there，形成了一个深刻而痛心的幽默。一个“钻”字，栩栩如生，活灵活现，体现出简和孩子们的被动和无可奈何的处境。

第②句，在“I remember well...”分句里，inflamed 和 distracting irritation 不好处理。前者就是“红肿”之意，后者是“痛痒难熬”的意思。后半句中并列的几个形容词 swelled，raw，and stiff 也是颇费心思的。一个译本译成“肿胀、疼痛、僵硬”（祝庆英译，上海译文出版社，1980 年）也很准确，但显得拖沓，而吴钧燮则译成“肿痛僵硬”，简洁明了，一分不多，一分不少。另外，原句的结构是：I remember well the distracting irritation...and the torture...吴译完全遵循了原句的结构，点化出“滋味”和“所遭的那份罪”，无论是意思，还是结构，和原文是非常切合的。而祝译则是：“我现在还记清清楚楚，就因为这个原因，每天晚上脚都发烫，难受得叫人要发狂；早上把肿胀、疼痛、僵硬的脚趾塞进鞋子，真痛苦啊。”这个译法从句法上来看，更像汉语的流水句风格，读来更为顺畅，语法结构也略有改动。但和吴译相比，“发烫”“叫人要发狂”，略有走样，“肿胀、疼痛、僵硬”则略显拖沓。总体而言，二者都是好的译作。但在信的方面，吴译更为接近原文。

第④句，“From this deficiency...”一句结构简单，但其中也有一些不好处理的难词，如 nourishment、abuse、coax or menace 等。根据《牛津英语大词典》，nourishment 既有“营养”（that which nourishes or sustains）之意，也有“食品、食物”（food）之意，从上下文来看，译成“食物”才正确。但中译文，似乎都有些以讹传讹，例如吴钧燮和祝庆英的译本，都译成了“营养”。abuse 这个词，意思很广泛。此处不能望文生义，照字面来译。根据词典，a corrupt practice 是切合上下文的意思。所以，吴钧燮先生译成了“恶劣风气”，是很贴切的。coax or menace 译成“连哄带吓”，不仅达意传神，简洁明了，也符合原文的意思和汉语的习惯。如果译成“或是哄骗或是威吓”（祝庆英译），就显得别扭、多余。

二、选段解析之二

（一）原文

I can remember Miss Temple walking lightly and rapidly along our drooping line，her plaid cloak，which the frosty wind fluttered，gathered close about her，and encouraging us，by precept and example，to keep up our spirits，and march forward，as she said，“like stahvart soldiers.” The other teachers，poor things，were generally themselves too much dejected to attempt the task of cheering others.

Meantime，Mr. Brocklehurst，standing on the hearth with his hands behind his back，majestically surveyed the whole school，Suddenly his eye gave a blink，as if it had met something that either dazzled or shocked its pupil；turning，he said in more rapid accents than he had hitherto used—

“Miss Temple，Miss Temple，what—what is that girl with curled hair? Red hair，ma’am，curled—curled all over?” And extending his cane he pointed to the awful object，his hand shaking as he did so.

“It is Julia Severn.” replied Miss Temple very quietly.

（二）译文

我还能记得谭波尔小姐脚步轻快地走在我们这垂头丧气的队伍旁边，她的格子花呢斗篷被凛冽的寒风吹得紧贴在她的身上。她一面口头开导，一面以身作则，鼓励我们振作起精神来前进，正如她所说的，“就像坚强的士兵那样”。其他的教师，那些可怜的家伙们，大都自己也情绪低落，更顾不上去鼓舞别人了。

这时候，勃洛克赫斯特先生正倒背着两手站在壁炉跟前，威风凛凛地检阅着全校。突然间他的眼睛眨了一下，仿佛碰到了什么刺目或者耀眼的东西。他转过身去，用比他先前任何时候都要急促的语调说：

“谭波尔小姐，谭波尔小姐，那个……那个卷头发的姑娘是谁？红头发的，小姐，卷着……满头头发都是卷着的那一个？”说着，他还伸出手杖指着那个可怕的对象，手都有点发抖。

“那是朱莉亚·塞汶。”谭波尔小姐很平静地回答。

（三）译文评析

第一段中的长句，译者经过重新构建顺序，消化原文的意思，用贴切的译入语表现出来，不多不少，忠实、生动、通顺地传达了原文的意思、意味和意境。从细节来看，walking lightly and rapidly 译为“脚步轻快地”十分贴切，丝丝入扣，和原文极为吻合。而把 drooping line 译成“垂头丧气的队伍”则是极为优秀的表达。在原文英语中，从字面上来看，drooping 一词的意思是 hang or sink down，as from weariness，即“垂头、下沉，因劳累之故”。译者容易把“垂头”译出来，却很难联想到垂头是因为丧气之故。所以，使用“垂头丧气”这个成语，将原文的意思充分发掘出来，达意、传神，进入钱钟书先生所说的化境。“丧气”一词，则是画龙点睛之妙笔。而 line 一词译成队伍，符合汉语的表达习惯。祝译是“行列”，在意思上有些走样。紧接着的说明句子 her plaid cloak，which...按照汉语流水句的习惯，吴译前半段说谭波尔小姐的衣服，后半段说谭波尔小姐的行动。把 encouraging us 和 by precept and example 颠倒来译，把原文中的 by 字结构通过改变语序加以实现。把 precept 和 example 具体化为“一面口头开导，一面以身作则”两个并列句，让读者看到了汉语的妙处，也把英语给点活了起来。尤其是对 example 的翻译，真如神来之笔，不可多得。

第二段中，majestically 是从 majesty 而来的，原指帝王的庄严和威风（dignity or greatness of a monarch），是一个诗歌和正式文体中使用的文体格调高的词，所以用汉语中的成语“威风凛凛”来表达，活画出勃洛克赫斯特先生那不可一世的气度。后面一词 survey 译成“检阅”正好跟前面这个“威风凛凛”、霸气的勃洛克赫斯特对学生们所谓的关心配合起来。祝译“察看”显然不能表达这些意思和这种气度。接下来 Suddenly 一句，原作者用 either...or...的句型，用了 dazzled 和 shocked 两个意思相近又不相同的动词。就这个句型而言，一般都会译成原文的句子结构，即“或（者）……或（者……）”，或“不是……就是……”，此处译为“刺目或者耀眼的”，处理为符合汉语习惯的表达方式，让读者一看就十分明了。

在措辞达意方面，dazzle是“耀眼”、“使人眼花缭乱”之意，shocked its pupil是“刺目”。意思是准确、简洁、达意的。祝译为“什么撩乱或惊扰他眸子的东西”，显得晦涩拗口，也不符合汉语的表达习惯。

第三段中对问话的翻译，可以说是几乎字字相对，丝丝入扣，分毫不差。所有的意思韵味都没有丢失，也没有任何张冠李戴和画蛇添足之处。后面一句，译者补充了“说着”连接上下文，把And处理为“还”。在最后的短句中，译者省略了as he did so。这样做，因为在汉语中，这样的意思是“其意自现”的。这样的翻译忠实、准确，不见斧凿之形，可谓上乘。下一句中，quietly译成“平静地”，表明谭波尔小姐的性格、气质和态度以及处事方法。也是上乘的翻译。

三、选段解析之三

（一）原文

The promise of a smooth career, which my first calm introduction to Thornfield Hall seemed to pledge, was not belied on a longer acquaintance with the place and its inmates, Mrs. Fairfax turned out to be what she appeared, a placid-tempered, kind-natured woman, of competent education and average intelligence. My pupil was a lively child, who had been spoilt and indulged, and therefore was sometimes wayward; but as she was committed entirely to my care, and no injudicious interference from any quarter ever thwarted my plans for her improvement, she soon forgot her little freaks, and became obedient and teachabte, She had no great talents, no marked traits of character, no peculiar development of feeling or taste which raised her one inch above the ordinary level of childhood; but neither had she any deficiency or vice which sunk her below it. She made reasonable progress, entertained for me a vivacious, though perhaps not very profound, affection; and by her simplicity, gay prattle, and efforts to please, inspired me, in return, with a degree of attachment sufficient to make us both content in each other's society.

（二）译文

我刚进桑菲尔德府时的平静气氛，似乎就预示着前途的顺遂，在进一步熟悉了这儿和这儿的人以后，这种预期也并没有落空。费尔法克斯太太果然像她外表看来那样，是位平和、心地善良的女人，具有充分的教养和常人的智慧。我的学生是个活泼的孩子，一向娇生惯养，所以有时有些任性，但因为完全把她交给了我来看管，没有人来乱加干预、阻碍我教育她的计划，因此她很快就忘掉了她那些小小的胡闹。变得既听话又肯学了。她并没有极高的天资，显著的性格特点，特别敏锐的感受和鉴赏力，使她哪怕稍稍高于一般孩子的通常水平，但她也没有任何缺陷和恶习使她低于这个水平。她已经有了可观的进步，对我怀有一种也许不算太深，但也颇为热烈的爱，而且她的幼稚单纯，愉快的唠叨和竭力想讨人喜欢的努力，反过来也多少激起了我的依恋之情，完全足以使我们俩相处得十分融洽。

（三）译文评析

第一句，译者按照汉语的习惯，把原文的意思忠实通顺地传达出来，没有逐字照译、生搬硬套。spoilt and indulged 是把小孩宠坏之意，二词前者是宠坏，后者是溺爱之意，两个词几乎很难分辨，合起来译为“娇生惯养”，既符合汉语的习惯，也准确地传达了英文原文的意思，是非常恰当的。care 译成“看管”，跟上下文是合得起来的。from any quarter，“来自任何一方面”。freaks 是指无法解释的思想或行为，这里用在小孩的身上，理解为“胡闹”，是准确达意的，不多不少。teachable 一词是孺子可教之意，但译文灵活处理，把它领会为“肯学”，既体现了这句话中的小孩由被动“听话”（地道的汉语词汇，但又是原文的准确含义），变主动（肯学，即可教的结果）的过程。本段最后一句是一个长句。从结构来看，是英国人的语言习惯，而译者却把它顺得通畅，符合中国人的口味，而在意思、情景和意味方面，又不多不少、恰如其分。这其中有几处在通常情况下是极有可能被误译的。比如 reasonable，就是一例。在《牛津词典》（OED）上，reasonable 作为“可观”这一意义是废弃了的用法。一般人不会想到这个用法。但是，只要仔细推敲上下文，就可以斟酌出“可观”即“可见”这个意思，是说有了明显而可见的进步。单纯依靠任何字典是无法达到这种贴切的译文效果的。全靠译者吃透原文，动脑筋，寻找最恰当的对应表达。

总括起来说，吴译《简·爱》，是汉译本中的上乘之作。如果说有什么可以借鉴的话，那就是吃透原文，忠实表达，既要译得死，也要译得活。死就是忠实，活就是点化和升华。按照吴先生自己的说法，原作是不施铅华的朴实之作。但我们发现，Bronte 的笔力是生动的、细腻的、幽默的、充满了机智的。这些东西要充分、不走样地传达出来，译者需要深厚的才华和文采。同时也应该注意到，19 世纪英国小说的文风用词还是比较文雅的。如果不注意这些特点，很可能译出的东西意达但韵味全失。《简·爱》是一部杰作，吴钧燮先生的译本也是一部精品，都是文学翻译练习中值得研究和学习的典范。

第四节 唐娜·塔特《金翅雀》翻译

一、《金翅雀》文本特点

2013 年，美国著名女作家唐娜·塔特（Donna Tartt）出版了一部长篇小说，名字就是《金翅雀》。该小说一经出版就受到了社会以及广大民众的广泛喜爱，与此同时也引起了广泛的社会讨论。这部小说不管是在叙事上还是在语言上，甚至是在文学的研究层面都具有一定的价值，再加上其广泛的受众群，这也是我们研究本书翻译的一个出发点。

由于这本小说是一本长篇小说，我们不可能是对小说的全部进行翻译研究，因此，我们主要是对小说的第一章进行翻译研究，并对其中的部分内容进行有针对性的翻译举例。

小说在开始阶段就已经利用优美的语言和颇具张力的情节吸引到读者的目光，并将读者带入其中。作者通过细致地刻画，将主人公的性格鲜明表现出来，与此同时，她还通过细致的笔触将人物的心理活动也描写得惟妙惟肖。由于原文中存在大量的心理描写的句子，我们以第一章中的下句为例。

例 6-4-1：

原文：I like to think of myself as a perceptive person（as I suppose we all do）and in setting all this down，it’s tempting to pencil a shadow gliding in overhead.

例句是对主人公的心理描写，为了凸显主人公丰富的想象力，作者用了这样一个句子，即“it’s tempting to pencil a shadow gliding in overhead”来表达主人公内心的想法和活动，翻译成中文就是主人公觉得，如果在他自己的脑袋上画一圈光晕，会让他看起来像圣人一样。这样的描述不仅表现了作者表达的多样性，同时也反映出小说主人公丰富的想象力，为故事的进展奠定基础。

但是在主人公的心里，圣诞颂歌原本应该给人一种快乐的感觉，但主人公却无法感受其中的乐趣，原文中用了“tinny”和“fragile”两个词语，翻译成汉语也就是微弱、单薄的意思，这两个词语的巧妙应用正是对男主人公身份的一种凸显，孤身一人、远在他乡，身边也没有亲人，就是出于这样一种举目无亲的窘境，才会让主人公产生一种即使是圣诞节，也感受不到丝毫喜悦的情绪。类似的描写还有很多处，作者也正是通过这种或直接或间接的心理描写，来反映主人公所处的境地和遭遇的各种事件。因此，在翻译该作品的时候要针对不同的描写方式和行文特色制定不同的翻译技巧，通过翻译策略的灵活运用和选择，尽可能地展现原文的特色。

二、翻译策略选择

小说《金翅雀》之所以会受到民众的广泛推崇，一个很重要的原因就是该小说兼顾了文学性和通俗性，作者通过精彩的人物心理描写，让读者有一种身临其境的感觉。

（一）翻译策略中的巧译

前面我们已经讲过，译者的侧重点不同，就会采用不同的翻译策略。为了使翻译出来的作品更具特色，译者选用目的原则[1]，也就是说译文最终究竟以哪种方式呈现取决于译者在翻译之初设定的翻译目的或功能。而《金翅雀》的翻译目的就是要尽可能多的将小说中主人公的心理描写表现在译文中，这也是为什么译者在选择翻译策略的时候选择了释义的翻译策略。

释义“不是逐字逐句移译原文，而直接向译入语读者解释原语词句在上下文中的意味（sense）的一种手段”。它既能保留原文传递的信息，也有助于让译文简洁明了。在《金翅雀》的翻译过程中，译者采用适当的释义策略，忠实地再现了人物的心理活动，最大程度还原了原文特色，更有助于让译入语读者更清晰地理解人物形象。

例 6-4-2：

原文：Not a dream but a presence that filled the whole room：a force all her own，a living otherness.

译文：这不是梦，而是充斥着整个房间的存在：一股属于她的力量，一个活在另一个世界的她。

分析：从上面的例子中我们可以发现，有些词语的搭配会对翻译造成

[1] 目的原则指的是“用一种使文本/译文在其使用的情景中达到预期功能，和文本/译文使用者想要文本达到其预期目的功能的方式相一致的方式来翻译”。

一定程度的困扰，例如“living otherness”，如果采用直译的方式，那么翻译成中文就是“活着的异类”，这对于习惯中文表达的读者来说就严重不符合阅读习惯，甚至也会造成理解上的偏差；但如果译者将其翻译成“另一个世界的她”，在读者的感觉中就会认为这种表达相对来说更能接受，另一方面也让读者很直观就能知道，当前状况下，主人公和母亲已经阴阳两隔；同时也凸显了一点就是她非常想念自己的母亲。给人一种孤苦伶仃，独自漂泊异乡的悲凉感。

例 6-4-3：

原文：Her forehead was shiny and her eyes were still a little unfocused; she had the slightly ruffled aspect of a sea-bird blown off course.

译文：她的额头闪闪发光，目光还有点呆滞。她的神情有些恍惚，像一只迷途的海鸟。

分析上面的原句我们发现，“unfocused”可以解释成注意力不集中，“a sea-bird blown off course”翻译成汉语是一只被吹离航线的海鸟。但译文却将其翻译成了“茫然”和“迷途的海鸟”，这两句话放在一起，将主人公母亲晕车的状态描写得非常逼真，这就从某个程度上加重了读者的心理感受，也就是说让读者能感同身受。

例 6-4-4：

原文：Though the brocades were rich and the carpet was soft，still the winter light carried a chilly tone of 1943，privation and austerities，weak tea without sugar and hungry to bed.

译文：尽管锦缎雍容华丽、地毯柔软舒适，冬天的灯光却传递着1943年寒冷的基调：生活物资匮乏，人们过着节俭的生活，喝着没有加糖的淡茶，常常食不果腹地睡去。

如“privation and austerities”和“weak tea without sugar”等，我们可以明显发现后半段是由词语和短语构成的。由此可见，在目的原则的指导下选择释义的翻译策略，可以让翻译工作者不受原文的限制，根据自己的理解自行决定对原文信息的解读程度和方式方法，将翻译文本中心理描写的特点用中文习惯的表达方式表达出来，这样的翻译策略使译文的读者能更加直白地感受到小说中主人公的处境和心理变化，了解主人公的心路历程，在加深对文章理解的同时也能感同身受。

（二）翻译策略中的忠实原则

前面我们已经对翻译中的忠实原则进行详细阐述，这里就不再赘述。因为小说在创作的过程中，语言的表达难免会带有一定的文化特色，这就对翻译提出一定的要求。因此在翻译的过程中，某些特殊的表达方式只能秉承忠实原则进行直译，才能最大可能表现出原文的特色。

译者在对《金翅雀》翻译的时候，由于受到语句表达和地域文化的影响，为了尽可能保证原著的原汁原味，也为了保证语义和语篇在逻辑上的连贯性，最保险的翻译方式就是直译。通过这种方式得到的译文不仅保留了翻译文本中的内在含义，也尽可能保证了作品中人物的内心描写，这对于故事的发展，以及了解人物之间的关系来说是非常有帮助的。

例 6-4-5：

原文：The room. The radiator. Een Amerikaan met een strafblad. Olive green water of the canal.

译文：这个房间；暖气；一位有犯罪前科的美国人；窗外橄榄绿色的运河。

分析：这里采取直译，保留原文所有意象，虽然不成句子，略显琐碎，但联系上下文读者完全可以读懂并理解，也只有原封不动保留原文，才能将主人公在外漂泊、失去亲人的这种痛苦以及孤独落寞的情绪充分表露出来，并将这种感受传递给读者，让读者感同身受。

例 6-4-6：

原文：Even my hand balks at the date; I had to push to white it down, just to keep the pen moving on the paper.

译文：我的手甚至都对这个日子有所规避。要把它写下来，我必须花很大力气，仅仅是为了让钢笔在纸上不停移动。

从这个译文中，我们发现，这里的译文不管是内容还是形式上都与原文保持了一致。联系上下文可以知道，主人公所要写下来的是他母亲因事故丧生的这一天所发生的事。可想而知，那是他一辈子都不会忘记的一天。因此，这里的直译可能会让中文句子不太通顺，却能展现主人公在回忆和记录这次意外事件时内心的痛苦和挣扎，显示出他复杂的心理活动。

第五节　詹姆斯·马修·巴利《彼得·潘》翻译解析

作为世界经典儿童文学作品，《彼得·潘》是广受中外儿童读者的追捧与喜爱的一部作品，因此，我们在这里讨论这部作品具有一定的代表性。下面我们从多个层面对该作品的翻译进行探讨与分析。

一、句子层面

（一）合理缩减

在英语的表达中或者说书面表达中，通常不会像中文一样严格要求句式，它虽然对句子也有一定程度的要求，但相对要宽泛很多。在英语中，不同的使用方法，表达中的长短句结合也并不相同。如果在翻译英语文学作品的时候不顾现实情况，一味根据原文的句式死板照搬翻译，就会造成中文阅读上的极大不便，进而浇灭读者的阅读兴趣。这样的翻译无疑是一次失败的翻译，一方面耽误了一部好的作品，另一方面影响到该作品的市场拓展，此外还影响到了国人的事业拓展机会。尤其是儿童文学作品，在翻译的时候要尤其注意，由于儿童理解上的天然特点，如何将复杂深奥的知识或句子翻译成浅显易懂而又直白吸引人的句子，这尤其考验翻译者的文学功底和翻译能力，因此在翻译的实践中要尽量避免长句子和句型比较复杂的句子，通过化繁为简，以及生动形象的描述，在保证原文特点的同时，还要有一定的趣味性表达，这样才能更具吸引力。

例 6-5-1：

原文：When you wake in the morning，the naughtiness and evil passions with which you went to bed have been folded up small and placed at the bottom of your mind and on the top，beautifully aired，are spread out your prettier thoughts，ready for you to put on.

译文：当你早晨醒来的时候，睡觉之前那些顽皮的想法和有害的情绪，统统会变得很小很小，并埋藏在地底，而涌上心头的就会是那些美好的念头，等着你去拥有。

从原文中我们可以看出，这是对达林夫人的一段描写，同时这也是一个长句型，原文中这样的表达方式和句型非常常见。但我们在翻译的时候不能生搬硬套，依然将其翻译成长句子，这对于孩子的阅读能力和理解能力来说是非常没有好处的，同时也非常容易引起孩子的厌烦情绪。因此在翻译成中文的时候要将其进行重新整理和断句划分，以短句子的形式用中文表达出来，这样的表达更容易被儿童所接受和理解，同时也能抓住儿童的目光。通过直译和切分句型，我们不仅传达了原文的真正含义，同时也使句子的表达更加顺畅，更加紧凑，也更加通俗易懂，成为一本真正适合孩童阅读的理想读物。

（二）保证意义的完整性

由于我们将《彼得·潘》的译本定位为译本儿童读物，那么在进行翻译的时候就要对原文中的留白部分进行适当的处理，以孩童的目光和思维去理解故事，同时厘清其中的逻辑和填补其中的意义空白。当然，这里并不是说所有的空白都要填满，主要是基于孩童在阅读译文的时候的理解而言。

此外，译者的翻译水平也直接影响了作品的销售和被接受程度。在翻译的过程中，译者要知道哪些空白是需要填补，哪些空白是不需要填补要适当留下的，因为这样的空白对于调动孩童的思维和自主性具有非凡的意义。接下来，我们就用原文中的一句话作为例子，来分析探讨一下，翻译实践中，译者是如何对文本中的意义“空白”进行补充和完善的。

例 6-5-2：

原文：“No，no，” Mr. Darling always said，“I am responsible for it at all. I George Darling，did it. Mea culpa，mea culpa.” He had had a classical education.

译文：“不，不，”达林先生总是说，“我该对此负全责，是我乔治·达林做的。是我的错，我的错。”他曾经受过古典教育。

对英语不熟悉的人可能会对句子中的“Mea culpa，mea culpa”产生一定程度的误解，这实际上就是表达中的意义空白，“Mea culpa”我们可以理解成“an acknowledgement of guilty”，翻译成汉语就是“我应负的责任，我的过失”。

要想彻底理解这句话，还是要联系上下文，达林先生之所以会说出这样的话，主要原因是这家人的周五过得并不愉快，而达林先生之所以要将所有的过失归结到自己身上，是因为自己买了一只狗，并将其当作保姆，这是一种表示自嘲的表达方式。在原文中提到的“He had had a classical education”可以看出作者写出这句话的意图。

由于文化上的本质差异，这样的表达方式不仅给儿童的理解造成困扰，甚至是成人有的也很难理解，这也就形成了所谓的意义空白。这就要求译者在翻译的过程中要将这种因文化而产生的意义空白进行适当程度的填补，尽量选用口语化的文字表达，在词汇的选用上也要尽量避免模糊，越是清晰的词语对于空白意义的理解就越是容易。

作为原文的第一读者，译者在翻译的实践中，首先要充分理解句子，在此基础上进行合理的直译和增译，使句子之间的联系自然而顺畅，保证逻辑的连贯性，这也是翻译的基本要求，并通过适当的语言组织对读者产生一定的吸引力，让读者产生一种想要知道结果的欲望。所以说，翻译工作者在进行翻译实践的时候，一定要注意度的把握，适度的空白可以激发儿童的想象空间和求知欲望，并将儿童阅读的积极性充分调动起来。

二、修辞层面

在小说《彼得·潘》中，修辞手法的出现更是一大亮点，通过生动形象的修辞运用，塑造出一种人人向往的童话世界，世外桃源。这样高超的描写手段自然也对译者提出比较高的要求，要求译者翻译出来的译文要最大可能秉持忠实的翻译标准，尽量不要破坏原文中的各种修辞格。下面，我们对出现在小说中的明喻、拟人等修辞手法进行赏析。

（一）明喻

在文学的表达当中，为了使表达更加形象生动经常会用到明喻[1]。《彼得·潘》在创作的过程中也不例外，作者通过对明喻的创造性应用，使书中描绘的形象更加生动活泼，甚至给读者造成一种身临其境的感觉，这样一种表达手法，让儿童在理解事物的时候能够有一个更加直观的理解，与此同时还为儿童插上了想象的翅膀，一定程度上提升了孩子的想象力。

例 6-5-3：

原文：Her romantic mind was like the tiny boxes, one within the other, that come from the puzzling East, however many you discover there is always one more.

译文：她那爱幻想的脑袋，就像来自神秘东方的小盒子，一个套着一个，不管你打开多少个，里面总会有一个。

这句话主要是针对达林夫人的性格来描述的，在翻译这句话的时候“romantic mind”是首先被注意到的，但译者在翻译的过程中发现，这个明喻之后还有一个定语从句，因此译者在对原来的句子进行了相应调整之后采用直译的方式来进行翻译，这样翻译出来的结果，不仅将原文中的明喻保留了下来，忠实于原文的陈述性语句，对于读者的理解来说也创造了便利条件。原文利用一句话的长度将达林夫人的性格直观描述了出来，让读者有这样一个印象，就是达林夫人虽然已经是三个孩子的母亲，但她的内心始终是一个还没有长大的孩子，也因此突出达林夫人的童真之心。

---

[1] 明喻是指直接把一物同某种与其具有同一性质或特点的另外一物相比较，是一种最简单、最常用的修辞格，也是运用最为广泛的一种修辞手段。

此外，在西方的世界当中“the East”实际上代表一种未知的神秘事物，用这种方式来对达林夫人的性格进行描述，可以说恰到好处。

（二）拟人

拟人就是将没有生命的物体当作人来看待，将人的特点或思想赋予其中。在儿童文学中，拟人是应用比较频繁的一种使用方法，因为这样的表达方式更具生动性、形象性和具体性，因此对于儿童来说更加容易接受。在儿童文学中，不管是童话还是寓言，经常会将拟人用于一些没有生命的物体上面，这样的话这些物体就能直接开口说话，对于儿童来说是极具吸引力的。

而《彼得·潘》的作者在创作的时候也大量使用了这种手法，在增加趣味的同时也大大增加了文章的吸引力，使句子的表达更加丰富有趣，自然也就更加吸引孩子的目光。

例 6-5-4：

原文：They were awfully nice little night-lights, and one cannot help wishing that they could have kept awake to see Peter; but Wendy's light blinked and gave such a yawn that the other two yawned also, and before they could close their mouths all the three went out.

译文：那是三盏非常漂亮的小夜灯，我们都恨不得它们能一直醒着，好看住彼得；但是温迪的灯眨了下眼睛，还打了个大大的哈欠，致于另外两盏也跟着打起哈欠来，还没等哈欠打完，三盏灯就全灭了。

通过对上例中原句的观察我们发现，通常用来形容人的“awake”和“yawn”被用在了小夜灯和星星身上，这就是非常明显的拟人句。通过对小夜灯以及星星的拟人化描述，使它们具备人的一些特征，例如眨眼、打哈欠甚至是监视，使星星和小夜灯具备了人的特点。作者通过对词语的巧妙应用让原本没有生命的物体具备了一定的活力，它们像人一样会累会困，这样生动有趣的描述对于读者尤其是小朋友来说是非常有吸引力的。因此，在翻译的过程中，译者也贯彻这样的语言表达风格和特色，运用拟人的手法，再加上适当的增译，更加强了拟人的夸张程度，使灯和星星的形象栩栩如生，也为读者增加了无限的阅读乐趣。

这就充分证明了在儿童文学中，译者开始对拟人修辞有了充分的重视。由于拟人能将物体的个性、思想和感情充分表现出来，对于儿童来说，这样的表述更加亲切，也更加形象生动，自然也就引起了儿童读者们阅读该作品的兴趣。

参考文献

[1] 王进军. 综合英语教学原理 [M]. 广州：中山大学出版社，2010.

[2] 申闫春，韩江红，张新民. 英语翻译技巧及精练 [M]. 北京：地质出版社，1998.

[3] 林立，董启明. 英语教学与研究 [M]. 北京：科学出版社，2004.

[4] 王松美，张鲁静. 英语教学设计指导与案例 [M]. 北京：现代教育出版社，2007.

[5] 蔡基刚. 大学英语翻译教程 [M]. 上海：上海外语教育出版社，2003.

[6] 谢建国. 英语翻译 [M]. 北京：机械工业出版社，2005.

[7] 林克难. 大学英语教学策略研究 [M]. 天津：天津科学技术出版社，2006.

[8] 郝军. 英语翻译和写作 [M]. 重庆：重庆大学出版社，2000.

[9] 鲁子问，康淑敏. 英语教学设计 [M]. 上海：华东师范大学出版社，2008.

[10] 赵红军. 英语翻译基础 [M]. 沈阳：东北大学出版社，2014.

[11] 朱宏华. 英语教学的模糊理论研究 [M]. 北京：中国科学技术出版社，2008.

[12] 鲍东梅. 实用大学英语翻译综合教程 [M]. 北京：北京航空航天大学出版社，2015.

[13] 刘柳君，臧国宝，冯华. 英语翻译教学研究 [M]. 长春：吉林大学出版社，2011.

[14] 贾冠杰. 英语教学基础理论 [M]. 上海：上海外语教育出版社，2010.

[15] 王忠梁. 大学英语翻译技巧 [M]. 上海：东方出版中心，2005.

[16] 陈德泉，虞晓东. 高校英语教学创新模式探索 [M]. 杭州：浙江工商大学出版社，2009.

[17] 何少庆. 英语教学策略理论与实践运用 [M]. 杭州：浙江大学出版社，2010.

[18] 何江波. 英汉翻译理论与实践教程 [M]. 长沙：湖南大学出版社，2010.

[19] 何远秀. 英汉常用修辞格对比研究 [M]. 成都：西南交通大学出版社，2011.

[20] 蒋童，钟厚涛. 英语修辞与翻译 [M]. 北京：首都师范大学出版社，2008.

[21] 李建军. 文化翻译论 [M]. 上海：复旦大学出版社，2010.

[22] 兰萍. 英汉文化互译教程 [M]. 北京：中国人民大学出版社，2010.

[23] 冒国安. 实用英汉对比教程 [M]. 重庆：重庆大学出版社，2004.

[24] 马会娟. 汉英文化比较与翻译 [M]. 北京：中国对外翻译出版有限公司，2014.

[25] 张文，韩常慧. 口译理论研究 [M]. 北京：科学出版社，2006.

[26] 周方珠. 翻译多元论 [M]. 北京：中国对外翻译出版公司，2004.

[27] 张培基. 英汉翻译教程 [M]. 上海：上海外语教育出版社，2009.

[28] 刘和平. 口译理论与教学 [M]. 北京：中国对外翻译出版公司，2006.

[29] 张维友. 英汉语词汇对比研究 [M]. 上海：上海外语教育出版社，2010.

[30] 桑元峰. 大学英语教学的实践哲学 [M]. 北京：光明日报出版社，2013.